寻找朱丽美

连谏——

著

上海文艺出版社

01

我和陆武，本不可能成为朋友。

因为读同一所大学同一个系同一个班级睡同一间寝室，我们成了敌人，像水和火，是天然的敌人。陆武不承认。我承认他对我很好，从一开始就是，大有不把我发展成好基友就绝不罢休的架势。一开始，我怀疑他性取向有问题，吓得我夜里睡觉都把自己裹成一只茧子，过了一段时间，见他身边莺莺燕燕不断，就晓得没这方面危险了，但依然讨厌他，非常、特别之讨厌，甚至认为他的存在，就是对我的欺压。

那种欺压，像酒足饭饱的富家子弟，手持肥硕鲜嫩之巨型龙虾大肉，一边喂狗一边冷笑睥睨着街边一饥饿乞儿，恶意满满。

陆武身材魁梧，帅得一塌糊涂，家里老子经营着一个庞大的红木帝国，单是仓库里囤积的名贵红木，就足以碾压一批靠银行贷款续命的假土豪。

在高富帅的陆武面前，我不矮、一般帅，却是货真价实的穷神附体。

穷这东西，对青春期的男人，很致命，欲望的荷尔蒙茁壮蓬勃，像因为找不到厕所而憋了十天十夜的翔，好不容易找到厕所，却发现要收费，而你的口袋，比刚刚被打劫过还干净，这样的绝望，怎能不令人愤怒抓狂？所以，愤怒青年大多是贫穷的产物。譬如我。

富贵对贫穷的欺压，切换到我和陆武之间，就是他天天莺莺燕燕，女朋友多得像腐肉上覆盖的一层苍蝇，而我，连真诚地向女生借充电宝用一下都会被嘲讽成癞蛤蟆又惦记上天鹅肉了！

苍天大地王母娘娘！我恨不能剖腹明志！就算我有不纯洁的想法，但也不是随便一个姑娘就能激发我性幻想的，在异性审美方面，我也是个有追求的人好不好？！

我和那个自感良好的女生吵了一架。陆武认为我小题大做，不想默认也没必要当众跟女孩子理论，男人么，给女生面子，是风度。

屁！我是谁？是喜欢研读心理学的苏猛！就凭她嫁给大猩猩都不冤枉的容貌，我要跟她讲风度，明天她就得造谣我为她得了相思病、犯了花痴、因为追不到她而变态了，这样的垫脚石，坚决不能当。

陆武劝架的时候，那个刚刚还在四处散播我暗恋她、处心积虑地接近她的女生惊恐地看着我，好像我随时会把她按倒在地强奸一番，她哭着说我因为追不到她已因爱生恨，一旦她有任何意外发生，都和我脱不了干系，让陆武给作证。

陆武说没问题没问题，说着，过来和我勾肩搭背，说要请我吃饭，顺便好好谈谈。他这么说的时候，冲那个长着一张河马脸的女孩子眨眨眼，意思是请她放心，他会安抚好我，打消我对她的邪念。

这让我很屈辱。

一直以来，我就讨厌陆武拿我当朋友。讨厌他说话、讨厌他做事方式、还讨厌他不知深浅，总想请我吃饭，完全不顾及我作为穷人的自尊。

我甩开陆武的胳膊，让他滚。

陆武自认为是在为我解围，可是我的无名火劈头盖脸就冲他去了，他很莫名其妙。

我让他到厕所去撒泡尿照照，他动辄就以我朋友自居的丑恶嘴脸让我恶心。

陆武问：我哪里配不上做你朋友了？

我鼻孔冲天说：因为你是块散发着腐臭气息的腐肉！

陆武整天把自己捯饬得油光水滑香喷喷的，就差挂条横幅写上陆武天下第一帅了，我竟然敢说他是块散发着臭味的腐肉？他恼了！拉开阔背就要跟我干架。

我也没跟他客气，说：陆武你他妈的别仗着家里有俩臭钱就以为想和谁做朋友谁就得从了你，老子虽然穷，别的没有，但还有二两硬骨头！

陆武扑上来给了我一拳，说：你他妈有病！

没想到陆武会动手，我没防备，鼻梁绽开一记沉闷的巨痛后鼻血就稀里哗啦地往下流。看着地板上滴滴答答快速聚集的鲜血，我大脑一片空白。显然，这是陆武第一次打人，他也没想到自己的拳头会有这么大杀伤力。后来，陆武告诉我，他真吓坏了，以为把我脑浆都打出来了，架起我就往校医那儿跑。

至今，我还记得陆武把我架到校医那儿的德行，曾经的风流倜傥潇洒自如在我汹涌的鼻血面前荡然无存，用带着哭腔的声音说：医生，快！救救他，我把他脑浆打出来了。

五十多岁的女校医漫不经心看了我一眼，说：离打出脑浆还早着呢。然后，吩咐那个胖得像屠夫女儿的护士给我消毒清洗。

胖护士把我拖到旁边小屋里，按在消毒池旁，拿酒精和消毒棉把我饱受蹂躏的鼻孔好一顿捅，又塞了一团面纱，露在外面好长一截，活脱就像插了一节长长的葱白。陆武笑得前仰后合，见我怒目圆睁，又要跟他干架，忙举手投降，表示他并没嘲笑我的意思，就是觉得我这人比较搞。我不理他,他又癞皮狗似的亦步亦趋上来,说作为赔罪,要请我吃重庆火锅。我像搞笑的怒目金刚铿锵前行,他亦步亦趋地跟在身边一定要请我吃饭赔罪的样子很诚恳,说:那么多人巴结我想跟我做朋友,我都瞧不上,就稀罕你这尿性的,穷得干净,硬朗。

我虽然鄙视庸俗,却脱不了俗,也喜欢被人奉承。没钱没权,就剩美德了,可我也知道,穷人的美德,是不值钱的。陆武识货,认为我又穷又屌的样子,是难能可贵的美德。所以,我就飘飘然了,像叫嚣着不吃嗟来之食的饿汉,吃下了他埋藏在重庆火锅里的糖衣炮弹,和他成了哥们,无话不说,偶尔他有泡不到手的美女,我会仗着读过的几本心理学书,助纣为虐,把他渡到美女怀里。

因为以上渊源,陆武总说,虽然我俩是室友,可我们是真正的不打不相识。

以前,他在寝室的时候,我会尽量避开,因为找他的女生多,形单影只的我不想被他的热闹比出酸溜溜的畏缩;现在,我还是会避出去,因为陆武特不要脸,经常当着我的面把对上一个姑娘说的肉麻话,半个字都不改地克隆给下一个姑娘听。没事人一样看他周而复始地忽悠姑娘,显得我很没正义感,很不善良,所以,我还是得避开,好像听不见他重复利用的情话,我那颗伪善的心,就可得以苟活。

每年寒暑假,陆武都会提前返校,我问为什么。陆武说受不了父母的狐朋狗友,尤其那些生了女儿的人,一旦认识了他父母,多半会主动攀亲家,哪怕女儿才上幼儿园,都恨不能叮嘱他别着急结婚,先玩着其他姑娘等着,等他们女儿长大了就给梳洗整齐送来给陆武当新娘。此情此景，常常把陆武吓得屁滚尿流，觉得自己活脱就是只金龟，不知什么时候就给人家钓去圈起来了。只能和一个姑娘厮混的日子，陆武想都不敢想，说会憋死的。

我和他理论，说爱情是神圣的，排他的，不排他的爱情都是动物到了发情期。

他定定看着我，说：你骂我？

我没说话。说真的，我觉得依着他始乱终弃的德行，根本就配不上爱情。

陆武知道，我不说话，就是默认了，悻悻然说你连姑娘的手都没摸过，有些事，咱俩说不着。

我懒得搭理他，去看推理小说。

陆武自言自语似的说：别以为人类什么都比动物高级，在爱情方面，人类还真不如动物，你看，动物到了发情期，会找最俊美健壮的异性交配，目的是诞下最优秀的后代，这对于一个种族而言，是多么的负责任，可人类就虚伪贪婪多了，俊美健壮不如钱有用，只要你有足够多的钱，哪怕你是白痴都有姑娘扑你。

看看自己，我就知道这是个残酷的现实，不由悲从中来。但我也知道，我之所以坚决拒绝跟他同流合污，主要是没资本。如果我都没钱请女生喝杯校园咖啡，她们是没心情欣赏我丰富多彩的灵魂和圣洁的情操的。

所以，男人不耽于情色，通常和情操没关系，不过是：一没胆，二没钱。

没钱堕落，我就一头扎进书堆里，这也是陆武喜欢我的主要原因：不像其他同学，口袋里装两块钱，就扮富甲一方，在女同学跟前洋相百出。

陆武不知道，我出生于鲁西南，是著名的革命老区，家里穷得很，仅有的一张存折上，数字从没突破过四位数，这让我常常为自己居然敢考大学而汗颜，在食堂里，多看一眼荤菜都觉得自己是个不珍惜父母血汗钱的罪人。我自诩坦诚，不想在陆武跟前扮情操高尚、志向高远，就告诉他，只有穷人才研读心理学，以免言谈举止被人憎恶，而人对人的大多憎恶，基本是用钱就可以解决的。

陆武瞪眼看着我，样子很白痴，也好像我身上有种让他不能理解的可怜。他没穷过，对穷的理解，停留在何不食肉糜的无知段位，我不能怪他，也没法跟他说明白穷是种什么东西，就像夏虫不可语冰。但他是只可爱的夏虫。

每当他用这种眼神看我，我都会在心里对自己说，他是我哥们，我允许他晓得我可怜，但我不允许他用垂怜的姿态和我交往，这是底线，交往这么多年，陆武从没碰过，所以，我没办法不珍惜陆武和我的友谊。这就是我和陆武的渊源：本属两个不同世界的人，被一所大学，安排进了同一间寝室，发展出了近乎于基情的革命友谊。

02

我和陆武的大学专业是生物工程。我选这个专业是听说大有前途，混好了能公费出国。陆武不一样，他对动物到底是怎么成为动物的很好奇。

陆武的父亲让他去学工商管理将来接自己衣钵，陆武瞧不上，人连自己的动物性都管理不好呢，就想靠管理别人混饭吃，开什么国际玩笑？！就和父亲杠上了，家也不回，父母来学校找，他躲着不见，还告诉老师，谁敢篡改他高考志愿，他下半辈子就跟谁死磕上了。老师们当然想过安生日子，所以，尽管陆武父亲一再请吃饭，也没人敢染指陆武的志愿。

陆武得逞，读了生物工程。

在大学里，我俩做实验的次数，是其他同学的三到四倍，因为陆武热衷于研究各种动物的构造和细胞以及它们的精子卵子甚至受精卵。很多次，我怀疑，他逼我就范做他朋友，不是看好我人品，而是屠夫需要帮手，因为每次解剖小昆虫，致命的那一下子，他都让我来，理由是他心软，见不得小生命在他手里毙命。

大三时，曾有个姑娘喜欢我，她是个虔诚的佛教徒，说陆武总让我杀死小动物，很不地道很自私。我认为她想多了，陆武就是胆小，没别的原因。姑娘急了，说：你能不能别傻了？陆武一定知道杀生是有业障的，而业障是有报应的，他不想担，才借口胆小让你干！

我们争论了一晚上，姑娘苦口婆心，试图拯救我的人生和灵魂不为业障所害，说得我头昏脑涨，回寝室躺下也没睡着，辗转反侧，陆武正趴在床上拿手机跟姑娘撩骚，问我怎么了？寝室里还有其他室友，我不想当他们的面说姑娘说他坏话了，就说没事。

他就吭哧吭哧笑，问是不是蠢蠢欲动了一晚上没得手。

我气，觉得他把我瞧小了。如果我想，姑娘肯定不会拒绝，但我不想像陆武似的，把爱情搞得好像精虫上脑下的条件反射，爱情是神圣的，所以，尽管约会的时候姑娘跟我说过好几次很冷，我也只是拉过她的手，放在掌心里捂着。

我生气了就不说话。黑暗里，陆武以为我还郁闷呢，要给我传授快速上手宝典，我索性装睡打起了呼噜。其他几个室友却纷纷坐起来，怂恿陆武赶紧传经送宝。

一群没出息的家伙！

我这么恨铁不成钢地想着，就睡着了。

第二天做实验时，陆武又问我昨晚到底怎么了。我不耐，就说姑娘说他让我杀小动物是居心不良。

陆武好像很受伤，打开窗户，把捉来的蝈蝈放掉了。本来，他想研究一下蝈蝈的脑部结构是不是和女人有点类似，要不然怎么会一受到挑衅就对同类大下杀手？

他默默走掉的样子让我很内疚，好像辜负了他的信任，践踏了他的人品。

到底是要爱情还是要哥们友情？我思前想后了四五天，决定和姑娘交交心。

姑娘很感动于我对她的信任，要在学校操场北侧的树林里给我献身。

那是个夏天，来约会我之前姑娘没洗澡，我虽然出生于贫穷的鲁西南乡村，却对气味非常敏感。我想我人生的第一次应该是神圣的，没法接受她散发着汗馊味的身体，让她先回宿舍洗个澡，她哭着跑了，好像被我欺负得很惨的样子。可我还在痴心妄想，希望她迷途知返，把自己洗干净送回来。结果，没等回姑娘，等来了蚊子，把老二咬得又肿又痒，接下来的几天，连课都不敢上。

陆武觉得我反常，关心地问我怎么了，我跟他讲了小树林的事，陆武没像我想象得那样爆发出狼心狗肺的笑声，而是问我要不要他从电线杆子上的广告里给我找个小姐打一炮。我恼得恨不能把他抓过来打一顿，让他滚。陆武也不恼，只是每每我去厕所，都能感受到他同情的目光如芒在背。

晚上，陆武喊同寝室的几个兄弟出去喝酒，没喊我。我很生气，觉得他这是在跟我示威：你不跟我要横吗？老子还不带你玩了。

正当我在寝室里生闷气的时候，有人敲门。

竟是个年轻性感的姑娘，我问她找谁？她瞥了一眼我们寝室，问：你是苏先生吗？我愣了一下，长这么大，还从没人叫我苏先生，最多是苏同学或者老苏。我说我是。她回手就反锁上了门，边脱衣服边说：是陆先生让我来的，陆先生让我告诉你，钱他已经付了，两个钟。

我纳闷：什么两个钟？

她说：一个钟一个半小时，两个钟三个小时，我归你随便用。

也就是说，我有三个小时的时间可以对这姑娘为所欲为且完全不用负任何责任。

我就明白了陆武的良苦用心，觉得胸膛里有个自己，眼泪哗哗的。我愣着的空，姑娘已经拉上窗帘，把自己脱光光的，又娴熟地摸出了一个避孕套，用牙撕开包装，就来脱我的裤子。我吓坏了，像个守贞的娘们一样捂住裤裆，大脑里有两个自己在拼命厮杀，一个要我如狼似虎地扑上去把姑娘干了，一个在说苏猛你是个君子，怎么能把处男之身终结在一个卖笑小姐的手里？

尽管我知道日后会后悔，可伪君子念头还是战胜了我畜生一样的欲火。我裹紧了毛巾被，把她轰走了。临走之前，我让她告诉陆武，他把我苏猛看小了。

但是，我太高估了小姐这个行业的职业情操，她是陆武去夜总会点的单，俩人不认识，没有前铺垫和后继续的交往，她也没机会告诉陆武我没干她。为了自证清白，事后我拉着陆武去夜总会找她，一片林立的大腿中，没有她，我怀疑她看见我们就躲起来了，因为怕退钱。结果就是，不管怎么赌咒发誓我啥都没干，陆武都不信，就像不相信递给饿猫一条小鱼，饿猫居然会不吃。

总之，在陆武眼里，我是个把处男之身交给夜总会小姐的没出息货，有出息的男人解决处男之身都不用花钱。

说了这么多，还是为了说陆武这个人，因为对生物的起源和构造感兴趣，他大学毕业以后又读了研，还是读生物，读生物的基因工程。至于我，很不幸，供我读完大学，家里就穷得恨不能吃土了，研究生是万万不能读的。大四下学期，见我没头苍蝇似的到处投简历，陆武就说你去某市吧，等我读研毕业，一起创业。

某市是陆武的家乡，本着对他的感情和信任，我把简历投给了某市一家国营制药厂，被录用了。

两年后，陆武研究生毕业，死活不进他爸的家具公司，说不想当一辈子木匠，自筹资金办了个基因科学实验室。

陆武的实验室在黄山路上，是个大学生创业孵化基地，租金便宜。我去过几次，表示终于等来这一天，很激动，想加盟。陆武让我等等，因为他拒绝接手父亲衣钵，已被家里断粮，生活费和实验室的经费，都靠母亲的小金库支撑，我现在投奔他，怕是连饭都吃不饱。

我顿觉人生暗淡，继续在制药厂混日子。为了表现自己够哥们，我有时候也会打肿了脸充胖子，问陆武需不需要支援，当然，这种支援仅限于兜里还有一百块但我愿意为他花八十的性质。我对父母都没这么大方过。所以，有时候我会觉得自己不是东西，只顾自己眼前，把在山沟沟里受苦受累的老爹老娘忘了。陆武知道我的家底，从不顺杆爬，也是基于对我自尊的保护，知道穷人的慷慨大方，多是建立在捉襟见肘的基础上。

陆武让我别担心，他妈给他办了张信用卡副卡，信用额度三十万，差不多能支撑起他灯红酒绿的生活。闻言我差点闭过气去，想起了家乡的一句粗话，不得不承认自己是小茅房里的蛆，没见过大屁股。

陆武经常请我吃饭，去夜总会点个姑娘侮辱我，但每次我都坚贞不屈，守住裤腰带。陆武就特生气，说我这是装给他看。他这么说的时候，我两眼盯在包间的电视屏幕上，对他的话，充耳不闻。他就气，让姑娘坐到我大腿上。姑娘富有弹性的屁股搁在大腿上，硕大的肉胸脯恨不能塞到我嘴里，太刺激了，我受不了，只好做义愤填膺状把姑娘扒拉到一边，起身就走。

陆武就追在身后喊：老子以后再他妈找你玩老子就是王八养的！

我替陆武的父亲鸣不平，兢兢业业做生意的一老头，动辄就让儿子给咒成王八。陆武和我翻脸从不超过二十四小时，用不了多久就会没事人一样电话我，问：哎，哥们，晚上干嘛？我大多时候懒得搭理他。他就自说自话：没事？没事一起喝酒吧。

好像昨天晚上那个冲我背影赌咒发誓的人不是他。

除了喝酒泡夜总会，陆武还喜欢办各种各样的主题party，我经常参加，清一水的姑娘，虽然好多整过容了，但一个赛一个漂亮。我知道这些姑娘对他有幻想，幻想有一天自己可以力压群芳成为他的新娘，但陆武不想成为任何人的新郎，有过床笫之欢的姑娘，从不带到聚会上来，因为有过教训。有次，他一时高兴，把上过床的一姑娘带到聚会上，没想到姑娘愣是以他未婚妻嘴脸自居，对其他姑娘又是白眼又是讽刺的，把现场气氛搞得很坏，这让陆武非常不能接受，觉得女人一般被男人睡过，就会像狗盯肉骨头一样盯着男人，那感觉，太束缚了，太操蛋了，所以，姑娘可以睡，但坚决不能谈恋爱，更不能有恋爱性质的约会，就是看着对眼，睡还是不睡？睡，去开房；要礼物，给买；要爱情，滚！在爱情方面老子是天生穷鬼！陆武这么说。

为了防止姑娘们有幻想，他经常酒到半酣时重复一个不着调的笑话：小时候，他拿块排骨在街上啃，被只大黑狗追得满街跑，跑着跑着被砖头绊倒了，骨头压在身底下，狗一嘴巴过来，叼起骨头的同时咬住了他的老二，虽然送医院了，老二也保住了，但功能出现了问题，所以，他这辈子，对姑娘只有想想的分，无福消受了。他说这话时，声情并茂，甚至眼角还噙着即将滚落的泪。姑娘们听得吃吃笑，并没人当真。姑娘世故一点，晓得他这是想巧妙地斡旋于众芳之中，就逗他，要去酒店开房验明正身。陆武就一脸正色，说哥哪儿能这么自私？拿你们的名声开玩笑，哥还想参加你们的婚礼呢。

所以，陆武party上的姑娘常换常新。因为姑娘们的青春很金贵，陆武再好，他不娶，她们也不能在他身上挥霍起来没完。

很多时候，我不明白陆武从哪里认识那么多姑娘，好像他随便上街一走，就能领回来几个。还全都有姿有色有智商的样子。这让我很困惑，为什么我伪装得那么绅士去搭讪都会被姑娘识破狼子野心臭骂一顿，他随便一搭讪就能搭讪成莫逆之交的样子？

陆武说有窍门，但不告诉我。

03

陆武把精力挥霍在和姑娘调情上，基因科学实验室开张三四年也没研究出名堂，倒是把他父亲气瘦了二十多斤，他妈觉得不对，拉着去日本做了个体检，结果一出来，简直晴天霹雳，胃癌！

陆武母亲在电话里哭着说：儿子啊，你看你爸都胃癌了，这病生不得气，你就回公司接他的班吧。

陆武却觉得这是老子为了骗他接班设的局，不信。直到他父亲在日本做完手术回来，他妈把他从夜总会抓回去，掀起他父亲的T恤给他看刀口。陆武还是不信，认为那是父亲为了骗他去日本文了个高级身。我说不至于，苦口婆心地劝。陆武急了，说他知道我这个人，喜欢伪装成胸怀满满善意的君子，一定是被他父母蒙蔽了。

感谢陆武，他用了蒙蔽而不是收买。

我知道陆武的一意孤行，就像谁也没办法把唐僧按到漂亮的女妖精床上，只好跟陆武的妈妈回了个电话，说我劝不动他。

陆武妈在电话里哽咽了半天，哭着说他们两口子一定是上辈子造了孽。

有一天，陆武妈妈说她发小的女儿回来了，要给操持接风宴，让陆武出席一下。陆武不肯，主要是他妈发小的女儿，是个挺跋扈的姑娘，非常不对他胃口。

我知道，陆武虽然号称热爱女性，但对女性的审美很单一，只喜欢性感妩媚里透着阅尽世间沧桑之后归于安宁的那一款女性，像钟丽缇那款。

陆武说他妈发小的女儿叫洛可可，一头短发，两鬓短得可以看见雪白的头皮，头顶上的稍微长点，染了金黄色，打了定型啫喱，竖在脑门上，像顶着一个金色火炬，怪诞得像卡通游戏里的雌兽，他看都不愿意多看一眼，怕看多了影响他对女性这个物种的印象。

我说人家从美国回来的啊，是应该接一下风。

陆武说屁！

每当心里不屑，陆武就会说屁。陆武说洛可可学习很渣，要不是她爸有先见之明给送到美国，留在国内，怕是连三本都考不上，洛可可在美国读的是艺术类院校，她父母本想让她读研，洛可可不干，说如果让她读研，毋宁死！父母就她这么一个宝贝疙瘩闺女，给蚊子咬一口都心疼得涕泪横流，就甭说死了，于是，举手投降，洛可可就回来了，回来后，洛可可又跟她爸干了一架，就去了上海。

洛可可和她爸干架的原因是她在美国读的是艺术类院校，可艺术这东西，要么天赋异禀一鸣惊人；要么甘于平庸，做个艺术旗下的走狗匠人；再要么，就相当于没学过。

洛可可属于最后一种情况，鉴于此，她爸决定把她安排进悠闲安逸的体制内单位，保个一生平稳就行了。可洛可可不想认下平庸的一生就像人类不愿认下自己的原罪，和父亲闹翻去了上海，发誓要闯出一番天地，惊掉她爸的眼球。

两年过去了，现在，不管洛可可是带着业绩回来要惊掉她爸的眼球还是灰溜溜认输，陆武都不感兴趣。陆武妈就特生气，说自打陆武父亲下海经商，她就在家做全职太太，没几个能说得来的朋友，洛可可妈妈是她交往时间最长、也最聊得来的，两家算是世交了，这面子陆武给也得给，不给还得给。

陆武打小就和父母战斗，仗着独子的身份，恃爱逞凶，从没让父母赢过，以为这一次也不例外，压根没把父母的威胁当回事，坚称没时间，白天泡实验室晚上混夜总会。他妈怒了，追到实验室，从茶几上操起水果刀，逼着陆武交出了信用卡副卡。

当天下午，陆武从网上订的实验器材到了，货到付款。陆武让我带着信用卡去救火，可是，我只有三千块信用额度的信用卡，在一身光荣的汗馊味快递小哥面前，我俩被羞辱了。

付不上钱，快递小哥把货物搬走了。我谢天谢地他没说难听的。陆武说屁！把货退回去，他也有劳务费。好吧，我承认我是个孤陋寡闻的穷人。

没有信用卡的陆武，就像小鱼被扔到了岸上，彻底晒了肚皮。

我们站在实验室门外，相互看了一会儿，陆武就摸摸他又酷又帅的头型转身走了。我问他去哪？他说：还能去哪儿？回家投诚。

就这样，陆武答应了参加洛可可的接风宴。

陆武说洛可可的父亲有权有势，我困惑有权势到什么地步，让陆武父母这种富甲一方的土豪都低头哈腰。

陆武从报筐随手抽出一份报纸，指着头版上的地方时政新闻说，喏，就他。

新闻报道的是在春寒料峭的三月，洛市长带领本市党政机关干部在荒郊野外植树。

洛市长身份太显赫，且这世上姓洛的人很多，以至于我从没把洛可可和市长大人联系起来。洛可可的妈妈是陆武妈妈的发小，我是陆武的朋友，竟然！我和权贵之间只有两个人的距离，这是我万万没想到的，也明白了陆武父母为什么要大动干戈地为洛可可接风，倒未必是因为陆武妈妈和洛可可妈妈发小这层关系,而是陆武父亲生意做大了,像大多数中国有钱人一样,钱太多,会患得患失,会不安,就上拜天神下求地鬼,中间巴结官员,寻找被庇护的安全感。

对洛市长能恩准由他们家给洛可可接风,陆武父母感恩戴德,准备得兢兢业业,唯恐有半点疏漏,把拍马邀功搞成功亏一篑。

所以,在给洛可可接风宴之前,陆武父母每天都要在早饭桌上强调:要知道,像洛市长这个级别的人物,多少人恨不能满汉全席伺候着,他是看都不要看一眼。

意思是他来吃咱家这顿饭,就已是给了天大面子,让陆武拎拎清楚,别把场面搞砸了。

04

为了顺利拿回信用卡，陆武表现得可圈可点，挺像爸妈的乖宝宝，接风宴上见着洛可可也没连讽带刺的，甚至还昧着良心说了一顿恭维话，夸洛可可变漂亮了，有淑女范儿了。

事后，陆武说他顺口夸洛可可两句，也不是完全昧着良心，和两年前相比，洛可可确实变了，头发留长了，没染，完全的本色黑，让她看上去正常了很多。

席间，洛可可问他这几年忙什么。陆武说搞生物基因科学研究。洛可可说不错啊，问他主要研究方向是什么，陆武说生命起源。

洛可可就吃吃笑，说动植物界都进化成这样了，还研究什么起源？又说她在上海这几年，主要是研究人类的抗衰老。

话音一落，就引起了陆武妈的兴趣。毕竟，梦回青春是所有中老年妇女的春秋大梦，她几乎是迫不及待地赞扬洛可可做的才是正经事，陆武就是凭着兴趣瞎胡闹。然后，威严地瞪了陆武一眼，问他听见了没？

为了信用卡，陆武面带微笑，说：听见了，以后我跟洛小姐取取经。

陆武妈问洛可可打不打算回来发展。洛可可说：看看再说。陆武妈就苦口婆心：你爸妈就你这么一个孩子，还是回来吧。

洛可可看着她爸，哼了一声，说：有的人一看见我就生气。

陆武妈就说：怎么会？你爸那是心疼你。然后又劝：你爸妈年龄越来越大了，有你在身边，心里也踏实。

陆武妈一番话说得洛可可妈就掉泪了，说：可可，你要再不回来，我就活不下去了。

洛可可显得很不耐烦，说：我在上海好好的，我回来干什么我？

洛可可妈说：好什么好？你还没折腾够？回来让你爸安排个单位老老实实上班！

洛可可就怒了，把筷子几乎是摔在接碟上，说：凭什么？我的人生，凭什么接受你们的安排？！

陆武妈忙打圆场，说：可可，别急，只要你肯回来，不愿意上班你就跟陆武一起干。

洛可可好像被说动了，看了陆武一眼，说：对啊，你研究基因，我搞抗衰老，我们完全可以强强联合啊。

陆武刚要说不，桌子下的脚就被他妈踩了一脚，已经挑到舌尖上的不字，只好又给吞了回去。

洛可可就灿灿烂烂地笑着问陆武有女朋友了没有？

事后，陆武告诉我，为了信用卡，一切都是为了信用卡，他不想把气氛搞僵，就打趣说：没呢，怎么，打算把哥这老大难给解决了？

洛可可切了一声，说：不解决我问你干什么？

陆武妈一听，眼睛就亮了，赶紧煽风点火，说洛可可漂亮可爱，她刚出生第三天上，她领着陆武去看她，那会儿她还躺在医院的婴儿床里，粉嘟嘟的一小姑娘。她就跟陆武说，等妹妹长大了给你做新娘子，陆武答应了，可随着洛可可爸爸的官越当越大，她就自觉地把这心思藏起来了，说完，她就看着洛可可的妈，满眼真诚。

洛可可妈很矜持，特别像古典戏曲里矜持的官太太，端端的，眼神睥睨，好像谁也没看在眼里又不得不做做样子的样子。

洛可可对小时候的事很好奇，问她妈：是真的吗？她妈瞪了她一眼，嫌她没个女孩子样。洛可可没看见一样，转头对陆武说：说定了，你可是早就答应过的。

陆武父母忙不迭地说，说定了说定了。好像洛可可塞泡屎他们也要大力赞扬地吃下去，让陆武觉得特别没自尊，特别丢人。

参加完接风宴，陆武就跟他妈把信用卡要了回来，第一件事就是请我吃了顿海鲜大餐，喝了几瓶啤酒，跟我说接风宴上的事。我说：万一洛可可是认真的呢？

陆武不置可否地切了一声，说：她会认真？

陆武天真地认为，市长家千金，又是见过世面的人，看那洒脱样，中国的外国的男人都不知睡了多少滚了，婚姻在她眼里，不过是片屁也不是的浮云，根本就用不着提防。

我说：万一呢？

陆武说：哪儿凉快她哪儿待着去！

但是，很不幸，洛可可就是认真的。第二天就以未来老板娘的姿态视察了基因科学实验室，告诉陆武，不要打着研究基因的幌子涂炭生灵了，如果他真想为人类做点贡献，就把基因科学改成基因生物工程，专门研发基因生物制剂，延缓人类衰老，说白了，就是生物美容，在国外富人圈风靡得很。

陆武觉得受了侮辱。就像一姑娘特有追求地研习着琴棋书画呢，突然有人告诉她，学这些，不是为了艺术，是为了色艺双全，去青楼当头牌。

在女人面前，陆续向来以绅士自诩，所以，尽管心里嗤之以鼻，嘴上却没说什么。万没想到，一周后，和他同一层楼办公的公司陆续搬走，空荡荡，咳嗽一声，都能回半天音。他挺纳闷的，去物业问这是怎么回事。物业倒震惊了,说:不是你女朋友出高价把他们的房子转租下来让他们搬走的吗?

陆武急了,说:我赤条条光棍一根,哪儿有女朋友?骗子,你们肯定遭遇骗子了。

可物业说:她不仅把房租退给人家,还把搬家补贴也给了,能骗什么呢?

陆武问:她叫什么名字?

物业说:叫洛可可。

陆武两腿一软,差点坐在地上,傻子似的瞠目结舌了半天,才喃喃说:我知道了,她骗的是我。

物业主任就笑了,说:如果这样的骗子太多,你招架不过来,可以把我们推出去,这样的挡土墙,我们愿意当,这样的骗,我们今生今世也愿意来上那么几遭。

当晚,陆武去找洛可可兴师问罪,问她打算干什么?洛可可瞪着一双看似无知而清澈的眼睛,说:你妈不都说了嘛,让咱俩公司合营。

陆武说:公司是我的不是我妈的。

洛可可说:可你妈找我了,说她才是你公司背后的金主,所以,你的公司她说了算,是她让我加盟你公司的。

陆武这才知道,妈妈背着自己已经和洛可可勾兑了不知多少个回合了。回家跟他妈发疯,破天荒地被他妈凶了一顿。

陆武妈说陆武不知好歹,公司想赚钱,一定得沾点官家背景,依着洛可可的身份,她只要开口说想做生意,有的是人拉她入股,而且不用她投一分钱,要的就是她官二代的背景好做事!

陆武和他妈吵，说他是搞科研的，用不着洛可可的官二代背景，让她该找谁玩找谁玩去，他不稀罕！

陆武妈就发飙了，历数陆武的基因实验室情况，只见钱往里扔，就没见着钱回头，再这么败下去，他爸会被气疯的。说了半天，见陆武还是不服气，又逼他还信用卡。

一听要没收信用卡，陆武就蔫了。一分钱难倒英雄汉的滋味他体验过，不好受，所以，只能投降，让洛可可进驻。

洛可可就带着施工队进了大楼。叮叮当当地装修了一个月，陆家洛基因生物工程公司的牌子就挂上去了。洛可可以志在必得的姿态，把她和陆武的名字巧妙地连接成了公司名字。

陆武要跟洛可可谈谈，被我劝住了，让他先回家问问他妈，说不准她俩谈过。

陆武回家问，他妈先是愣了一下，然后把陆武骂了一顿，骂他没个男人样子，洛可可将来是要和他结婚的，还分什么你我？

因为家庭条件优渥，在经济上，陆武从来不是个斤斤计较的人，可他妈说洛可可早晚是要和他结婚的，就急了，说凭什么？不要说洛可可，就是上帝打算把亲生女儿下嫁给他，他都不待结婚的。

陆武妈没想到一说结婚陆武会反应这么大，就哭，说在接风宴上说好的事，还是洛可可主动，如果他反悔了，让洛可可一女孩子的脸往哪里搁？

其实，陆武知道，他妈担心的不是洛可可的脸往哪里搁，而是他的拒绝会让洛可可一家没面子，从而恼羞成怒，从发小变路人。

陆武让他妈哭得心焦，问他爸的公司到底借过洛可可爸爸多少力。他妈抽泣着说，明面上的力虽说借不了多少，可就因为她和洛可可妈这层关系，他爸做了这么多年生意，不管白道还是黑道，都没人找过他麻烦，这还不够吗？

陆武说：你守法经营，能有什么麻烦？

陆武妈幽幽叹了口气，说：小武，说一千道一万，妈就一句话，你要跟可可闹掰了，咱家这日子就没法过了，我就不活了。

没辙，陆武只好咽下了这口窝囊气，跟我说：好好公司开着开着，就他妈开出了软饭气质。

05

尽管陆武一万个不情愿，洛可可还是上床把他拿下了。

陆武说那天晚上，洛可可去他家吃饭，在饭桌上和他妈热烈地讨论起了婚礼怎么办，陆武觉得滑稽，好像婚礼和他没关系，或者说，他只是婚礼上的一玩偶，等婚礼那天，只要把他往婚礼现场一摆，就没他别的事了，没忍住就把洛可可奚落了一顿。洛可可没恼，他妈火了，说陆武不大气，没点男人样子。陆武自觉无趣，回房间放了一浴缸水，躺在里面看电影。

看着看着，听见门响，一扭头，竟是洛可可，顿时魂飞魄散，慌得把IPAD都掉在了水里，捂着老二问洛可可找他什么事。

洛可可笑吟吟地凑过来，说没事，就是过来看看。说着，捞出IPAD放在洗漱台上，就款款地脱了衣服进了浴缸，坐到他对面，满眼春风地看他，脚悄悄探过来，撩拨着他完全吓傻了的老二。

在情色方面，陆武虽然也是个见过世面的人，可像洛可可这么直接的春风撩人，还是头一遭，在到底从与不从的挣扎中，水淋淋的洛可可爬过来，勾着他的脖子，柔软的小蛇一样吻他，在她的缠绕中，陆武所谓的顽强抵抗，都化做了鸟兽散。

之后，洛可可出入陆武卧室就像出入自己的家，对此，陆武妈喜闻乐见，还特意给了洛可可一套家门钥匙，导致陆武经常睡着睡着就被洛可可啃醒了。

说起洛可可，陆武总是一脸被诱奸的屈辱，我说他矫情，洛可可我又不是没见过，虽然算不上国色天香，但也说得过去，而且会打扮，很时尚，身上有股野性的性感，挺有魅力的。

可陆武总流露出一脸良家少年被美女地头蛇强占的嘴脸，让我觉得不可理喻，因为我没觉得她有多差，如果她喜欢的是我，硬要上我，我想我不会拒绝也不会挣扎。

为躲洛可可，陆武经常不回家，住酒店，陆武妈知道了，就跑到陆武办公室哭，说你没看你爸瘦得厉害？医生说了，胃癌生不得气，难不成你想把他气死？

陆武虽然纨绔，但良心还是有的，并不想把亲生父亲气死，只好继续听任洛可可摆布，和洛可可上床，看洛可可在各种媒体上发广告招人，看她以公司行政经理的嘴脸接受媒体采访。陆武有天把我拖到酒吧，喝得醉醺醺地说：苏猛，我他妈的被绑架了。

我觉得他矫情，不接他茬。

为了保住一个男人最后的尊严，陆武的抗争就是不和洛可可领结婚证。洛可可无所谓，说都什么年代了，婚姻早晚得从法律意义上消亡，在一起才是比婚姻更自然更美好的状态。

有一次，做爱的时候陆武问洛可可到底喜欢他什么。洛可可捧起他的脸，神往地说：多帅啊，帅得我想一想都能来高潮。

陆武满脸懊恼地跟我说这些的时候，我都想替洛可可揍他一顿。

06

陆武生日到了，他请客，习惯性地天南海北组局，来了几十号人，挤满了海鲜巨无霸的大厅，我对面坐了个美女，很不喜欢这个场面的样子，低着头玩手机。如果她长得丑点，我会觉得她装，既然能来参加陆武的生日，说明她是陆武的朋友，应该了解陆武是什么样的人，今天会来一些什么人，不喜欢的话，她完全可以不来嘛。

但是，因为她漂亮，我就不觉得她是装了，漂亮女孩子走到哪里都是男人殷勤恭维的对象，她要不端着点，男人的贱性一发作，真能蹬着鼻子上脸。

就这样，还时不时有男人端着一脸献媚的谄笑走到她眼前，拿出手机说着什么。人声鼎沸，我虽听不清男人说什么，但能猜到肯定是要加她微信。她总是一脸无奈的难色，大约是不好意思拒绝，拿出手机让男人扫码时，也一脸性冷淡到有厌男症的样子。

后来，陆武让大家自我介绍一下，我才知道她是早间音乐节目主持人穆晓晨，大名鼎鼎的当红女主持。

我也想加她微信，但耻于混迹在有着土狼一样无耻嘴脸的男人当中走近她。说白了，就是不想让她认为我和他们是一路货色；再就是我怂，被她的美震慑了，几乎不敢看她，目光偶尔在空气中和她相遇，就像碰上通红的煤球，飞快挪开，特他妈的没出息，我很生自己的气，又没办法，怂了不是一天了，看见美女，喜欢得要死了要死了，也不敢上前套磁，为这，我对自己有种恨铁不成钢的恼恨，回家第一件事，就是关上门，扇自己大耳刮子，痛恨自己因为懦弱，错失美女。

就这样，我自恃是棵出污泥而不染的君子树，硬是在想象里临风了一晚上，也没敢走近我的凤凰。

半夜醉醺醺回家，我悲伤地靠在马桶水箱上想她、想她……一脑袋扎到床上，睡了，做梦梦见她，我俩好了，我抱着她，激动得几乎要哭出声。早晨醒了，边刷牙边回想这个梦，想着想着就笑了，我满嘴泡沫在镜子里大笑的样子像个傻逼，大概痴人说梦就是这德行吧？

一连几天，我一想起穆晓晨艳光四射的脸，就神不守舍，每天晚上不想象着她的样子和自己的右手做一次爱就没法入睡，这种日子既亢奋又颓丧，因为无望。

无望的亢奋就像一把随时会被风吹散的灰尘，特让人惆怅。

我决定忘记穆晓晨，这样比较识时务，不至于被人嘲笑成想吃天鹅肉的癞蛤蟆。虽然我不像癞蛤蟆那么丑，但我很穷，在当下，穷是不可饶恕的罪和丑陋。如果给狗一个亿，让姑娘在狗和我之间做选择，我一定是被淘汰的那个，这点自知之明，我一直是有的，才不至于在漂亮姑娘面前经常性地自取其辱。

可是！

可是这个转折词，在我人生中最重要的时刻到来了！

陆武来找我，问我对穆晓晨的印象怎么样？

我拼命按住内心风起云涌的嫉妒，轻描淡写说还行。

陆武很吃惊，张着错愕的嘴巴说：仅仅是还行？

我酸溜溜说：又蠢蠢欲动了？你都名草有主了，少害几个姑娘吧。

我猜穆晓晨很有可能是陆武这匹牲口的新饲料，他来问我，应该是准备下口,但还没找到合适的切口。可是,我都想象着她的样子数度交欢了,潜意识里,都觉得她是我的人了,所以,我冷眼睥睨着陆武,特想找茬揍他一顿,毕竟,穆晓晨是他的朋友,我硬要说成自己的,有从兄弟马槽里偷料吃的嫌疑,这不是我的风格。

陆武冲我胸口来了一拳,说:你他妈想哪儿去了?!

原来,他想撮合我和穆晓晨,让我做好准备,因为穆晓晨是棵好白菜,想拱的猪太多,一定要先下嘴为强。

07

就在陆武建议我拿下穆晓晨的第二天,洛可可来找我。说考察了一圈,陆武的朋友里,就我还靠点谱,希望我能帮帮陆武。这让我受宠若惊。就我?一月薪不过四千的国营药厂技术员,除了他开party时豁上消化系统去帮着吃菜喝酒,还能帮点啥?

洛可可说让我帮他把陆家洛基因生物工程公司专业方面的业务顶起来,就是负责盯生产。

她要我辞职。

陆家洛基因生物工程公司正式开始运转,生物制剂技术虽已成熟,但牵扯到临床使用,来不得半点马虎。陆武虽是研究生毕业,却一心搞基因科学,以搞美容生物制剂为耻,心思根本不在这上面。

我说:我考虑考虑。

洛可可问我现在薪水多少?

我羞于说出口,但还是说了,虚荣地把各种奖金、补贴都加在了薪水里,也才六千块。

洛可可说:我给你一万五,如果公司运营好,年底还有分成。

我完全没有力气抵御金钱的腐蚀,就不伪装强大了,而且,我正绸缪对穆晓晨展开攻势,亟需大量银子壮胆。

我问她来找我陆武知不知道。洛可可说:你去了他就知道了。

当晚,陆武喊我出去喝酒,好几次,我想说洛可可找我的事,都被陆武打断了,在场合上,陆武不喜欢提洛可可,好像他原本光彩照人,一提洛可可,就暗淡无光。

过了几天，陆武又问我追穆晓晨追得怎么样了。我纳闷，说你这个人怎么这么奇怪？自己不想结婚，倒操心起我的终身大事来了，我结婚对你有什么好处？

陆武摩拳擦掌说他对穆晓晨特有感觉，要不是洛可可盯得紧，他就扑上去了，让我抓紧点，这么漂亮的姑娘，身后通常尾随着一群狼，你稍微一迟疑，她就成别人嘴里的肉了。

我不喜欢他这么说穆晓晨，尤其不喜欢他把穆晓晨说成肉，很风尘的感觉，就说我看好她，正摩拳擦掌，让他老实点，别给他长了胃癌的老爹添堵了。

陆武说既然这样，他就不给我增加难度了，意思是，只要他想放马去追，穆晓晨肯定没我的份。我心里酸溜溜的，敌意竟油然而生，我说：如果你追穆晓晨，我就当面揭穿你是风尘界老客的真实嘴脸，因为我不能眼睁睁看一好姑娘落在混账东西手里。

陆武用刮过眼球的表情看着我，说：行啊，看来你是真喜欢她，哥们成全你！

我哼哼冷笑，说：你这不是成全我，也是解救你自己，对穆晓晨更是善莫大焉。

陆武问此话怎讲。

我说：你要因为她甩了洛可可，洛可可虽不至于拿刀砍你，但你和穆晓晨的下场恐怕是比这还惨，想想吧，她爸是大名鼎鼎的洛市长，还不得让你们求死不成求生不能、叫天不灵叫地不应？

陆武捣了我一拳，说：亏我把你当哥们，看见好妞第一个想起你，你他妈就不盼我点好啊？

我吓！在男女情色这事上，陆武不挖人家围墙就不错了，居然会当红娘！还当得这么用心！我突然觉得有猫腻！就我，其貌不扬，一国营制药厂的质检员，他把穆晓晨这样的当红女主持介绍给我做女朋友，凭什么？该不是因为迫于洛可可的淫威，想挂着我这狗头丈夫卖他们奸夫淫妇的狗肉吧？我和陆武同寝室四年，清楚地知道他的老二没被狗咬坏。

陆武气得骂了一堆脏话。我知道是真格的了，让他说说穆晓晨的来历。

陆武说他和穆晓晨是半个月前在一个活动上认识的。穆晓晨是主持，声音特好听，落落大方里透着妩媚，很符合他对女性的审美，要不是洛可可把他缠住了，他倒真有可能追穆晓晨，但，既然有洛可可了，他懒得自找麻烦，就把这心思放下了。上周他闲来无聊，去泡酒吧，进门看见穆晓晨坐在吧台前的高脚凳上，郁郁寡欢地喝啤酒，就凑过去和她聊了一会儿，才知道是被父母逼相亲了。他就觉得搞笑，像穆晓晨这么漂亮的女主持，想找个人结婚，土豪、钻石王老五、富二代还不一批一批地往上扑啊？犯得着惆怅成这样了？穆晓晨说以前她也这么认为，可等她真的想找个人结婚了，才发现，想找个看着顺眼，他愿娶她想嫁的，比登天还难。

我说不至于吧？

陆武就一脸鄙视：一听你这说法，就是在男女方面没见过世面的人。

我说：那是，证明我是好人，不像你似的，看见个顺眼的女人就想放炮。

陆武虽让我说得悻悻的，但还愿意为我解疑答惑，说别看这世界上这么多男男女女，好像谁都娶不了单，可事实却是，男女之间，有个特牛逼的二八定律。譬如说，如果你是个男人，正处在婚恋期，你放眼望去，你视野范围内那么多女人，只有20%是正处在婚恋期的；而这20%处在婚恋期的女人当中，只有20%是让你有交往欲望的；在这你有交往欲望的20%女人里，经过短暂交往后，也只有其中20%是让你有深交愿望的；在这你有深交愿望的20%女人里，能发展到上床这一步的，大概也只有20%；在这剩下不多的20%里，上过床后，你会发现，让你有继续和她上床愿望的，只有20%，而结婚对象就是在这最后的20%里产生。你想想，你才认识几个女人，经得起这样一层淘汰80%一层淘汰80%地筛选？

陆武的话，有一定道理，但不具有普遍性，这就像有钱人和穷人吃饭，有钱人可以点一大桌生猛海鲜，专挑自己喜欢的吃，穷人虽穷，饭也还是要吃的，只是兜里银子有限，没挑选余地，饿的时候，有只面包就阿弥陀佛了，哪儿还有闲情管它好吃不好吃？

基于这个论调，我悲观地认为，如果穷小子的人品修为不高，一旦婚后发达了，比婚前就有钱的男人发生婚变的几率要高得多，因为穷的时候，他的两性生活，可能是因陋就简，一旦有资本满足自己对异性的审美了，会毫不犹豫地鸟枪换炮。

所以，我一直认为，对于男人来说，穷是原罪。

陆武被我絮叨烦了，让我给句痛快的，他都在穆晓晨跟前吹下牛了，说他有的是好兄弟，保准有一款适合她的。

我这才想起来，陆武生日那天，除了穆晓晨，单身男人比以往多，这在陆武的组局史上，是破天荒的事。

不由得，我有点得意。陆武来问我，说明几大桌子的男人，穆晓晨单单对我印象还不错。

陆武瞧不上我轻飘飘不知道自己几斤几两的嘴脸，让我别自我感觉良好了，穆晓晨谁也没看上，是他觉得这么好的姑娘，既然非要便宜哪个王八蛋，为什么不便宜自家兄弟？

也就是说，穆晓晨对我根本无意，是他在努力撮合。

我擦！我说：陆武，这是咱俩认识以来你干得最有良心的一件事。

但我还是很紧张，因为穷，美女主持可不是一点钱就养得成的。

按说作为一个胆小如鼠的男人，我应该知道自己几斤几两，知难而退，别打穆晓晨的主意。可诸位也知道，男人，作为动物中的一款，一旦见了美女，就会晕晕乎乎像空口喝了两斤二锅头，萌发出病态的自信，给把斧头就觉得自己能征服全世界。

穆晓晨的出现，让我犯了花痴，可能会干出一些不知天高地厚的荒唐事。

一想到即将和穆晓晨展开的恋情，我首先担心的是钱包，就不顾廉耻，吭吭哧哧地跟陆武说了洛可可找我帮忙的事。陆武问哪天？我想了想：大概一周了吧。

陆武说：你丫可真能憋。

他骂我有屁不早放，我脸上有点挂不住。可是，看在他认真撮合我和穆晓晨的分上，我必须收敛又臭又硬的坏脾气，继续赔笑脸。

但陆武很生气，嫌我不早说，好像我已叛变投敌，成了洛可可的同党，将协同讨伐他这异类。碍于男人的自尊，我没法赌咒发誓对他绝无二心，洛可可不过是我打瞌睡时正好送来枕头的人。

陆武说他的基因实验室公司，自从被洛可可改成专门为女人的脸蛋服务的基因生物工程公司，在资金方面，他父亲就大开洪恩，就像切开了动脉血管，哗哗注血，但他已毫无兴趣，就像男人对人妖毫无兴趣。

我以为他要甩掉公司不干了，心里一紧。

我此时的心里一紧，完全是出于自私，那种眼看着别人递来一饭碗，还没递到眼前呢，就要被人半空打翻的担心。

我说：你打算撂挑子？

陆武像被人捏住了七寸的蛇，悻悻说：你看我撂得了吗？

他真撂不了。洛可可之所以能像把匕首一样，理直气壮插进陆武的公司，把陆武的理想干了，完全是仗着她父亲的官场权威震慑住了陆武的父母，借助陆武父母的手擒住了陆武这个情场浪子，而陆武没用力挣扎，完全是因为他父亲的病。

他清楚自己和洛可可的结合，是政治和经济的结合，相互借力，一起挖钱。陆武敢说不干了，他父亲就会气得胃痛，吃不下饭，他妈就会一把鼻涕一把泪，把良心尚有一丝在存的陆武弄得毫无办法。他跟我说，不管他们对外多奸商，都是生我养我的亲父母，就算我不是孝子，也总不能把他们往绝路上送吧？

现在，因为穆晓晨，我一万个支持陆武向父母投降，只有这样，我才能进他公司把薪水拿到每月一万五。

我算了，一月一万五，到年底我就可以分期付款买一辆国产车，三年后，就能攒套郊区房的首付，如果美女主持穆晓晨具有相府千金王宝钏的美德，应该不会嫌弃我。

我这么厚颜无耻地跟陆武说。

陆武定定看了我一会儿，说：苏猛，看在哥们一场的分上，我必须告诉你，对别人有美德要求是臭不要脸的无赖行为。

我承认，他说得对，人类只有在想得到的和自己能力不相称的时候，才会积极赞美别人的美德，假仁假义地为自己的自私嘴脸擦胭脂粉。

被陆武戳穿，我很汗颜，但因为穆晓晨是美女，我可以忍受他对我虚伪的凿穿。

陆武是位好兄弟，知道见好就收，对我从不痛打落水狗。最后，他对我作揖道谢，说尽管他知道我来陆家洛基因生物工程公司完全是为了挣钱娶穆晓晨，但也歪打正着，拯救他于水深火热。我去了，他就解脱了，不用天天在公司看着洛可可别扭了。

可我是在很久很久以后才知道，洛可可找我进公司，并不完全是看重我的专业能力，而是希望有我这好哥们在，陆武在公司待得住。

却事与她愿违，是我辜负了她。

08

我进驻陆家洛基因生物工程公司，负责研发和产品质量，说是CEO，其实就是掌管产品质量的大总管。我一来，陆武就撒丫子了，每天太上皇一样到公司晃一圈，就呼朋唤友喝酒去了，为了打开生物制剂的市场，洛可可一个月有二十天天南海北地飞，回来就把我叫到办公室，问问公司近况。本着她对我的知遇之恩，我一五一十告诉她，不打分毫的埋伏。她对我很满意，说陆武果然是纨绔子弟中的英才，慧眼识人，交友靠谱，然后，旁敲侧击她不在公司的时候，陆武都在干什么？有没有女人来公司找他。

我总是大言不惭地撒谎说没有，不仅没女人，连只母苍蝇都没有。

她将信将疑，但我绝不赌咒发誓，而是真诚地看着她，就像坦诚的小学生看着怀疑他考试作弊的老师。

坦诚的目光，总是最能打动人心，为此，我经常对着镜子练习。

陆武也知恩图报，又组了几次局撮合我和穆晓晨。

我和穆晓晨总算混熟了。有穆晓晨的饭局，陆武就总是喝醉，开不了车，把车钥匙往我眼前一丢，说：苏猛，送穆小姐回家。

我知道他心思，想成全我俩，孤男寡女在黑夜的街上，特容易发生点什么，一开始，我还担心穆晓晨会拒绝我，毕竟，我出身鲁西南山区，虽然名片上印着我是陆家洛基因生物工程公司的产品总监，但也就是个高级打工仔而已。

对我去送她，穆晓晨没表示出感激之情，也没拒绝。

车到她小区大门口，我不放心年轻美丽的她只身一人穿过午夜的小区，要送上楼，被穆晓晨拒绝了，黑暗中她拿出一小瓶说，随身携带了武器。

因此，我对她就有了情操上的好感，一个随身携带防狼武器的女生，在感情方面虽然未必能媲美纯净水，但某种程度上的洁净，应该还是有的。

作为男人，我不能免俗地希望天下所有美女都人尽可夫，而我要娶的那个，却是贞洁烈女。

穆晓晨住城市东部的高档社区，这让还在老城区租住一居室的我很自卑。有一天，我和陆武说都不好意思约穆晓晨回家喝杯咖啡。

成年男人都知道，约女人回家喝咖啡，那是件多么美妙的事，可因为住的房子太破，我迟迟不敢让这件事发生。

陆武丢给我一张纸。

我不知道他什么意思。

他指着纸，说：写下！你丫买套房子的首付需要多少。

作为一个有自尊的穷人，我羞于再在他面前谈论钱，就像白丁倘若知耻就不该在秀才面前谈学问，就问：写这个干什么？

他说：借给你呀。

我必须承认我廉耻心很强，觉得陆武误解我了，把我对穆晓晨的无奈理解成了哭穷！生平我最瞧不起的事之一，就是哭穷。所以很恼，说：陆武，我知道你有钱，我也知道你知道我穷，可如果你以为你有钱就可以拿钱抽我这张穷脸你就错了。

陆武被我气笑了，说：我他妈闲得啊，拿钱抽你的脸！哥们替你急行不行？

他态度真诚，我意识到气势拨得太高，如果霎那间就顺着他递的杆溜下来，有方才是装腔作势之嫌，只能硬撑着再扮一会儿气恼。

陆武自己扯过一张纸，刷刷在上面写了一行字，推过来，用食指敲了敲，示意我看看内容，我继续扮演倔强的恼怒，不看，但余光忍不住瞟了一下，心脏就噗通噗通地跳上去了，这丫一家伙居然借给我一百万，还款从每月薪水里扣。

我仰着头，继续装不屑。

陆武漫不经心地敲着纸条，说：知道我为什么替你急吗？美色不能等，晓得不？原本一水灵灵的蜜桃，你等来等去，岁月让她变成核桃，哥们是想让你趁美女还是蜜桃的时候尽情享受。

我哼了一声，假装很不情愿，其实，心里已结结实实地搂住了陆武，梆梆拍着他的肩膀泪流满面地叫了一万声好兄弟。

但为了保住我可怜的自尊，我还是像被欺负了的赵姨娘一样，抓过纸条，签下了自己的名字，悲壮地推回去，就像向阶级敌人交出了我的卖身契。

为了尽快约穆晓晨回家喝咖啡，我用最快的速度买下了一套精装房，又用剩下的钱，去王村大集买了辆二手车，黑色的，六年车龄。

我开着它，从王村大集河底的二手车市场吭哧吭哧往岸上爬，不到一百米的坡，熄了三次火，太他妈狼狈了，和我青年才俊的气质完全不匹配。最后一次熄火，我气急败坏，下车踹了它几脚，竟把车屁股上的漆踹下来好几块，悔得我肠子都青了，这车虽然旧，可洗擦干净了，也还像那么回事，踢掉几块漆就不行了，像好好一匹马身上长了癞疮，你说骑还是不骑？

我回头张望，就见卖给我车的家伙，正龇着被烟渍侵略得像含了一嘴黑狗屎的牙在笑，看上去非常不怀好意，这让我怀疑他开着这辆车干过杀人越货的勾当，正庆幸遇到了我这傻逼一号，可以嫁祸于人。

想到这里，我的心脏像给扔了个高，忽忽悠悠的，找不着地方落。

我站在原地发了一会儿怔，决定回去找他问个清楚，他似乎看穿了我的意图，跨上摩托，在旧车如陈尸的河底左右腾挪，犹如骑了一匹跳跃的机械狐狸，不见了。

正懊恼着，听路过的人尖叫：溜车了！溜车了！

我回头，就看见我已装死的车，正缓缓往坡下溜去，我下意识地伸脚去挡，上演了现实版的螳臂当车。

我惨叫着捂着脚蹲在路边，幸亏旁边摆摊卖水果的老兄眼疾手快，摸起两块石头往车轮后一塞，才没酿成大祸。

一河底人呢，如果车溜下去了，会怎样呢？

我在心里吸着冷气，恨不能找把锤子，当街把它砸成一团卖废铁。可是，我需要一辆车，准确地说，是我的爱情需要一辆车，我正和本市有名的电台音乐主持人穆晓晨谈恋爱。她漂亮，随便往哪儿一站，都艳光四射，我知道，见过她的男人，有不少会把自己关在厕所里想象着她的样子打飞机。

这事我也干过。我想，结婚以后我会向她坦白交代的，再阳春白雪的爱情，开始的源动力也是性，所谓一见钟情，不过是看了一眼就想上床搞，这就是真相，很赤裸，一点也不美，不接受真相之残酷，就只能在虚伪中慢性中毒。

我一直认为，在性和物欲方面，我们人类已中毒很深，语无伦次，美丑不分，还活着的人，都在各取所需地哄抬爱情，粉饰性欲。

总用陆武的车送穆晓晨，让我觉得没面子，何况二手车这东西，你不说，就没人知道你买的是二手的，说不准还以为你买了很多年开旧了呢。从王村大集上开着车往家走的时候，我是这么安慰自己的。

倒霉的是，我围着小区转了三圈也没找到停车位！于是，买车位这事又摆上了议事日程，我总不能请穆晓晨回家喝咖啡了，结果围着小区兜兜转转就是停不下来，空把一肚子的良辰美景给耗完了。

既然已经有张借条在陆武手里了，就不差第二张了，但我还是用了点计谋，编个理由请陆武去我新家看看。

陆武不知是计，来了，但很让我失望，他竟然找到了停车位！一来就在小区门口找到了停车位！我意识到是我约错了时间，干嘛在大家都上班的时候约他过来？都开车去上班了，停车位当然多了！不行！我得想辙！等他参观完我家，坐下，我说哎呀哎呀我这什么脑子，居然忘了买酒！陆武从不喝白酒也不喝葡萄酒，不喝白酒是受不了白酒的冲，不喝葡萄酒是葡萄酒容易让人放松警惕，会不知不觉中醉得一塌糊涂，喝啤酒不存在以上问题，他就只喝啤酒。但他不喝著名的青岛啤酒，喝崂特，据说崂特啤酒还是用纯正的崂山水酿造的，口感好，但青岛啤酒名声太大，再好喝的崂特啤酒也是大音希声，市场份额不大，只有本地真正的啤酒老客知道，所以，买崂特，要去特定的几家店才能买到。

我佯做要出去买酒，陆武说我不知道去哪里买，要亲力亲为。这就是我要的效果，陪陆武去买啤酒的路上，我深深感觉到了自己的阴险，像跳舞的算盘珠子一样在唱歌，其实，我陪他去买酒，主要是为了回来他找不到车位时大倒苦水。

一切皆如我愿，我们出去半个多小时，下班回来的车，像扎篱笆一样把小区周围的路边封得严严实实，陆武愣是围着我们小区兜了半个小时也没找到车位。

在这半个小时里,我向他倾倒了至少二十五分钟下班回来找不到车位的苦水。

一听我每天要受这么多磨难,陆武怒了,逼我马上买车位,我表示,已是有心杀贼,却无力回天。

没钱。

第二天,陆武往我办公桌上甩了二十万,我花十八万八买个车位,停我那辆价值两万块钱的车。

09

半个月后,我成功地约到穆晓晨回家喝咖啡。

喝过几次咖啡,我俩就熟了,像男女朋友了,穆晓晨是个多愁善感的文艺女青年,从没嫌过我穷,只是,常常会面色忧郁,望着一个地方发呆,半天不说话。我问她怎么了,她就笑笑,说没什么,想起了一些不开心的事。

我很难过,也心疼她,因为爱她,我愿她人生的每一个时刻,都像向日葵一样灿烂。

她难过的时候,我就点上蜡烛,倒两杯葡萄酒。我喜欢烛光,烛光暖而温柔,就像我对她的心情。有一次,和她坐在沙发前的地毯上喝红酒。喝到第三杯,她怕醉,说不能再喝了,让我送她回去。对了,她不会开车啊,实在太罕见了。我问过她为什么不学车,她说她对机械有种天然的抗拒,对开车这件事充满了惶恐和胆怯。

我觉得抗拒机械的女人在精神上都是特别女人的女人,性情柔软,我对她就更是心水了。

我说现在街上查酒驾查得厉害,我也喝酒了,现在送她回去有被查的危险,让她等会儿。她说好,于是,我又给她倒了一杯酒,喝得她脸红了,歪在沙发上的样子可爱极了,诱惑极了。我觉得我要不做点什么,很对不起我这个性别,就往她眼前凑了凑。她大概感觉到了我的意图,往后挪了一下,好像在躲避我,却又不胜酒力的样子,鼓舞了我。

之前我对她有过想入非非却不曾得逞的经历,就学精明了,没去吻她性感饱满的小嘴巴，而是温柔地亲吻着她香喷喷的头发、额头。原本警觉的她，就放松了，倚在沙发上，像等待父亲宠爱的小女孩子，微闭双眼。我顺着额头吻了她的脸庞、耳朵、脖子，吻到蝴蝶骨的时候，她微微战栗了一下，想推开我，我拿出了男人是座山的力量，坚不可摧，吻到了她国光苹果一样小巧圆润的胸脯。她两手搭在我肩上，拼命地推我，力气太小了，根本就不是我对手。我虽然是初犯，但跟着日本Ａ片上了无数堂课了，她根本就摆脱不了我，终于，被我放倒在沙发前的地毯上，我解开她的连衣裙下面的几粒扣子。

真是美得无与伦比的身体啊，美得我都要哭了。我说晓晨你是我的女神，我会一辈子爱你疼你呵护你，像爸爸呵护女儿一样，不让任何人欺负你。

她大概被我的真诚感动了，对我的进一步入侵没再挣扎，喘息微微粗了起来，像歌曲里的副歌，低低的气声发音，特别性感，特别磁性。

陆武打死都不相信我和穆晓晨是第一次。

我告诉他我想死在穆晓晨身上，可她却第二天就到外地出差了，也不知道她会不会继续流血或者发炎，因为早晨我发现她躺过的地毯上有一小汪血迹，这说明她和我是第一次！

陆武这才相信当年他白花六百块钱给我点了一小姐，我竟然没睡！他说从来没见过我这号蠢货。我和穆晓晨是彼此生命中的第一个异性，让我更加坚信，爱情是神圣不可亵渎的。

陆武说他突然替穆晓晨担心。我问他担心什么。他说嫁给我这种男人很危险。我以为他要说我这种男人因为用情太专一容易控制欲强，没想到他说我这种男人在婚后特容易出轨，还特容易把奸情当爱情。

　　他太看低了我在感情方面的情操，也不足为奇，人么，看待这个世界，使用的都是自己的价值观，也就是说，我们看到的世界，只是我们自己内心的投射，并不是真实客观的世界。在阿Q眼里，和尚可以睡的吴妈全世界的男人都可以睡；在荡妇眼里，满街都是西门庆；在祥林嫂眼里，全世界都会和她一起哀痛被狼叼走的阿毛；在陆武眼里，只要是男人，就不会只睡自己老婆一个女人，为这，我都不想请他参加我和穆晓晨的婚礼，但他还是拿着一只装着灰烬的红包去了。

　　晚上，我和穆晓晨坐在婚床上拆红包，拆到陆武的红包时，发现里面装着灰烬。我当场跳脚，认为他不怀好意，在诅咒我们，全然不顾他是我的衣食父母是我的东家，捞起手机拨过去，不容他开口就破口大骂。

　　电话是洛可可接的，她很有涵养很有耐性地听我骂完，才说红包里的灰烬是我写给陆武的借条。也就是说，陆武把我买房买车位的借条烧了，一笔勾销。

　　这是我这辈子见过的最土豪的红包，尽管它装着灰烬，但它价值一百万，或许您要问，房款加车位款，不是一百二十万么？是的，那二十万已经从我工资里扣掉了，我和穆晓晨结婚，是两年以后的事了。

　　结婚当年，我换了辆新车，穆晓晨很喜欢。我觉得在这世上，最有意义的事，就是穆晓晨喜欢。

　　我最喜欢做的事就是每天早早起床，烧好早饭，蹑手蹑脚回到卧室，把睡眼惺忪的穆晓晨，抱到餐桌前，放在椅子上，把筷子塞到她手里，然后亲一下她额头，说：乖，爸爸给你做的，都吃掉。我喜欢穆晓晨喊我爸爸，尤其在床上，她喊我爸爸，总能勾起我内心莫名的温柔，很致命，很破碎，带着不可名状的忧伤。

我喜欢坐在她对面吃饭，一往情深地看着她，有时候我会搞恶作剧，吃着吃着饭，给她讲笑话，她会大笑着拍着餐桌制止我。她拍着餐桌大笑的样子，好像幼儿园小朋友，可爱，天真，烂漫。

吃完饭，我会送她去台里播音。

她主持的是早间音乐节目，出门时，天似亮未亮，灰蓝色的天空下，城市还静谧而空旷，我总情不自禁地摸摸她的脸、丰满而柔软的嘴唇。我摸她嘴唇时，她会咬我，突然张开嘴，小狗一样叼住我的手指，轻轻咬着，满眼桃花地睥睨着我，这样的时刻，美极了，我觉得幸福就是我们像两个傻孩子一样，乐此不疲地玩这个叼手指的小游戏。

穆晓晨皮肤白皙细腻，身材玲珑有致，性感得很，家里有她，我不喜欢加班。

洛可可颇有微词，也因此表现出一副很讨厌我已经结婚有老婆的样子。

因为工作关系，我和洛可可接触比较多，也算了解她了，心气挺高，有野心，虽然跋扈，但完全没有官二代的纨绔作风，做事情雷厉风行，几年而已，就把陆家洛基因生物工程公司拓展到了北京上海，前景一片大好，美中不足的是陆武不领情，依然流连于夜总会、搞各种party。洛可可气不过，去砸过几次场子，弄得陆武很没面子，一气之下，买了艘游艇，直接开游艇party，停在离岸好几海里的地方，彻夜不归。洛可可小时候在游泳池呛过水，有恐水症，只有站在岸上干生气的分。

因为这，洛可可妈也兴师动众地来问罪，陆武妈脸上挂不住，扇了陆武一耳光，陆武蔫蔫低着头，站那儿，也不道歉，只瓮声瓮气说他也知道自己不好，可就这操行了，改不了，真心希望洛可可能找到称心如意的幸福，而不是栽在自己这混账王八蛋手里。

话说到这分上，谁也没辙。洛可可妈也扇了陆武一巴掌，拉起洛可可就走，被洛可可甩开了，说陆武那点小心思她知道，不就是没花够嘛，她有的是耐心等他浪子回头。

说这句话的时候，洛可可眼里，闪烁着晶莹而倔强的泪光，说她这辈子，不管是对天对地还是对人，还没认过输，陆武这根硬骨头，她啃定了。

事后，我也劝陆武，不要太过分，毕竟，洛可可把他一间倒贴钱的基因实验室做成了一个有五家分公司、年营业额上亿的集团公司，没有功劳也有苦劳，何况还真心真意地喜欢他。

陆武坐在酒吧的高脚凳子上，目光茫然，拿着一瓶啤酒慢慢啜饮，好半天才回头定定看着我，说：武大郎也是真心喜欢潘金莲的。

我愣，忍俊不禁，说：拿洛可可比武大郎，你真够可以的。

陆武说：性质是一样的，我不喜欢她跟她把公司做多大没关系。

过了一会儿，又说：公司是我的吗？我只想要个基因实验室。

我想了想，也是，这就是陆武，打小生活优渥，有些在我看来的可歌可泣，于他，根本就不值得一提，比如，洛可可把公司做这么大，挣这么多钱，在他眼里，不过是一堆和他没关系的垃圾。

我说：不管你感不感兴趣，公司都是你爸拼命注血才壮大起来的，就洛可可那脾气，早晚得和你急，对你们家没啥好处。

陆武依然无所谓，说：随便她。

陆武继续灯红酒绿，高兴了，到公司点个卯，见着洛可可，没心没肺的笑里看不出他们有半点情色关系。陆武说他们还经常睡一张床，但，大多时候，像老夫老妻一样，睡得相安无事，有时，有时候洛可可会来撩他，撩着撩着，就生气了，忽地坐起来，穿上衣服就走，陆武也不留，有一次，洛可可气哭了，说陆武你再这么下去我会恨你的。

陆武就笑，说恨比爱还耗力气，你就不能放过我？

洛可可瞪了他一会儿，说要不你跟我求一次婚吧，我当场把你拒了，也算给我个台阶下。

陆武答应了，两人约好在洛可可生日那天求婚，她当场拒掉，算是给他们的关系划上句号，陆武答应了，可没想到洛可可张罗了一百多号人参加她的生日聚会，陆武就有点不安，担心被洛可可给绕进去，跟我商量怎么办。

说真的，在这事上，出于传统东方男人朴素的道德观，我是站在洛可可这边的，就给陆武分析，洛可可是见过大世面的人，不至于这么没起子。

可是，没起子的事情，还真就发生了。

在洛可可生日宴上，当陆武拿出他妈早就备好的钻石戒指，单膝跪倒在地，眼巴巴地等着洛可可来拒，洛可可却激动万分地接过了戒指，流下了幸福的眼泪，陆武就傻了，傻乎乎地站起来，说咱不是说好的……

没等说完，洛可可就扑上来拥抱了他，送上双唇，狠狠吻了他一下，然后轻声说：陆武，你信不信？你要敢说出真相我就让你们家倾家荡产。

陆武满脑子都是被洛可可绕进套里的懊恼，除了自己的自由身，倾家荡产根本就不在他的关心范围内。他鲁莽地推开了洛可可，大声说今天的求婚不算数，因为他才发现拿错了戒指，这枚戒指是假的。

说完，就要从洛可可手上往下撸戒指。洛可可左躲右闪，说只要陆武对他感情是真的，不在乎戒指的真假。

陆武却执拗地捉住了她的手，撸下来，扬手就从酒店的窗子扔了出去，黑着脸说：我的真心岂能让一枚假戒指代言？

说完，头也不回地走了。

洛可可站在台上，愣愣地看着他走远，慢慢地努力往上翘着嘴角，笑了，说：他这个人，就是太较真了。

大家面面相觑，似乎拿不准该做出什么样的反应才是恰当的、善意的，我忙站起来给打圆场，说陆武回家找真戒指去了。

洛可可冲我晃了晃酒杯，干了，然后，又倒了一杯，笑吟吟地穿梭在人群中，我很担心她心情败坏，难以自持地喝醉，跟了她一晚上。还好，虽然她喝了不少酒，但很清醒，送她回家的路上，她歪在副驾驶上，一副烂醉如泥的样子看着我，说：苏猛，你担心了一晚上是不是？

我口是心非地说没有。

洛可可就笑，说：别装了，我知道，你担惊受怕了一晚上，怕我失态，怕我发疯。说着说着，洛可可的泪就掉了下来，可她的表情，还是咧着嘴开心大笑的样子，我看得有点害怕，也有点心碎，觉得洛可可不容易，平时多骄傲多凛冽一人啊，愣是被陆武治得完全没办法，我抽了张纸递给她。洛可可没接，霸气地拿手背把泪抹了，豪情不减地说：我知道，很多人希望看到我发疯看到我失态，我一直体体面面地活着，早就有人看不顺眼了，我不会遂了他们的心愿的。

她说的有一定道理，官二代，生意随便一做，就风生水起了，是挺让人羡慕嫉妒恨的，但我不想应声附和她的猜测，否则，容易助长负面阴暗情绪。

后来，她歪在副驾驶座上迷迷糊糊地睡着了，嘴里还不停地嘟哝着谁也别想看她笑话。

我把车开到陆武家门口，打电话让陆武出来。

陆武听上去心情很差，不耐烦地问我干嘛。我怕说洛可可醉倒在车里他就不出来了，就说你出来就知道了。

陆武让我等会儿。

过了一会儿，陆武穿着睡衣出来，看着歪在副驾驶座上的洛可可，转身就往回走，被我一把薅住了睡衣，扬手就给了他一拳。

长这么大，陆武没挨过打，他捂着被我打青的嘴角，皱着眉头看我，目光咄咄的，大约，他猜得出来我为什么打他，却不说，只是皱着眉头盯着我，好像他的眼睛是射钉枪。

我指着歪在副驾驶上的洛可可，说：当着她一百多号朋友的面，你让她下不来台，你还是不是个爷们？！

陆武咆哮说：她骗了我！

我说：那是因为她爱你！她怎么不去骗别人！

陆武说她爱我我就要爱她？武大郎还爱潘金莲呢，照你这说法潘金莲应该感恩戴德是不是？

他又拿武大郎和潘金莲说事，都快把我给气笑了，我说：陆武，你能不能找个体面点的比喻，你他妈是个男人，不是荡妇潘金莲。

陆武冷冷看着我，一字一顿说：我是西门庆。

我冲他打躬作揖，求他把洛可可抱进去，因为穆晓晨还在家等我呢，我要回家。

陆武不情愿地抱起洛可可回家了。

后来他们之间发生了什么，我就不知道了，之后，关于那晚的事，没人提，就好像，那个夜晚不曾存在过一样。洛可可依然风风火火地打理着公司，一脸信心满满，早晚把陆武拿下的志在必得，陆武依然吊儿郎当、花天酒地，而我因为洛可可打了他一拳，他也没秋后算账，只有喝醉了的时候，才会醉醺醺地眯睨着我，说我是个叛徒，说我城府深，都这么多年了，还没忘了报当年他把我鼻子打开花之仇。

我懒得和一醉汉计较，当他放屁了。他让我等着，早晚有一天，他得把这一拳还给我，长这么大，敢打他的人还没出生。

我就又揣他一拳，但不重，告诉他别掩耳盗铃了，赶紧回家。

那段时间，因为没甩掉洛可可，他心情不好，总是喝醉，我送他回家，都是洛可可出来接他，醉汉陆武就像个不甘愿被移交的俘虏，一边嘟嘟哝哝骂骂咧咧，一边歪在洛可可肩上，被她扶着，东倒西歪地往卧室去，有时候，他妈听见动静，也会出来，看着这一幕，就骂陆武。

原本还像刚刚被捞到岸上的鱼一样在洛可可肩头挣扎的陆武，一听见他妈妈的声音就会立马装死，连洛可可的肩也不歪了，随便扑倒个什么地方，大吐特吐。

陆武妈就哭，觉得自己养了这么一不着调的儿子，对不起洛可可，一边招呼保姆出来收拾陆武吐得到处都是的污秽一边跟洛可可道歉。

说真的，我都觉得陆武配不上洛可可。

事后，在公司的午餐桌上，我曾问过洛可可，到底是一种什么样的力量支撑着她对陆武的喜欢。

洛可可想了想，说：大概是颜值即正义吧。

可我觉得颜值即正义是十七八岁无脑少女对男人的认知，她是雷厉风行、处事果断的洛可可啊，在对男人的审美上怎么会这么幼齿？

洛可可说这是女人的执拗，越得不到，越觉得好，长这么大，只要她喜欢的，就没她得不到的，所以，陆武不能成为例外。

我明白了，洛可可对陆武的容忍，与其说爱，不如说是置气，我看过不少心理学方面的书，女人在感情方面，都盲目自信得很，一旦感情受挫，就容易在执念里迷失自我，尤其像洛可可这种心高气傲几乎没人对她说不的女孩子，感情上的失败，对她，可以说是奇耻大辱。

我劝她不必如此，在感情方面，含辛茹苦强求来的，往往是枚苦果。

洛可可心坚如铁。

站在道德角度，我是支持洛可可的，可我又知道，在男女感情方面，道德往往屁用没有。我把这话讲给洛可可听，希望她明白，不管陆武父母多么喜欢她，我多么支持她，外人看陆武怎么配不上她，可只要陆武心里没有她，就嘛用也没有。

洛可可自负得很，说拿下陆武，是早晚的事，不需要借助外力，如果我真想帮她，就把心思都用在公司上行了。

那段时间，我能感觉到洛可可对我的信任和依赖，经常派我出差去处理外地几家公司的业务，只是，我恋家，恋穆晓晨，恨不能一天24小时黏在家里，洛可可就不高兴，说一个男人应该有点魄力，不要拘于毫无意义的小情小爱。

我很惭愧，只好去出差，分公司接触多了，渐渐发现一些问题，回来告诉洛可可，让她整改，她嗯嗯啊啊地应着的样子，很心不在焉。我去跟陆武说，陆武就不耐，让我跟洛可可说，他不操这心。

说的次数多了，洛可可就烦了，说：苏猛，我发现你怎么这么轴呢？

我说一个性格不轴的产品总监才是最可怕的。

洛可可就定定看着我，千言万语却不想跟我说起的样子。我说再这样下去，公司会出问题的。

她斩钉截铁：不会。

我说如果你不想整改，我可能会辞职。那会儿，我已发现，公司的生物制剂原料，货源多而质量参差不齐，出问题是分分钟的事，我就像个假想着父母对自己有很多爱的拖油瓶，以为这么说能吓唬住她。

洛可可看着我，慢慢说：可以，请提前跟我打招呼。

她迫不及待要赶我走的样子，好像我已是公司发展路上的绊脚石。我很尴尬，又没法恼怒，职是不能辞的，我阿Q一样宽慰自己说，洛可可虽是商业奇才，专业方面却是外行，陆武一门心思沉溺于酒色，公司对他来说，就像是弃妇与不想回头的浪子的关系，我要不盯着点，早晚得出事。

我就像个不被爱却找尽各种冠冕堂皇理由不离婚的弃妇赖在公司里不走，显得赖唧唧的，都不敢扪心自问，怕自己会因此而羞愧难当，好像我赖在这里，是恋着薪水，以及没找到合适的下家。

至少，洛可可是这么看的，没说，但我感觉出来了。她对我没过去热情了，不仅有事不再找我商量，还明显避着我，好像我是商业间谍，这让我很不爽，虽然我嚷嚷着要辞职，但这不过撒撒口泼而已，辞了职我干啥？像我这样的专业研发人员，虽然槽好跳，工作也好找，薪水也少不了，但是，我不想背叛陆武，更不想跳到和陆家洛唱对台戏的公司，给再多钱也不去，这是我的原则，也是我作为朋友的道义！

所以，我得拿出点主人翁精神，让洛可可明白，说归说，我在这里耗定了，公司里的事，她越是不想让我知道，我就越是要问要插手，弄得她很烦，好像我不是产品总监，而是根搅屎棍子。

有次我闹肚子，在卫生间的隔断里坐的时间长了点，听见有人在外面议论，说洛可可说我是农民，身上的愚笨轴劲儿让人不舒服。

我从不否认自己的农民身份，也不否认自己的轴，但我并不愚笨，只是很有原则。比如我会因为细菌指数超标毁掉一批昂贵的制剂；比如洛可可联络了全市的大大小小医院，收集婴儿胎盘和脐带作为生物制剂原料，我认为这种匿名免费收集的行为是对孕妇的掠夺，要求她必须提前告知产妇，征得产妇同意，然后给予一定的经济补偿，以免将来事情捅出来成为丑闻，她不同意，我俩在会上吵了起来，洛可可差点把手机扔我脸上，但最后不得不同意我的方案，因为我威胁她了，要把这事捅到网上去。

我的固执常常会让洛可可跳脚当初让我来公司是自己瞎了眼，又拿我没办法，因为我是陆武的哥们，代表着陆武的利益，还是她亲自请进公司来的。

有一天我去找洛可可签字，她在会客室接待客户，让我等会儿。

我等得百无聊赖，见桌上散着一份公司章程，就随手翻开看，是武汉分公司的，虽然还叫陆家洛基因生物工程公司，但却是仅属于洛可可一人的独资公司，我脑袋嗡地一声，就乱了。

武汉分公司即将成立的事我知道，出资人明明是陆武的父亲，怎么会注册成洛可可的独资公司？我一急，拿着文件去会客室找她。

洛可可刚送走客人，不等我说完，就一把夺过公司章程，说弄错了，她正要让法务过来改。我说这么大事，怎么会错？

洛可可也不解释，黑着脸走了，我追在她身后问，武汉分公司她和陆武分别的持股比例是多少，她极没修养地回头喷了我一句：狗拿耗子！

从洛可可那儿问不出话，我就想从侧面打听，愣是打听不出来，武汉分公司就像个包裹严密的秘密，又被锁进了铁桶，不由得，我更替陆武担心了。

陆武还是老样子，整天呼朋唤友地喝酒，在本市喝够了就坐飞机到别的城市喝，在别的城市也喝够了，就去国外喝。他的朋友圈，永远活色生香，洛可可好像完全接受了现实，既不生气也不吃醋，好像陆武不是她的未婚夫，只是生意搭档。

因为洛可可每周至少要去陆武床上过一夜，从不避讳任何人，光明正大的，好像他们已婚。为此，陆武父母很欣慰，觉得陆武和洛可可虽然没举行婚礼，也没领结婚登记证，但已经是事实夫妻了，人家是市长大人的千金呢，有头有脸的人家，如果不是死心塌地跟定了陆武，能光明正大地睡到他床上？在他们眼里，洛可可毫不避讳地往陆武床上睡，就是态度，人家都主动以陆家儿媳妇自居了，还有什么不踏实的？

所以，陆武父母往陆家洛基因生物工程公司输血资金的时候，毫不吝惜，全是大手笔，每每月底我看着会计的账，都会替陆武家捏一把汗。

我去找他，说：陆武，你俩这么多年了也不结婚，只伙着开公司算怎么回事？

陆武说：我就是不想结婚，洛可可也接受现状，还结什么结？

我说：公司呢？你对公司怎么看？

陆武歪头看着我的样子非常玩世不恭，好像我跟他说的不是年利润上亿的公司，而是他们家角落里随便一把被废弃的椅子凳子或者什么其他小玩意。我让他认真点。他坐端正了，说：随便她折腾，反正利润一家一半。

我不得不告诉陆武一个残酷的事实，随着洛可可到处拓展业务，作为输血根据地的他爸爸的家具公司已经快被抽干了，也就是说，他们陆家的生意基本全都转移到了基因生物工程公司，家具公司只剩了个空壳，他最好还是上点心。

陆武说：我怎么上心？

我狠了狠心，说了实话：我觉得洛可可变了。

陆武马上像个傻逼似的大笑，说：变了好啊，她最好是变心了，再也不想嫁给我了。

我大喝了一声：陆武！

他把只长棍一样的大雪茄咬在嘴里，眯着眼瞅我的样子充满了挑衅意味：凶什么凶？好好说话，不会啊？

我拖了把椅子，坐在他对面，认真看着他眼睛，问：洛可可现在还去不去你家睡觉了？

陆武说：去啊，怎么不去？莫名其妙地看了我一会儿，说：你问这个干什么？

我没回答他，问：你们性生活怎么样？

陆武悻悻说了声：操！你打听得也太多了吧？

我说：陆武，我是认真的，你必须告诉我实话，因为事关你们家的未来。

陆武被我唬的云山雾罩的，说：有一搭没一搭。

以前呢？

陆武想了想，有点恍然，喃喃说：以前她挺喜欢缠我的。我说：现在呢？

陆武说：如果我没喝酒，想要，她配合，我不要，她也不主动，有时候她来，我觉得就像是一个人在单位加班晚了，回家不方便，就近找个朋友家借宿一晚的感觉。

我说：这就是了，我研究过情感心理，当女人对男人停止感情分泌了，就不会再跟他起腻，洛可可和他，符合这特点，当女人不爱男人了，还留在他床上，只能是因为不甘和恨。

陆武坏笑，说我宫斗戏看多了，再说下去，洛可可是不是就要扎小人咒他了？我让陆武想想，在感情上，他几乎让洛可可伤透了心，最后又当众抹了她的面子，所以，我很担心洛可可在公司的很多事上瞒着我，不让我插手，是想报复陆武。

陆武被我说得一愣一愣的，说：怎么报复？

把公司盘到自己名下，把你一脚踢出去。

陆武几乎尖叫：不至于吧？她要想弄钱，只要她爸发话，简单得很，何必盯我们家？

我说：至于。

陆武瞪眼：就因为我抹了她面子？

对，因为她爱你，你寒了她的心，女人寒掉的心，有剧毒。

陆武一副被我描述吓坏的样子。我知道他是装的，他是故意戏弄我，嘲讽我危言耸听。

果然，他挤鼻子弄眼地戳了我胸口一下，说：都这地步了，你别他妈傻戳着了，赶紧的，给哥们想主意解一解，不管怎么着也得保住点家业够我下半辈子吃喝嫖赌的。

陆武永远正经不起来的不着调让我痛心疾首，和陆武说不通，就想和陆武父母谈谈。

当然，和陆武父母说的时候，我很婉转，才刚刚闲扯似的说到那个因为被骗婚而跳楼自杀的程序员，陆武父亲就接电话去了。就剩陆武妈，端一杯茶，满脸冷眼睥睨，很不高兴，好像我是看不得别人过好日子的望人穷，专爱挑拨离间、做奸佞小人，掠夺他们对洛可可的信任。陆武妈说：小苏，我知道你和我们家陆武好，我也知道陆武吊儿郎当，可是，有一件事你得看明白了，你叔叔打拼下的这份家业，不管陆武愿不愿意干，都得交他手上，可可是我们老陆家的儿媳妇，产业交到陆武手上就是交到她手上，把我们这个家折腾穷了对她有什么好处？

我说：不是把你们家折腾穷了，是把你们家财产转移了。

陆武妈说：转移哪去？她和陆武结婚早晚的事，还不左口袋倒右口袋？

我说：他们还没结婚不是？

陆武妈说：只要心真诚，不差那张纸。

见我无言以对,陆武妈又说:小苏,你要真心对陆武好,就劝劝他,别疯了,赶紧跟可可把证领了不就行了?

我知道,陆武妈和洛可可妈关系很微妙,她说她们是发小的时候,洛可可妈从来都不置可否,好像不当众否认就已是给了她面子。陆武妈巴结她,纯是为陆武父亲的事业助力,洛可可妈有架子可端,完全是借了市长丈夫的势,个中的因果关系,彼此心照不宣,陆武妈明显处在弱势。如果我要说洛可可现在和陆武在一起,已不再是因为爱,而是恨,甚至报复,她会有自认为狡猾的老奶奶被三岁小儿看蠢了的恼羞成怒,会跳脚、会把茶泼我脸上、会骂我,理由是决不能允许别人侮辱她朋友,然后,去跟洛可可告状,把我开了。

我得替陆武看着公司,不能闹到和洛可可公开撕逼的地步,所以,我只能艰难地咽了口唾沫,打住,不再往下说。

陆武妈说:小苏,要不是看在你是陆武多年好朋友的分上,我真得把可可叫过来当面锣对面鼓地和你好好说道说道!

我说对不起,是我狼心狗肺了,我忏悔我认错。

我得服软,别让陆武妈把状告到洛可可跟前。

可是,我一服软,陆武妈就认为我承认了自己是混账王八蛋,哼哼地冷笑了两声,说:我告诉你小苏,就算没有可可,我们家老陆也不可能把公司交到一个外人手里,陆武的好朋友也不行!

苍天大地王母娘娘天王老子啊,女人的脑回路太曲折了,她居然把我的好心当成了想对洛可可取而代之!

我说知道的知道的。千忏悔万道歉,也不知道有没有打消她对我有狼子野心的想象。

10

和陆武父母说不通，我继续和陆武说。

我直接说只负责技术，公司财务和业务都掌握在洛可可的人手里，如果她想做手脚，完全不是我能左右的。陆武说我吃饱了撑的瞎怀疑。我只好实话实说了，随着公司摊子铺得越来越大，总公司这边光财务上就有五个人，这五个人内讧，其中有个姑娘为了获得我的支持，曾告诉过我，公司账上的很多项目驴唇不对马嘴，明明是陆武父亲给拨来的资金，洛可可让做账做成了外来融资。

陆武被我说得脸都黑了。我这才发现，陆武对家族，也不是一点责任感都没有，说是得考虑考虑。然后，拉我去喝酒，整个晚上，话不多，喝了五六瓶，非要自己开车，我给叫了代驾，他愣给骂走了。说有洛可可他爸这棵大树呢，都好几年了，靠着他们家自毁式的输血，洛可可进账都上亿了，他还没在树底下乘过凉呢。

然后，陆武就出事了，在路口拐弯的时候，他的车和前车追了尾。对方叫了警察，一吹气，陆武就被带走了，说是醉驾。

陆武第一个电话就打给了我。

当时，我正不开心，因为晚上喝了酒，我情绪高涨，要办穆晓晨。穆晓晨不肯，说我喝酒了。每次都这样，只要我一喝酒，穆晓晨就拒绝和我做爱，理由是我喝了酒，老二不敏感，要起来没完没了的，她烦。

穆晓晨紧紧裹着睡衣，虎视眈眈地看着我，好像我胆敢扑上来，她就能把我的老二弄断。作为一个英武的、满肚子春色的男人，被老婆拒绝在床上，这种懊恼，简直是罄竹难书。陆武的电话就是这时候来的。

一听他进了局子，我老二马上就软了，问怎么办？他好像没把醉驾进局子当回事，慢条斯理说你给洛可可打个电话。我说怎么说？陆武说还能怎么说？实事求是，醉驾。

我按他的说法打了电话，洛可可几乎要破口大骂，说陆武是不是吃屎长大的？这事让她爸怎么开口？堂堂一市长，万人敬仰，为个喝醉了酒撒野的市井小民打电话托关系，掉不掉链子？

自从看我不顺眼，洛可可跟我就不再客气，说话的时候，横鼻子竖眼，好像她是偌大府宅里的大管家，我是跑腿都跑不好的狗奴才，活该就要被她呵斥得没头没脸，为了陆武，我都忍了，可今天她竟说陆武是个普通市井小民，好大口气！我忍不下去了，说：洛可可你不能这么说，陆武不是你未婚夫？

洛可可反唇相讥：未婚夫不是丈夫，我对他还没有责任和义务！

还是一副不打算跟她爸开口的架势。

我说：洛可可，这事你要不捞他，就没人捞得了他，如果不捞，他就得在里面蹲半年，出来以后五年不能考驾照，你想想清楚，将来他是你的丈夫，你希望你丈夫有案底吗？

洛可可说：鬼才知道他是谁的丈夫！

我说：你这么说就不对了，你把他公司都撬过去了，为了给你公司输血，陆武他爸的家具公司就剩个空壳了。

洛可可说：纠正你一下，不是我的公司，是陆武和我的公司，他爸给公司输血把自己输空了，那也不是为了我！

我说：这事你到底管不管？！

洛可可恨声恨气说：让他等着！

我擎着手机，等了一夜，睡不着，担心陆武在里面受苦。据说拘留所里，都是大号监舍，一屋关十来个人，小偷骗子吸毒的杀人犯，什么杂碎都有，陆武虽是纨绔子弟天不怕地不怕惯了，可号子里的凶险，不是一句话两句话就能说清楚的。

等到凌晨两点，洛可可也没来电话。我又打过去，洛可可已经睡了，对我惊扰了她的好梦很不爽。问我又怎么了？我问情况怎么样了？她说都办妥了，明天一早陆武就出来了。

我生气，觉得洛可可拿我不当人，不知道我着急吗？不知道我在等消息吗？办妥了为什么不告诉我一声？但洛可可没等我把不满发泄出来，就挂断了电话。

我垂头丧气地坐在床沿上，过度紧张一旦松懈下来，全身就跟散了架似的，回头看穆晓晨，已经睡着了，睡衣一角掀了上去，但我已完全没了心情，把她睡衣给拉下来，歪在床上睡着了。

11

第二天，我去拘留所门口接陆武，他父母也在，显然洛可可告诉的。我愈发觉得洛可可不地道，既然一个电话就能把人捞出来，何必惊动他父母？陆武宿花眠柳惯了，偶尔一两晚不回家，他父母肯定不意外也不会问。

陆武是九点零五分出来的。

洛可可九点钟就到了拘留所门口，等陆武一出来，就一字一顿地说：陆武，我告诉你，这是第一次也是最后一次，你要再有下次，别给我打电话，打也没用。

陆武一出来，就被他爸赏了一耳光，响亮亮的。陆武趔趄了一下。像所有逼近老年的中年妇女一样，哭是陆武他妈唯一的武器，她一把抓过陆武的手，哭着说：祖宗，你到底要作到什么时候？你知不知道？要不是可可，你得吃半年牢饭。

陆武黑着脸，不满地看了洛可可一眼，说：洛可可，经历了这件事，我想和你结婚。

洛可可一下子就给他气哭了，指着他对他的父母说：叔叔阿姨，你们见过这么欺负人的吗？我爸冒多大政治风险才把他捞出来，他竟然在这种地方跟我求婚！

陆武母亲忙替陆武跟她道歉，让她不要跟陆武这个混账玩意一般见识。

陆武坐我的车回公司，把我叫到他办公室，关上门，说他是故意酒驾和人追尾的，因为他想考验一下洛可可。

我说你考验她什么？

陆武翻了我一个白眼，好像不满意我突然不和他心有灵犀一点通了，说：你不说她要报复我嘛！

结果呢？我问他。

我突然间惭愧，多少年的好哥们啊，我竟猜不透他唱这一出的含义。

陆武就给我掰扯说：你看，我这个人，你知道，洛可可也知道，我最在意的，不是钱也不是权，是自由，如果洛可可真想报复我，肯定不捞我，因为她知道，像我这种天马行空惯了的人，让我在看守所里天天和一群低级下流的脏老爷们一起吃牢饭，比他妈杀了我还难受。

说到这里，陆武看着我，仿佛他是庭审案件中的当事人，我是律师，他已把经过和理由陈述完毕，轮到我做结案陈词了。

我说：可是，洛可可还是捞了你，于是，你得出结论，洛可可对你，根本就没因爱生恨？

陆武没说话，可他的眼神已说明了，是这么回事。

我给他苦口婆心，做人不要以己度人，他觉得自由最重要，那是他自己的价值观，在权贵家庭长大的洛可可未必这么想。

她会怎么想？陆武咄咄逼人地看着我。他不爱洛可可，但可以做爱，就说明不讨厌她，不想和她结婚最大的原因不是对她深恶痛绝，而是不想结婚后要恪守规矩，只和一个女人睡，这是他万万做不到的，所以，尽管他不爱洛可可，却并不希望我说她坏话。

这是男人的自负，总傻逼兮兮地认为睡过的每一个女人都忠贞不二，就算被抛弃了也难以忘怀那个进入过她们生命中的男人，他们可以随便抛弃随时吃回头草。

我一字一顿地说她想让你倾家荡产。

我倾家荡产对她有什么好处？陆武拿出和他妈一样的白痴嘴脸来问我，让他倾家荡产对洛可可有什么好处？

我说：你们的家产增值后变成了她的，最重要的一点是，当你一文不名，还会有前赴后继的姑娘扑你吗？

陆武瞪着我，看上去生气了，因为我说当他一文不名，就不会有姑娘扑他了，这对他来说，是莫大侮辱，当男人一文不名就没姑娘扑了，说明什么？说明以前姑娘们扑的不是他，是钱！也就是说，他以前收到的来自姑娘们的仰慕，其实是青楼女子对恩客钱包的仰慕！

这对陆武来说，实在是太辱没了！

我告诉陆武，不必生气，洛可可对他的报复之一，就是让他身无分文后认清自己！是个除了钱，一无所有的可怜虫！走在街上，连母狗都不会多看他一眼，因为他手里没有包子！

我越说越激动，陆武只是瞪着眼听着，最后，他站起来，一言不发，拉开门，看着我。我明白，如果跟他说这番话的人不是我，随便其他什么人，他都能一拳给打出去。

我不想继续激怒他，出门前，让他慎重考虑一下。

陆武砰地摔上了门，就像在我屁股上踹了一脚。

但很快我就发现，陆武只是嘴上不承认事实的残酷罢了，但内心里，已有些怕了，比如说，从那以后，他像变了个人，兢兢业业待在公司。他爸妈挺高兴。看上去洛可可也很高兴，说陆武浪子回头了。

陆武又跟洛可可求了一次婚,挺认真地,准备了一枚硕大的钻石戒指,在一次小范围的聚会上,突然单膝跪下来,向洛可可求婚。

把洛可可搞得措手不及,她看着熠熠生辉的钻石戒指,并没有喜极而泣,而是拿起来看了看又放回去了,说她很享受单身被陆武追求的感觉,要过一段时间再考虑接不接受他的求婚。说着,就把戒指放回盒子里,合上盖,塞回陆武手里,转身跟朋友们喝酒去了。

原本信心满满的陆武被当众拂了面子,挺下不来台的,喝醉了,跑到我家楼下大喊大叫,说我猜对了,洛可可果然在报复他。

我刚洗完澡,穆晓晨听见喊声,让我下楼看看。

我推开窗,看见酒醉的陆武像个痴呆了的大猩猩,坐在我家楼下的花坛矮墙上,咬着一根大雪茄,一边抽一边骂,好像在骂雪茄为什么抽不动,气急败坏地扔了,又掏一支,拧开,还是抽不动,又扔。

我知道陆武的雪茄都二百多块钱一支,总随身带一盒,一盒二十支,如果我不下去,他非把随身带的雪茄扔完了不可,我农民出身,天生抠门,看不得人糟践东西,虽然不情愿,可还是骂骂咧咧地下去了。

我先给他捡起雪茄,塞回包里,顺手摸出火机,把雪茄点上,塞到他嘴里,坐他对面,看他一口一口地抽。

抽掉半支雪茄,陆武才说:苏猛,你他妈说得对,女人都小心眼,睚眦必报。

然后讲他晚上求婚被拒的过程,忿忿说:我让她当众下不来台,还晓得给她找个台阶,丫说什么?你知道吗?苏猛,她说要考虑考虑!这他妈不是当众打我脸说我陆武配不上她吗?

我说：你认为洛可可这就是报复你了？

陆武说：这都不算什么算？

我觉得这是洛可可的烟雾弹，让陆武放松警惕的，觉得她已经报复过他了，不必再对她心存戒备。但我知道说了也没用，因为陆武心思简单，根本想不到人的心思褶皱里藏了多少黑暗肮脏的东西。我回家跟穆晓晨说。穆晓晨没说话，好像睡着了的样子。

每当我说她不感兴趣的话题，她就这样，要么假装睡着了，要么假装没听见。

我坐在床沿上，觉得无聊，就一个人自言自语。

果然，第二天，陆武就满面春风地溜达进我办公室，说昨晚回去跟洛可可干了一架，洛可可承认了，当众拒绝他求婚，就是为了报复他，不然她这辈子咽不下当众被陆武悔婚的屈辱！

我说：然后呢？

陆武傻逼似的咧着嘴笑，说：我俩扯平了！

我只能看着他，什么也不说，说了也没用，陆武心思简单得就像我老家的大鹅，一张嘴能看到屁眼。我说多了，反倒让他反感。每当我提醒他要注意这注意那，他就奚落我是掉下片树叶子怕打破头的穷人思维，自己把自己吓唬住了，一辈子放不开手脚。

12

那段时间，陆武心情很好，天天来公司，洛可可也是，说要有个准老板娘的样子，夫唱妇随。陆武很自得，就挖苦她，说：不是要好好享受被我追的感觉吗？怎么我还没求婚你就以老板娘自居了。

洛可可说：我高兴。

洛可可很忙，电话不断，紧锣密鼓的，在和人谈公司的扩营上市，陆武听了一耳朵，说：吓，给人造假脸假胸脯假屁股居然也能造上市？这上市公司的含金量也忒低了吧？

洛可可虽然没读什么名校，但也不傻，他言语里的讽刺，还是能听出来的，也不恼，就来勾着他的脖子说，做生意嘛，当然要往大里做。

一副他俩已经睡了一万年的奸夫淫妇嘴脸。

陆武很不自在，拿下她勾在自己脖子上的胳膊。说：洛可可，咱俩也没少睡，你能不能别这么一副欠办的样子？

洛可可就愈发紧紧地搂着他的脖子说：你办啊你办啊。很可人很欠操的样子，让人忍俊不禁。陆武被她弄得没办法，把圈在他脖子上的胳膊拿开，说：回家办，别肉麻得让苏猛笑话。

洛可可就巧笑嫣然地睥睨着我说：是吗？苏猛，你笑话我们不？

我低头看手机，装没听见他们说什么。

回家，我跟穆晓晨说，让她从女人的角度分析分析洛可可到底是什么心理？她现在对陆武这样，是觉得扯平了呢？还是放烟幕弹？有没有可能因爱生恨而报复他，把陆武家公司弄垮？

穆晓晨白了我一眼，说我怎么知道？我又不认识她！

穆晓晨不喜欢洛可可，没缘由，说一听名字就气场不合，她讨厌所有带可啊秀啊的名字。陆武组织活动，只要有洛可可，她就不去。公司搞活动，要求带家属，穆晓晨还是不去，我不逼她，因为知道被逼着做不情愿的事犹如钻麻袋，会浑身不自在，我爱穆晓晨，不舍得她不自在。一次，公司组织秋游，同事们携家属的携家属，带男女朋友的带男女朋友，就我自己耍单，我自己倒没觉得有什么，但洛可可认为我的婚姻质量堪忧，非要给我介绍婚外女朋友。我不要。她当我怕被女人缠上，让我放心，现在的女孩子，看得开着呢，只要你别哭着嚎着要当人家老公就成。我说我自我感觉没那么好，主要是自己肥水不多，还得留着肥自家老婆。

她满眼都是云里雾里的，似乎没听明白这句话的意思。

我说：外遇就是给别人地里的庄稼施肥。

她吃吃地笑，说：真有你的，你老婆有那么值得你爱吗？

陆武说：那是，当红女主持呢，放着多少土豪不嫁嫁了苏猛这么一穷小子，这情，他得领。

洛可可就呦了一声，顺嘴问哪个呀？好像我们共事了这么多年，她连我娶了个什么样的女人都不知道，而且是高高在上的不屑于知道、不屑于与之为伍。

她的口气让我很窝火，好像以我的资质，根本就不配睡当红女主持，就故意没搭理她，脸色铁青。陆武用哄抬物价的口气给我往回挣面子，说：苏猛娶的可是鼎鼎大名的早间音乐节目主持人穆晓晨。

洛可可先是一愣，然后一阵狂笑，说：鼎鼎大名！什么人都敢自称鼎鼎大名，连搞传销的都敢号称自己是演说家。

她笑起来止不住，见我握着一条烤羊腿吃出了烤人腿的狰狞，才捂上嘴，好像这件事可笑得让她根本就没办法停下来，但出于礼貌，她必须刹车了。

我面无表情地看着远方，狠狠地嚼着烤羊肉。

她擦了擦笑出来的泪，没事人一样拍拍我胳膊，竖起大拇指，说：好吧，苏猛，你很牛。

那天晚上我回家干穆晓晨的时候，特别卖力，这么好的、别人以为我配不上的女人，被我睡了，忒光荣。我觉得每天晚上不把她搞出两到三次高潮来，我都是暴殄天物浪费资源。

穆晓晨说我像色中饿狼，有时候很烦我，见我流露出要搞她的样子，就说肚子疼再要么头疼，总之，就是她漂亮的身体不舒服，拒不配合我的交媾作业。

穆晓晨拒绝从女人的角度帮我分析洛可可，但我意外发现她认识洛可可的父亲洛大市长。

说起这次发现，我有点脸红。

像所有娶了年轻漂亮老婆的穷小子一样，我严重缺乏安全感，经常偷翻穆晓晨的手机，而且还嘴贱，一旦发现可疑端倪，就忍不住要追问。穆晓晨烦我这样，又没办法。

虽然我经常偷翻她手机，但没翻过通讯录，觉得通讯录就人名和一串号码，没什么好看的，那次翻，纯粹是她自己惹的。

那天晚上，我对她身体有想法。她又说肚子疼，洗完澡把自己裹得像个粽子似的倒在床上装睡。我坐在床沿上生闷气，虽然我是她丈夫，可以合理合法地把她掰过来就干，但我是个要脸的人，觉得婚内强奸比婚外强奸还不要脸，因为婚外强奸至少需要勇敢，敢于承认自己是个粗鄙下流的强奸犯,运气不济,东窗事发,还要敢于承担牢狱之灾。可婚内强奸犯,有一个算一个是穷逼怂蛋,既不舍得花钱买春解决生理冲动,又没本事半夜出去拦路强奸,就按着自家老婆当破尿罐子使。

这么想着,我就很佩服自己,能经受住这种考验,应该是不折不扣的君子。这时,穆晓晨放在床头充电的手机屏幕闪了一下,是条微信讯息。我知道穆晓晨在装睡,也感受到了手机屏幕的这一闪亮,但她不敢睁眼,因为一睁眼就暴露了她没睡着,必须正视我生理需求这个现实。

我正心头恨起,一身能量没地方打发,就拿过她的手机。

讯息倒没什么,是有人测试自己有没有被删除。我最烦这种人,把自己当世界的舞台中心,好像自己应该像列祖列宗被列在祖宗牌位里一样被保留在别人微信通讯录里,我呸!要多不要脸有多不要脸,碰上这种人,我都直接拉黑,让丫自我感觉良好,滚回自己的世界,自个儿供自个儿吧!

我删掉这个人时,瞄了一眼穆晓晨,发现她长长的睫毛忽闪了一下。

我决定再接再厉,继续翻,以我以往的经验,只要我拿她的手机超过5分钟,她就会烦,过来往回夺。

其实,她的手机,我三天一大查,两天一小查,实在没什么可看的。可是,为了引诱她来夺手机,方便我趁机强奸,没什么可查我的我也要装做发现了新大陆一样。

百无聊赖中,我去翻她的通讯录,就翻到了洛市长的电话号码。

我很震惊。虽然陆武可以因为他妈和洛可可的妈是发小的缘故认识洛市长，但是我老婆，怎么会认识洛市长？

我死死盯着洛名宇这三个字，对，洛市长的大名叫洛名宇，一脑门黑线，想有没有可能还有一个人也叫洛名宇？而且我还联想到了一些当官的专门喜欢泡明星睡女主持人的丑闻。我在前面已经承认过了，我是醋罐子，想到这里，我一脑门的黑线变成了蘑菇云。

我决定拨这个电话号码试试，如果果然是洛市长，我就要不管不顾地把穆晓晨从假寐中喊醒，给我解释清楚。

还没来得及拨电话，穆晓晨就忍不住了，睁开眼，一把夺过手机，说：又偷看我手机，你烦不烦啊？

这要以往，我会嬉皮笑脸跟她耍赖跟她解释，但现在我一脑门黑蘑菇云，嬉皮笑脸不起来，甚至苦大仇深，指着手机问：这个洛名宇是哪个洛名宇？

穆晓晨一怔，好像不明白我为什么会这么问，一副懒得理我大惊小怪的样子，说：当然是洛市长那个洛名宇了。

你怎么和他认识的？我明显感觉到了心跳在加快，都想一把揪着睡衣，把她拎到离我眼睛只有两寸的地方，盯着她、逼视她，让她说实话。

穆晓晨把手机往枕头底下一掖，躺下，闭眼，好像我完全是在无理取闹。

我说：穆晓晨你不用装睡，这事你不解释明白了我跟你没完。

穆晓晨闭着眼，很坦然的样子继续装睡。

我跪在她的枕头前，几乎要声泪俱下了，说：穆晓晨，你给我起来，你不给我说清楚我会死的。

穆晓晨可能不想担害死亲夫的罪名，只好坐起来。跟我说，几年前，市长大人为了表示自己亲民，在他们台开了一档早间节目叫市长在线，穆晓晨是主持人，洛市长是嘉宾。节目做了大半年，因为市长大人实在忙不过来，节目就停了。

我说：就这些？

穆晓晨生气了：你说呢？说完又一脑袋扎倒在枕头上。

我如释重负，好像我的老婆已经被人架到床上，幸亏我及时赶到，她才没遭凌辱。我心疼她、觉得对不起她，就抱着她亲了又亲，弄得她满头满脸都是口水。她睁开眼看着我，好像觉得我这样挺可怜，就张开腿，恩准了我。

我常常觉得，在这世界上，再也没比穆晓晨更会疼男人的女人了，她懂得男人就像我懂得自己的手纹。

13

公司的一批生物制剂原料出了问题，我要求物料部退货。物料部说供货合同是洛总和乙方签的，这事得找她。

我拿着检测报告去找洛可可。洛可可接过来看了一眼，说活性不够了啊？我说可能是运输过程中低温冷冻没做好，必须退货。洛可可轻描淡写地说扔了行了。我说现在不比以前，以前是我们直接去医院收购，成本低，可几个月前，所有医院，跟统一口径似的，说有了新的合作单位，不再给陆家洛基因生物工程公司供货，这样一来，我们物料都是花大价钱订购的，运输路上出了问题，是乙方的责任，要扔也要退货给乙方，让乙方扔。洛可可恼了，说：是你说了算还是我说了算？

我不卑不亢地说你和陆武俩说了算。

洛可可说市场方面的事我说了算，陆武只负责行政。说完，就拿起电话，让物料部把新进来的物料做无害化处理后扔掉。

我气不过，去找陆武，让他查合同，看看这批物料的供货乙方是谁。

陆武查到了，是家成立的新公司。

我觉得这事有蹊跷，新成立的公司，就有能力统一垄断本省各大医院的新生儿胎盘和脐带，背后势力肯定不小，就托人去查这家公司的底，没两天，查出来了，公司是洛可可舅舅开的，我觉得不对，让陆武警惕。

陆武问警惕什么？

我生气，恨不能揍他一顿，把声色犬马从他脑子里打出去，回到公司经营上来，可又知道，他脑子简单，打也没用，只好强按怒火给他分析：没有洛可可授意，她舅舅能开这公司吗？就算开了，没洛名宇的帮助，他统一得了全省的胎盘和脐带收购市场吗？就算他收购了，陆家洛公司不收他赚得着钱吗？陆家洛公司收，就意味着洛可可要把公司碗里的羹分给舅舅一杯！这不明摆着嘛？！洛可可在蓄意分化转移公司利润，丰满自己的羽翼。

陆武也生气，和洛可可吵了一架，洛可可说凭什么我舅舅不能开公司？凭什么他收购了原料不能卖给我？难道就因为我是我爸的女儿，各大医院就必须把脐带和胎盘卖给我？陆武！你别以为有了我们两个这层关系，我家的所有资源就应该都归你用！

陆武被堵得哑口无言，觉得洛可可说得也对。如果因为他和洛可可的关系，就要求洛市长的雨露恩泽全归他们家使用，确实霸道了点，然后和我说：是不是？

我承认洛可可和陆武说得都有道理，但总觉得哪个地方不对头，就回家问穆晓晨。既然穆晓晨曾经和洛市长做了半年节目，多少也应该了解一点洛名宇吧？知道做父亲的怎么样了，儿女的性情，大抵也能分析出个一二，毕竟家长对子女人生观的影响还是挺大的。

我问她洛名宇是个什么人？

她很警惕看着我，问我问这个干什么？好像我又憋了一肚子意淫出来的坏水要找她考证。我连忙解释，说我怀疑洛可可在报复陆武，利用公司借壳上市的机会，要把陆武家的产业一口一口吃光，这事不知洛名宇知不知道，知道了的话会是什么态度。

穆晓晨想了一会儿，说洛名宇这人，虽然有点虚伪，但不坏，原则性也比较强，比如说，他们台长的侄子在市机关，但职位不理想，台长就想借洛名宇的光，请他吃饭，洛名宇没答应也没拒绝，借去洗手间的空，把单买了，台长羞愧得要命，再也没好意思提这茬，像他这么有原则的人，一旦知道了洛可可的想法，肯定不能让。

我心里略微放松了点，想，如果我担心的一切都成了真的，有洛名宇这样的老子，洛可可也反不了天，但又觉得哪儿不对，就倚在床上发呆，穆晓晨问我想什么呢？我说你不说洛名宇有点虚伪嘛。

她噢了一声，娇嗔地推了我一下：你有完没完？

我心不在焉地歪在床上，说：真的，说不准洛名宇在你们面前表现出来的清高是假的，因为为这么点小事给外界留下吃请的形象不值得，一顿饭钱他又不是掏不起。

穆晓晨认为我官场小说看多了，落下后遗症了，搬着我的头挪到枕头上，让我早点睡。我翻来覆去睡不着，她胳膊搭上来，搂着我，像小母亲搂着在雷雨之夜害怕的孩子，我很幸福，把什么都忘了，可早晨一醒，又想起来了，瞪着两眼发呆，把鸡蛋都煎糊了。穆晓晨问我怎么了，我说想昨晚说的事呢。

穆晓晨说我把人想太坏了。我说如果他们真这么坏怎么办？

穆晓晨干脆利索地说不可能。我抱了抱她纤细的腰，说：你呀你呀，就是个傻瓜。穆晓晨就娇嗔地笑了一下，说：那也是被你搞傻的。这话我爱听，觉得她可爱、单纯。是啊，如果不单纯，她一年轻漂亮的美女主持，能嫁给我这穷小子吗？为这，我梦里都笑醒过好几回。

吃早饭的时候，穆晓晨问我：如果洛可可真像你说的那样，你打算怎么办？

我说：还能怎么办？当然誓死捍卫好哥们的合法权益了。

穆晓晨说：看把你本事大的。

我就吹了一个牛逼，说：我留后手了，洛可可的小九九得不了逞。

穆晓晨说：我们好好日子过着，你少惹事。

我觉得她这话说得很不地道，这好好日子，谁给的？还不是陆武？我们要吃水不忘挖井人！明知道有人算计他，我还装聋作哑、袖手旁观，我还算个人吗？

穆晓晨说我天真，说我不知道有些人一旦起了歹心，肠子有多黑，让我明哲保身。我说保个屁，你以为洛可可把公司盘到手CPO还是我的？公司管理层肯定大换血，到时候我饭碗保不保得住都难说。穆晓晨说保不住就跳槽，全世界又不是只有陆家洛这一家公司可以打工。

就这样，因为别人的事，我俩吵得昏天黑地，穆晓晨说就陆武这号男人，被算计也是活该倒霉，他要一路顺风顺水才是上帝对这个世界的失职呢！

我爱她，但她这么恶毒地攻击我哥们不行，为了制止她的诅咒，我把牛奶杯重重地墩在餐桌上，牛奶飞出来，溅在她刚换好的黑色羊绒裙上。

她怔怔看了我片刻，眼泪滚下来，头也不回地走了。

我抓起车钥匙去追她，她不理我。

在马路上，我开着车在她身边走走停停，她看都不看，拦了辆出租车走了。

14

整整一周，穆晓晨不理我，我一回家就看见她抱着手机和人聊天，对我爱搭不理，我做好饭端过去，她眼都不要抬一下。不看，不吃。

没错，自打我们结婚，穆晓晨就没做过饭。我妈来住，看不惯她衣来伸手饭来张口的做派，旁敲侧击说话给她听。穆晓晨装听不见。我妈就冲她发火，把她凶哭了。没辙，我只好把我妈送回了老家。

去火车站路上，我妈哭了一路，说跟街坊邻居们都说好了，地里庄稼收完了，她要到我家歇个冬，这才住了一周就回去，乡亲们肯定得说是儿子做不了儿媳妇的主，儿媳妇容不下她把她撵回去了，给我丢脸呢。我妈一路哭进候车厅，我让她哭得没辙，让我妈发誓以后不给穆晓晨脸色看我就给她退票。我妈就跟我吵起来了，说我给男人丢脸！早晚有一天穆晓晨得骑到我脖子上拉屎。大庭广众之下，我不想像个白眼狼似的跟她吵，就黑着脸，像个不肖子孙似的把她送上了火车。

穆晓晨不做饭我没意见，男人么，就得自己的老婆自己宠，在我的人生路上，我只要她存在、只要她负责貌美如花就行了，其他的，交给我。

但是，我做了香喷喷的饭菜穆晓晨也不吃，看都不看，吃着饼干玩手机。我夺掉饼干，说：这是垃圾食品，吃多了长肉。她说：我愿意！我说：我不愿意。她说：该你什么事？我说：你变胖了我操你的时候，你肚子上的肉会像果冻一样荡来荡去，破坏美感。

她说：臭流氓。眼睛看都不看我一下。

总之，她不再对我好了，手机开机密码也换了，害得我半夜抱着她手机蹲在地板上，像个撬不开锁的贼，想破了脑袋也破译不出她的密码。

而且，她总玩手机，玩着玩着，看见我来了，表情就不自在，把手机收起来。这让我疑窦丛生，因为感情专家们说了，婚后五年左右，最容易出事，这个事，就是桃花事。

心里起了疑，晚上我就开着灯和她办事，目的是看看她身上有没有其他男人留下的可疑痕迹。她好像识破了我那点小心思，做爱的时候，经常两只胳膊抱在胸前，就像个被逼无奈才献身的贞洁烈女。

她这样，我就心情不好，白天总是没精打采的，对业务也不那么上心了。那段时间，陆武经常跑韩国和日本，在韩国注册了一家医学生物科技公司，研发生物制剂往国内进口，因为在中国女人心目中，只要是关于美容的，韩国的最正宗。等韩国那边运营正常了，他会慢慢把公司资产转移过去，他父亲那边的注资也会往韩国公司那边倾斜。

我这才知道，陆武对洛可可，也是起了戒心的，就欣慰了很多，觉得他不再是那个被人卖了还帮人数钱的傻蛋了。

那段时间，陆武像打了鸡血似的到处忙活。我却在关心穆晓晨是不是出轨了。因为她太有出轨条件了，年轻漂亮，声音甜美温柔，到底有多少人迷上她的声音？上音频网站她的公号看看就知道了，十几万粉丝倾倒在她迷人的声线下。有人赤裸裸在她公号底下留言，说单是听她声音都能勃起。我留言骂了他一顿，他更来劲，说他每天晚上听着穆晓晨的音频自慰。一想到有个男人听着穆晓晨的音频幻想着把她压在身下自慰，我就恨不能拿菜刀砍人，逼着她把音频公号关了。可是，我知道，如果一个人想出轨，是看不住的，尤其是穆晓晨，她工作轻松，早晨七点半到台里去主持一个半小时的早间音乐节目就下班了，剩下的时间完全自由支配，她要有心偷人，太有方便条件了。

自从我怀疑穆晓晨可能出轨，就每隔半个小时给她发一条微信，如果她回得及时，我就心情舒畅，如果她不回，我就觉得天要塌下来了。

穆晓晨吃透了我心思，经常让我觉得天就要塌下来了。所以，我经常没出息地趴在她身上求她，以后不管她多忙也不管她在干什么，收到我的微信，要回，哪怕一个字。她每次都答应，但每次都不照办。我和陆武抱怨。陆武像看外星人似的看着我，说等忙过这阵，他带我去看医生。

15

后来，我偷偷在家装了监控。这样，上班的时候我也能看见穆晓晨下节目后有没有回家，回家后都在干些什么。好景不长，被穆晓晨发现了。她没跟我吵也没发火，只是把摄像头挪到了大门外的门框上面，用一束圣诞花环装饰了起来，说现在楼里送外卖的送快递的什么人都有，她很没安全感。

她这么说的时候，很真诚。我突然觉得自己过分，还抱了抱她，说我害怕失去她，请她原谅我的过分。为了表达对我的原谅，那天傍晚她陪我出去看了场电影。

是美国动画片，老幼皆宜的《寻梦环游记》，我沉浸其中，哭得像条丧失了家园的老狗，她像个小母亲一样，用温软的胳膊揽着我，拍着我的后背，那一霎那，我愿意人生就这样定格，一生都沉浸在她温柔的抚慰里。

可电影终有结束的时候。

在地下车库，我们碰上了车位邻居，显然，他喝醉了，是叫代驾送回来的，因为醉了，怎么也进入不了手机支付页面，见我们回来了，就向我求救。

虽然车位邻居了几年了，但我们互不相识。第一次打招呼是半年前，也是他喝了酒，车是他老婆开回来的。他老婆技术太烂，倒车时撞坏了我的车门脸，把大灯给撞烂了，他给我的车上夹了张纸条。就这么着，我们认识了，知道他是市医院的妇产科医生时，我差点笑喷了。他也有点不好意思，说虽然他是男的，但接生技术一流。

我说好，等我老婆生孩子的时候找你。

其实我一直不舍得让穆晓晨怀孕，生孩子干什么？看看我自己就行了，良心算不上个坏的，虽然平时该给钱给钱，过年过节往回打电话，但其他时候，根本就想不起爹娘，从某种角度说，人类是首当其冲的白眼狼，生孩子就相当于费劲扒力地把自己塞进一台榨油机，为了小白眼狼的成长，父母心甘情愿地榨干最后一滴油。我可不想这么伟大，也不想让怀孕把穆晓晨曼妙的身材弄变形，更不想生个小畜生出来啜她的奶。

现在，醉醺醺的医生邻居在向我求救。我把车钥匙塞给穆晓晨，接过手机，帮他找到手机支付页面，付了钱。他醉醺醺拍了拍我肩膀，言语含混地说谢谢。我担心他找不到自己家门，问他住几号楼几单元，要把他送回去。他说不用，趔趄着往前走，边走边还回头冲我们摆头。

穆晓晨讨厌酒鬼，这次也不例外，用厌恶的目光看着我和医生，问：你们认识啊？

我说：认识，说上次撞坏我车大灯的，就是他老婆。穆晓晨哦了一声，没说话。

进了家门，她还是不说话，好像那个在电影院里温柔地搂着我的小女人不是她，我主动去抱她，她也没反应，好像她不是我的妻，而是个被囚禁的性奴，迫不得已睡在我的床上，没逃跑没反抗仅仅是迫于我的淫威罢了。

我就这么搂着她，一动不动的她，她好像被冻僵了，搂了一晚上也没暖和过来，我很无趣，但没放开，只是默默地继续搂着，莫名有些悲凉。

一连几天，她看我的时候，眼神定定的，好像在深思熟虑一件重大的事情。我总是毫无城府地冲她傻笑,问她想什么呢?她低下头去,好像没听见我的话。怕她烦,我也不追问。我相信她最近的反常是情绪周期。穆晓晨偶尔会这样,莫名其妙地不高兴,问她,她说不出个所以然,就说可能是情绪周期。

后来,穆晓晨说在这房子住够了,要搬家,吓了我一跳,我说:宝贝,你错了。她问:错在哪儿?我说:你错把我当土豪了,就咱家现在这房,多了不敢说,四五百万是值得,如果咱搬家,不能越搬越差吧?至少要七八百万的房子才能值这趟搬家的麻烦吧?可钱呢?这几年洛可可除了时而嘴上抹蜜时而跟我甩刀子并没给我来点实际的好处,分公司开了一家又一家,忙得老子都要把大半条命卖给公司了,薪水半分钱都没涨,说给我攒着呢,等公司上市给我原始股。我要当真,连弱智都会骂我蠢,她和陆武什么关系?都快吃人不吐骨头了,何况我!

那天晚上,我苦口婆心,说人生苦短,我不想给房子当奴隶,对当下的居住条件也很满意,穆晓晨说:你决定了?

我说:决定了,不买房,不搬家。

穆晓晨就说:好,我们离婚。

我说什么?!以为她开玩笑,像所有爱撒娇的女人一样,跟老公要钱买包包,要不到就一哭二闹三上吊。

穆晓晨说:我早就受够你了。

我自觉对穆晓晨千好万好,连她父母都比不上我对她好。我说我捧你在掌心里怕摔着含在嘴里怕化了,我怎么让你受够了?

穆晓晨说我像条发情的公狗一样,一天到晚地就知道交配交配,让她觉得自己是一条不知羞臊的母狗,严重伤害了她作为一个人的自尊，所以，她必须和我离婚。

我尖叫，我说你撒谎，我搞你的时候你很陶醉你很受用你还经常叫床叫得很响，我都想拿条毛巾捂在你嘴上，你现在竟然说是我的兽行把你变成了畜生。

她不说话，两眼瞪着我，好像很可怜我的样子，好像我的可怜是丝毫不知道自己很可怜。她的目光激怒了我。我说：我明白了，你的意思是不管我买不买房子，你都要和我离婚是不是？

穆晓晨不说话。

我说：我性欲旺盛说明我正常我健康我年轻，怎么到你嘴里就成兽行了？

穆晓晨懒得和我争执，看着我，一字一顿地说：苏猛，你是不是觉得我很爱你？

我的心脏好像被人抽了一狼牙棒，几乎瞠目结舌：难道不是吗？

穆晓晨说：不是。

我说：你不爱我为什么要嫁给我？

穆晓晨说：只是在我必须结婚的时候，正好你出现了，就这么简单。

我听见心脏上破了个大洞，呱唧呱唧地滴血，我难以相信，和我同床共枕了五年的穆晓晨竟然不爱我，她和我结婚竟然像一个寂寞无聊的人走在街上正好碰上了一只流浪狗，于是为了解闷就把它领了回来。

我无法接受自己在她心目中竟然是条发情的流浪狗。我没出息地哭了，让她说刚才那些难听的是故意说着气我的，实际上根本不是那么回事。

穆晓晨说实际上就是那么回事，她骗了我五年，不想再骗了，现在她只想摆脱这种母狗一样的生活，过回淑女的日子。

她那么心平气和，没有半点赌气的成分，这让我很绝望，我说：晓晨，我们不说这些难听的了，我给你做饭吃。

我去给她做意大利面，做好了端到她面前，像个卑下的奴才。穆晓晨看都不看，她吃她的薯片吃她的饼干，说：我今天说的都是实话。

我说：我不信。

穆晓晨就坐起来，定定看着我，说：知道你一要做爱我就肚子疼是为什么吗？

我愣愣地等她解释。

她说：因为不爱你，身体生理都会下意识地抗拒你。

她说得那么轻松自然，完全不顾及我自尊。我知道，夫妻之间，一旦把性事上的真相说出来，就完了。我举起手里的意大利面盘子，摔在地上，她看了我一眼，又低头继续玩手机，我又拿起茶几上的花瓶，又摔在地上，这次，她看都不看我了，我疯了一样，砸了家里所有能砸的东西。

她一直侧坐在沙发上，伸着长长的腿玩手机。

她知道我不舍得打她，所以，她欺负我，欺负得无所畏惧。

后来，门铃响。

我瞪着通红的眼看她，不去开门。她起身，款款去开了门。

是楼下邻居，一个矮矮瘦瘦的小老头。他操着一口令他骄傲的上海话说：年轻人，看侬也是文明人，还让不让我们这些老人家睡觉了？

穆晓晨温柔地和他说了对不起，说发生了点小争执，影响到他们很不好意思。

小老头探进一点脑袋，看了看一地狼藉，警觉地看着我，小声让穆晓晨不要在家睡了，分开有助于彼此恢复冷静。

穆晓晨认真地谢了他的提醒，好像我真的会害她。这让我心如死灰，如今，她宁肯相信一个陌生人的廉价善意也不肯领受我浓厚的感情了。我起身，像一挂灰扑扑的棕榈树叶子，毫无生机地跟她说再见，又怕她担心我，说我出去走走冷静一下，等我回来咱俩好好谈谈。

她不置可否，一副任凭海枯石烂她离开我的心都不会变了的样子。

16

下到车库，远远看见我的车位邻居。就是那位医生，正扶着我的车在吐。他吐出来的秽物粘在后视镜上，我一阵反胃，看了一下表，才七点多就醉成这样，我怀疑他喝酒的方式是疯狂牛饮。

今天真是倒霉透了，喝口凉水都塞牙，我转身走了。

走到街上，大雪扶扶摇摇地飞，羽毛一样，粘在头上眉毛上，一直凉到心里，我沿着街道一直往前走，回想自从认识穆晓晨到现在，七年了，可谓春风得意马蹄疾，像一场梦。

走了很远，饿了，抬头看见路边有家韩国料理店，就想起了从前，我和穆晓晨吃韩国料理，她总撒娇，让我给她做菜包饭，我摊开生菜叶子，把花生碎、大酱、蒜片铺好，再把烤得滋滋冒油的五花肉放进去，舀一勺米饭，包粽子似的包好，隔着桌子喂给她，她总故意连我的手指一起咬进嘴里，坏坏地笑着看我，样子可爱极了，像我可人的女儿，而不是妻。想到这里，我的心，碎碎地疼。

进了韩国料理店，刚要打招呼，眼前一黑，店里响起一片尖叫，大惊小怪的，还有人摸黑往外跑。

这种临街店面，经常因为用电超负荷跳闸，合上电闸就没事了。我继续往里走，觉得自己像挂行尸走肉。

大约半分钟，灯光像倾泻的水银刷地普照下来，我找了张空桌子坐下。服务生问我几个人，我竖起食指晃了晃，指指自己的鼻子。服务生递给我菜单。她看上去有点惊恐，好像我是个随时会跳起来打人的醉汉。我想我的脸色一定很难看，比丧尸好不到哪儿去。

我翻开菜单，手在上面胡乱指，这个那个……点了一堆，服务生渐渐诧异，说：你吃得完吗？

我用一个字回答她：上！

没一会儿，菜就上齐了，小山似的，盘子摞盘子，像超市早晨的蔬菜柜台，可我毫无胃口。

我正看着一桌子菜发呆，就听一个女人说：喂！我都快把人家椅子坐断了！你到底还要多少时间？

我循声望去，就见一挺美挺性感的女人，在我对面，我们桌子挨着，因为我的对面和她的对面都没人，看上去我俩跟同桌似的。她显然注意到了我在看她，先是表情有点虎地看着我，然后笑了，冲手机说：我告诉你啊，别怪我没提醒你，我朱莉美不是没人要，抢手着呢，到时候你别说我没给你机会。她一脸诡异的娇笑，边说话边冲我摆手，好像要勾引我，如果是平时，我会虚荣满足地和她打情骂俏两句，可今天我没心情，连笑都懒得笑一下。

她目光火辣地看着我，野蛮的妖一样，好像随时要冲过来坐在我大腿上。

我想，听她讲电话的口气，大概也是个在爱情上不被待见的人吧？才被男人独独甩在这里望眼欲穿，倒真想勾她过来，一醉解千愁，可我怕真醉了，穆晓晨会更讨厌我，就忍了，收回目光，开始烤牛排。

突然，一阵香风卷来，是她，带着满身香气，卷过来，坐在我身边，往我胸口凑了凑，笑得像朵野蔷薇：帅哥。

我心灰灰的，说：我帅吗？

她斩钉截铁说：帅！说着，掏出手机，偎在我胸口自拍了两张照片，说：我恭维男人帅的方式就是主动合影。

见我愣住，又拍拍我肩说：放心吧，不收费。

她看我的样子可爱极了，像迪士尼动画片里的美女狐狸，长长的睫毛忽闪忽闪的，和穆晓晨完全不一样的美，穆晓晨的美是柔软的，她的美是野性的，仿佛一万只小畜生的毛茸茸的脚在你胸口奔跑。可是，尽管她足够漂亮足够性感，我却一点搞她的心思都没有。这让我伤感，因为想起了一个女作家曾大放厥词，说真正的爱情会让你有抵御其他异性诱惑的能力。这么漂亮的女人坐在我身边，主动往我怀里钻我都不想搞她，这足以说明我是真爱穆晓晨的。

她却要和我离婚。

也是在这个时候，我突然理解了有些人爱情破产后为什么会疯、为什么会自残，因为TA本来有无数条路通往幸福，却因为爱上一个人，自觉堵上了所有的路，认认真真地走着爱情独木桥，走着走着，桥却突然断了，也许你会说TA为什么不回头？你怎么知道TA没回头？我也回头了，全他妈的是岁月的滚滚洪流，早已淹没了昨天、斩断了后路。

趁我发愣的空，女人回了自己座位，低头玩手机，对我看也不看，好像刚才那个骚情满满扎到我胸前求合影的女人不是她。

我觉得无聊，有种被人调戏了的沮丧，低头吃牛排，想起穆晓晨还没吃饭，就把每样东西都烤了点，打包装起来。又痴心妄想地认为，当我拎着精心打包的好吃的回家，穆晓晨一定会感动吧？她都那么伤我了，我还惦记着她没吃饭。

我拎起饭盒正要往外走，突然闯进一男人，一副被人偷了老婆的嘴脸冲我就来了，指着我鼻子说：你想干什么？！

老子刚刚酝酿好的一肚子柔情蜜语让这小子给下了蛆，老子还跟他客气什么？说：睡你女人！

我把饭盒往桌子上一撂，打算跟他干一架。老子一肚子邪火，在肚子里炙烤着五脏六腑炙烤了一晚上了，丫主动送上门来找燎，我要放过他我就枉为男人！

我对面桌的女人见状不好，扔下手机就扑上来，抱着他胳膊说：行了行了，爱美之心人皆有之嘛，你把我一人孤零零扔这儿，帅哥搭讪两句全当给我解闷了。

我本来气得要炸，听她这么一说，给气笑了，知道男人进门就一副吃了屎的嘴脸，是她在背后做的手脚。听她拉架的说法，倒像是丈夫不在家，路过的男人顺道把老婆睡了，丈夫非但不能怪罪，还得打躬作揖谢谢人家。

男人被我突然的龇牙咧嘴弄得懵然无措，我拎起饭盒，对男人说：兄弟，还是你好啊，找对了女人，再冷的天出门也不用戴帽子。

半天，他才反应过来，冲已经走到门口的我说：你他妈才戴绿帽子呢。

我回头，冲他笑，在头上比划了一顶硕大的绿帽子形状，一头扎进了鹅毛大雪。

雪天路滑，街上没车，只有扶扶摇摇的大雪无声地下着。

17

快到家的时候,我摔了一跤,饭盒扔出去好远。我挣扎着爬起来,想去捡饭盒,却发现摔开了,烤肉也撒出来了,滚上了雪和泥巴。

穆晓晨怎么能吃掉在地上的东西呢?就没去捡。

一想到我这么为穆晓晨着想,就被自己感动了,眼泪刷刷流下来,像冰冷的虫子,在我脸上爬。

我进门已经十点半了。

家里,我走时什么样现在还是什么样,地板上到处滚着我摔的东西。我曾多么希望一进门,家已收拾干净,就像我们没吵过架,我没摔过东西,她也压根不曾说过要跟我离婚,如果这样,我会发誓,爱她一辈子,做梦都不梦见别的女人,手淫的时候也只想着她的样子。

家里安静得好像整个世界都静止了,我往里走,不知把什么踢到了墙上,响得分外刺耳。

是水果刀。

我从日本带回来的。特别锋利特别漂亮。我还记得从行李箱里拿出它时,穆晓晨被它迷住了。说如果有一天她要自杀,一定拿这把刀自裁。她神往的样子让我害怕,赶紧用吻堵上了她的嘴。不许她说这么不吉利的话。她这么漂亮,我这么爱她,她无疑是幸福的,怎么可能自杀?

她对刀子的想象,给我留下了阴影,我总想把它藏起来,藏在她找不见的角落。可她就像开了天眼,无论我怎么藏,总能找出来。日子一天天过去,它切过水果切过火腿割过包装袋,但没伤害过穆晓晨的半根毫毛，我就放松警惕了，任由它躺在水果盘里，和鲜艳欲滴的水果们厮混在一起。可就在今天，我发疯的时候把水果盘摔了，它滚到了门口。

在地板上闪烁着孤艳的寒光，还水淋淋的，我纳闷，然后看见了碎在它旁边的六神花露水瓶子，就叹气，捡起来，放在手上擦了擦，放在厨房的中心岛上。一转头看见了镜子里的自己，垂头丧气，还灰呛呛的，裤子膝盖上粘着两坨黑乎乎的泥。穆晓晨爱干净，她要看到我这样，一定会更生气。

我还在痴心妄想着她回心转意，甚至痛哭流涕跟我忏悔，今天晚上她一定是吃错药了，再要么是恶魔附体，才让她说出了那么多言不由衷的话，伤害了深深爱着她的我，她为此内疚自责了一个晚上，甚至曾经一头钻进鹅毛大雪的夜里去找我……

哪怕她是胡说八道，信口开河，只要她肯这么说，我一定会原谅她，抱着她，泪流满面地安慰她不必自责了，我会一如既往地爱她，就像老虎爱护自己的牙。想着想着，我就感动了，决定先去洗一个澡，干干净净地上床，柔情似水地拥抱她，坚硬如铁地和她合二为一。

我把脏衣服塞进洗衣机，把自己冲洗干净，还学着她的样子，往腋窝里喷了点香水，羞答答地捂着我的老二往卧室蹭。

她竟然不在卧室！

正好，我也想体面一点见她，虽然见了她还要往下扒，但适当的羞耻和程序还是必要的。我打开衣橱，扯了一套内衣套上，去书房找她。

她总这样，如果生我气了，就会跑到书房的贵妃榻上睡，我要连哄带抱才能把她弄回床上。

竟也不在书房，但书房的电脑开着，我按了一下鼠标，睡眠状态的屏幕就亮了，是一部被定格的美国文艺片，贵妃榻上放着一条羽绒被，看来，她已做好睡在书房的准备。

我替她关了电脑，又去客房找，也没有，客卫也没有，就慌了，电影看到一半人就没了，大雪纷飞的深更半夜，难道她真出去找我了？

我被自己的假想感动得眼窝子一热，眼泪差点滚下来，甚至都忘记了她要和我离婚这件事。

我在客厅里转圈，转到茶几前的羊毛地毯上时，脚上凉凉黏黏的，心里一纳闷，我低头，看见我的脚红了。

是的，不仅我的脚红了，那张她最喜欢的纯白色的羊毛地毯已经变成了红色，我每走一步，就会有红色的液体被踩出来，它不再是柔软地承载我们欢娱的地毯了，像一块硕大的、吸饱了鲜血的海绵。是的，没错，是鲜血。

我吃惊鲜血是怎么来的，抬头看天花板。天花板雪白，吊灯雍容富贵，四周墙壁安宁得犹如处子。

我像给人施了定身法，不敢向前，像个胆小的娘们，站在原地，翘起脚，往沙发那儿看。看见了，我看见穆晓晨穿着粉色的瑜伽服俯卧在沙发和茶几之间，如果不翘起脚来，根本都看不见。

我颤着声叫她的名字。她一动不动。

我喊她的名字，声音像裂帛一样。她还是一动不动。

我两腿一软，跪在地毯上，用膝盖一步一步挪到她跟前，抱起她，我看见她的胸口破了个洞，黑红黑红的，像只望不见底的眼睛。她的血已经流光了，像牛奶一样喂饱了整张地毯。她微微张着眼睛，好像在看我，好像在求我救她。我摸了摸她颈椎大动脉，没有丝毫反应。其实，不用摸颈椎大动脉，看看她白纸一样的脸，就知道了，血都流光了，人还怎么能活？

我跪在她流成的血泊里，抱着她美丽却已僵硬了的尸体，仰天大哭。我的心碎得像一地玻璃碴子，碎块与碎块都相互扎着，生疼。

我怀疑她的死，是上天对她的惩罚，因为她不知好歹要跟我离婚。可是，老天，我不要你惩罚她！只要还能让她继续活着，她想和我离婚就离吧，她愿意换个人就换个人吧，我没有一点意见，我只要她活着！

我抱着面白如纸的穆晓晨坐在鲜血染红的地毯上仰天大哭。

我全身上下沾满了鲜血，好像我和她殊死搏斗过，好像是我亲手把她杀死的，我哭够了，望着鲜血淋漓的自己这么想，吓坏了。但我知道，我不能去洗，否则我就是欲盖弥彰，试图毁灭犯罪证据，我想，我应该坦诚，于是，我用沾满鲜血的手拨打了110。

18

打完110，我看着身上的血，吓着了，拼命想，等警察来了，怎么解释这一身血？

警察是十分钟后到的，他们老练地封锁了现场，拍照，记录，问我是怎么发现穆晓晨被害的。我语无伦次，说不清楚，他们只好把穆晓晨又按原样摆回去。不停地问我是不是这样？是不是那样？动作粗鲁，好像因为死了，穆晓晨就变成了一块没有尊严的冻肉或者一团什么东西。我哭着说你们不要这样对待她。

有个警察兜着圈子，煞有介事地在我家转来转去，看着一地狼藉说看样子死者和凶手进行了殊死搏斗，最后体力不支才被捅死的，而且杀手非常专业，一刀毙命，应该是捅在了心脏上。

我说：不是，这些东西是我摔的。

他用诧异的眼神看着我，好像怀疑我疯掉了，在胡言乱语。我说真的，今天晚上我们吵了一架，我很难过，就出去了，等我回来，穆晓晨就被人杀了。

他问我为什么要和穆晓晨吵架。我不想撒谎，说穆晓晨要离婚，我很生气，觉得她无事生非。

他嗯了一声，深深看着我，好像我心脏的位置藏了个巨大的秘密。

我知道，从这一刻起，他肯定会把穆晓晨的死和要跟我离婚弄到一块去，还会找出很多人是我杀的证据，像粘贴不干胶一样往我身上按。

我做好了被戴上手铐带走的准备，甚至自觉地把两手放在身前。

他好像读透了我心思，对我的坦然无惧，有点意外，上下打量我，说：你身上的衣服，可以让我们带走吗？

我心里响过一阵悲鸣。他们要收集证据了。我说好的，去卧室换衣服，回手要关门时，发现他跟在身后。见我看他，他笑笑，说希望我能理解，这是程序。

他们的程序就是要亲眼目睹一个男人脱得赤条条。

我知道反对没用，就进了卧室，背对着他换衣服，他装做勘察卧室的样子进来，围着我转了一圈。我想他一定是不想漏掉我身上的可疑痕迹，我内心坦荡，决定成全他。脱光之后，没着急穿衣服，而是嗨了一声，他的目光应声过来，我在他疑窦重重的目光里转了个身，说：看仔细点。

他愣愣地看着我，突然低头，拢着手罩在眼睛上，大约用这动作是告诉我，不必向他展览我并不令人赏心悦目的裸体了，赶紧穿上衣服。我问他是不是从没见过像我这么配合他们怀疑的犯罪嫌疑人，他没回答我，只说你可以穿上衣服了。好像我光着，会对他造成污染似的。

我换上干净衣服，看他把我脱下来的衣服，用镊子捏着放进了塑料袋，把塑料袋封好，拎起来，冲我笑笑说：也是证据的一部分。我表示理解，也表达了对他们愚蠢的嘲笑，如果穆晓晨果然是我杀的，我能蠢到滚一身鲜血再给他们打电话？

他让我收拾换洗衣服离开家几天。我问为什么？他说：穆晓晨是在家中被杀的，为了保护犯罪现场，你不能住在家里了。我说：好的，我配合，希望你们早日破案，抓到凶手。

他不动声色地看着我，似笑非笑的，看得我心脏位置毛刺刺的。

我胡乱抓了几件衣服,和警察一起从家里撤出来。

在小区大门口,他问我打算去哪儿,要帮我找地方。我指了指街对面的酒店,说不用了。他仰头看了酒店一会儿,回头说:如果你想起来什么,随时给我打电话。

说着,从口袋里摸出一张写着电话号码的纸条,看样子是早就写好的。我接过来,说好。

他又说,我叫陈枢,市刑警队的。

说真的,我对他印象不错,因为他没像文艺作品里的蠢货警察似的,一上来就把我当犯罪嫌疑人粗暴对待。

19

我特意要了酒店 25 楼的房间,能看到我家窗子。我家住 24 楼,第一次来我家时,穆晓晨曾问我干嘛要买 24 楼?我问怎么了?她说有 4,4 和死谐音,不吉利。我还笑了她一顿,笑她迷信,告诉她,小区房子卖得只剩了这套 24 楼,让她将就将就。自从我俩谈恋爱,就在这件事上我没满足她的心愿,因为我太想早点请她回家喝咖啡了,想到不愿意再多花时间出去找房子看房子。

果然是一语成谶啊,早知道这样,我宁肯晚点约她回家喝咖啡也要找一套不带 4 的房子。如果我不娶她,她就可以长久而灿烂地活着,我宁肯我没有娶她。

我从没像爱她一样爱过任何人,包括我自己。

办好入住,我拉开酒店窗帘,张望我家的窗户。黑洞洞的,什么也看不见。我目光下垂,看见陈枢仰着头,正在打量我酒店房间的窗户。我猜,他已经去前台问过了,知道我确切的房间号。

他并不是没把我当犯罪嫌疑人,只是更狡猾,处理得更策略一些。

因为穆晓晨的死,我没精打采,感觉自己一下老了五十岁。

我坐在床沿上,想穆晓晨死的消息,我应该告诉谁?她亲生父亲在她两岁的时候就意外过世了,母亲带着她改嫁,嫁了一个离异男人,给一个十岁的小混蛋当后妈,受尽捉弄,抑郁了,在穆晓晨十五岁的时候,不管不顾地抛下她上吊自杀了。为了上大学,穆晓晨忍辱负重,甚至忍受继父儿子的性骚扰。考上大学后,就再也没回过那个家,四年大学,是靠助学贷款和自己打工供出来的,她说这些的时候，我特心疼她，觉得她不易，恨不能坐上时光穿梭机，去到她身边，早早帮她扛起沉重的人生。穆晓晨没有娘家，这也是我特别心疼她的原因所在，总觉得自己在她的生命中，是有使命感的，是她今生今世唯一的亲人，现在，她被人谋杀了，除了我，竟连一个会为她失声痛哭的人都没有，我很难过，如果真的有天堂，我愿意把去往天堂的穆晓晨抱起来，搂在怀里，再心疼她一会儿……

至于我父母，我妈早就对穆晓晨占着鸡窝不下蛋这事老鼻子意见了，打死也不信是我不想让穆晓晨生孩子，认定穆晓晨是天生妖孽，怕生孩子破坏体型，千方百计躲避受孕。这种事，她在电视剧里看多了，所以，如果我告诉她穆晓晨死了，她可能会震惊，会意外，出于人道，也会抹几把眼泪，但她会如释重负，庆幸穆晓晨这只不下蛋的母鸡终于不用占着她儿子的窝了。这将会很罪过。我妈是虔诚的佛教徒，每逢初一十五准时上供，企图贿赂佛祖，比如让我的安全套破个洞、穆晓晨的安全期失算。总而言之，已经六十二岁的我妈，支撑她神采奕奕活下去的唯一动力，就是我成功让穆晓晨怀上我的种。

如果宇宙间真有神仙，我妈知道穆晓晨死了会如释重负的话，佛祖会不高兴的，好歹她是生我养我的妈，她有很多缺点、很自私，我都认了，但我不想让佛祖怪罪她，所以，我决定也不告诉她了。

但穆晓晨还有同学、同事和朋友，我想，穆晓晨和他们作为相互人生世界的组成部分，我有责任也有义务把这个消息告诉他们。

他们当中的一部分，和我也相互加了微信，我决定发一条朋友圈。

朋友圈发出来还没两分钟，手机就响了，是陈枢。他说你先把朋友圈删了。我很震惊，我和陈枢相互没加微信，他居然知道我发了朋友圈，这说明什么？说明警方已经把我列为怀疑对象，监控了我的微信，我勃然大怒，说：你们这是侵犯我的隐私权！

陈枢也知道我并不蠢，所以，也没煞费苦心地编瞎话糊弄我，只言简意赅地问了我俩问题：你希不希望早点抓到凶手？一个男人和妻子闹过离婚以后，妻子就离奇被杀，你觉得这个男人可疑不可疑？

我说：是她要跟我离婚！

陈枢说不管是谁跟谁离，离婚都牵扯到情感、自尊和财产的分割，是标志着人生破产的大事件。

我承认他说得对，但进了警方怀疑名单，让我耿耿于怀，我试图在电话里向他解释那天晚上的来龙去脉，他表示很忙，没时间听我的辩解，不由分说挂掉了我的电话。

我坐在酒店飘窗上，盯着我家窗户看了大半夜。想破脑袋也想不明白谁会对穆晓晨下这么狠的毒手，也不知道穆晓晨临终前有没有想到我，有没有希望我突然出现，救她于非命。

所以，我也希望抓到凶手，比警方还迫切，因为那些我想知道的事情，只有TA才能告诉我。我一直认为，人在临死前意识到的问题，才是毕生最重要的问题。尽管穆晓晨死去后就再也和我搭不上关系了，但我依然希望自己是她今生今世的最重要，如果得不到答案，这一切将成为执念，长久地困扰我。

我想回家，看看穆晓晨有没有留下线索。

此时已是凌晨四点半，窗外一片混沌。正值黎明前的黑暗，都这点了，估计不会被发现。我决定锦衣夜行。

说干就干，我决定回家。

20

等电梯时,一个年轻性感的女人从房间出来,看见我,她微微愣了一下,冲我笑,好像我是她邻居家二哥。我回以礼貌的微笑,专注地等电梯,心里却在想,奇怪了,这个时间,是正常人睡得最香的时候,晨练都起不了这么早,何况她穿着高跟鞋,也不像个晨练的样子,难不成是警察在酒店安排了便衣?专为监视跟踪我?这么一想,心里就毛了,又不能问,就憋着看情况再说。电梯来了,我没进。

假如她是跟踪我的,让她先走好了。

她看看我,又看看电梯,也没进。

电梯合上门走了。我更加觉得有问题。又按了一次电梯,刚下去的电梯又上来了。

门开了,我绅士地对她做了个请的手势,说深更半夜的,又是在酒店里,我就不和她同乘一部电梯了,这对她名声不好。

她这才嘤嘤说:大哥,求你了,陪我下去吧,我害怕。

见我站着不动,她拿起我的手,从领口塞进去,一直塞到胸脯上,她的奶又大又软,像刚刚蒸好的大馒头:你可以一直摸到楼下。

吓了我一跳,飞快抽回手,下意识地反问:你这是干嘛呢?

女人就凑上来,抱住我胳膊,把她又大又软的胸脯挤在我胳膊上:想和大哥一路下楼。

我哂笑了一下,想,现在当个女警察可真不容易,不仅要便衣卧底,还得豁上胸脯使美人计,真不知道她们的男人知道了会怎么想,就推开她,说:我还当你让我和你一起走两万五千里长征呢。

我表示我对来路不明的美女不感兴趣,让她先走。对我的拒绝,她好像难以置信,说大哥你同性恋吧?

我说不是,我热爱美女,但我今天没心情。她就笑,说:嫁给你可真幸福。

一下子戳到了我的痛处,几乎戳出了我的眼泪,幸什么福?穆晓晨命都没了。我的样子大概是吓着了她,呆呆的,问:你怎么了?

我一点也不想撒谎,反正她不认识我也不知道我叫什么名字,就说我也以为嫁给我很幸福,但是昨天晚上我老婆让人杀了!

说完,我几乎嚎啕大哭。

她吃惊地看着我,问我是不是在外面得罪人了,别人报复我,才把我老婆干掉的。我哽咽着说没有,我也不知道为什么,反正她是让人杀了。她面带惊恐地吐了吐舌头,说幸亏她不打算固定给哪一个男人做老婆。

电梯门又合上了,要走,她眼疾手快,按了一下,电梯门像一张嘴,又张开,她快步进去,我已知道她是干什么的了,没了戒备心,也一步闯进去。她下意识地抱了自己的胸一下,好像我摸一下她就会掉很多钱,跟刚才那个主动要求我摸胸的女人完全不是一个人。

我对她的胸并不感兴趣,世间万千女人我只喜欢穆晓晨,万千大胸脯,我也只喜欢穆晓晨像小国光苹果一样盈盈可握的胸,她的乳头小而圆润,像颗红樱桃,把世间所有的胸都给比了下去。

我倚在电梯墙壁上,眼里还有泪光,看着前上方的电梯天花板,一直看到一楼。她快步走出去之前,回头看了我一眼,好像我是怪物。

到了街上,女人钻进一辆红色轿车,好像早就在等她,开车的是个年轻男人,也不知和她是什么关系。不管是什么关系,一个男人能开车等在酒店楼下,让女人上楼去做这种事,都是件牛逼到不可思议的事。

21

我家门口的 LED 灯，有几个灯泡坏了，一闪一闪的，晃眼，我曾想自己换，穆晓晨不让，说打电话让物业来换，她受不了我干事毛手毛脚总要功夫钱，但我更愿意理解成她是怕我万一有闪失弄伤自己。想到这里，我叹了口气，由此可见，她还是爱我的，只有爱我才会怕我受伤。

穆晓晨死了，可我总想证明她还是爱我的，离婚念头不过是霎那的冲动，甚至是逼我答应她换房搬家的要挟手段。只要这么想，我就能好受点，好像她爱不爱我，比她是不是还活着更重要，我不知道自己为什么会有这种操蛋的昏暗心理。

我进家，但没开灯，怕有警察在楼下盯着。

月光青青的，从窗口扑进来，冷冷地普照着我家，地上的乱七八糟已经没有了，警察当案发现场的证据收走了。我打开手机手电筒，挨个房间看。

我觉得主要线索应该在书房，电脑上有穆晓晨看了一半的电影，她一定是正在看电影，突然有人造访，于是，她把电影定格了，去开门招待客人，没成想这客人要了她的命。

我对自己的逻辑思维还算满意，觉得穆晓晨应该是死于熟人之手。她有开着电脑登录电脑版微信的习惯，说不准现在还没退出呢，说不准凶手就是在微信里和她说马上上楼来的！

我被自己的推理搞得惊心动魄，进了书房，拿手机往电脑桌一照，就惊呆了！

我看见的不是电脑，是陈枢！

他坐在电脑椅上，不动声色地看着我，好像在说：你自投罗网了吧？

我吓得一个趔趄就倚在了门上。要不是因为惊吓过度，我都想撒腿就跑，但我跑不动，只是顺着门框往下溜，坐在地板上，有气无力地说：你怎么在这儿？

陈枢起身按亮灯：等你。

等我？

陈枢笑，拖着椅子坐到我对面，居高临下的，好像在俯瞰终于露出马脚的罪犯。这种感觉让我很不爽。我挣扎着站起来，说：没那么蠢的罪犯，都案发了，还返回作案现场。

那可不一定。陈枢说：有时候他们会回来销毁一些因为疏忽而遗留下的证据。

我目光落在电脑桌上的插排上，上面插着我的手机充电器。我扬扬手机，表示忘记带充电线了，回来拿，请他帮我拔下来。

陈枢看看我的手机，拔下充电线，递给我：希望你没撒谎。

我不想说我是回来找线索的，因为这意味着我不信任警察，他们会很不爽，他们一不爽，我的麻烦就会多，因为死者是我的妻子，还是要和我离婚和我吵了一架的妻子，按说我的嫌疑应该最大。

我拿着充电线往外走。

陈枢喊住我，说：希望在警察告诉你可以回家之前，这是你最后一次回来。

我说：希望我可以早日回家，我恋旧床，换地方睡不着。

他送我到门口。我想了想，还是把我的猜测跟他说了：我觉得应该是熟人作案。

陈枢歪着一边嘴角笑的样子让我特想抽他。他说：何以见得？

我忍着被藐视的愤怒，说：穆晓晨是个胆小的女人，如果不是熟人，大晚上的，她不会给开门的。

陈枢看着我，不动声色，像只老狐狸，已看穿猎人的花招，正耐心地看他自导自演。我忍无可忍：你干嘛这么看我？

他一本正经地摊摊手：我怎么看你了？

你是不是觉得我这么说是为了撇清自己？

陈枢就阴阴地坏笑：你说呢？门窗没有被破坏过的痕迹。

陈枢的意思是门窗完好，能进我家的，除了有钥匙的我，就是能敲开门的熟人或朋友，我这么说，当然是在企图撇清自己，把嫌疑往别人身上引。这很侮辱我，我苏猛是那种为了洗白自己就往别人身上泼脏水的人吗？

见我瞪着他不说话，陈枢问我还有什么想告诉他的没？

我惜字如金，说：没了。

就他这尿性，都不配我跟他浪费唾沫。他示意我可以走了。我不甘心，问他：你们的结论呢？

陈枢不动声色：结案之前，我们不会有定论。

我心里哼了一声，想想以后还要从他嘴里套话，就懒得得罪他，跟他虚伪地表示了理解：保密是警方的职业操守。

我转身出门，回头跟陈枢说再见的时候，看见了我们家门口的摄像头，心头一喜，自从穆晓晨把它移到大门外，我都快忘记家里还有这么个玩意了，我几乎是欣喜若狂，觉得穆晓晨沉冤不曾过夜，案子就要破了。

陈枢面无表情，不得不告诉我，事情也许真的像我分析的那样，是个熟悉到了朋友程度的人杀死了穆晓晨，但监控并没捕捉到凶手的样子，因为摄像头被一块嚼过的口香糖堵住了，也就是说，如果把堵摄像头和穆晓晨的死关联起来的话，这就是一场早有预谋的谋杀。

我顿时震惊，无论如何也想不明白，穆晓晨虽然漂亮，但她与世无争，几乎是无公害人类，谁会想要谋杀她？

陈枢定定看着我不说话。

我特受不了他用看弱智小儿的眼神看着我，忿忿走了。

回酒店，站在飘窗前看我家窗子，发现陈枢也站在窗前看我。我觉得特屈辱，我一社会良民，好端端的，妻子被人残杀在家里，我却落得有家不能回不说，还成了警方怀疑的潜在杀人犯。我给陈枢打电话，请他马上离开我的家。

我特别强调了是我的家，我说他这叫私闯民宅，搁美国，我完全可以掏枪把他崩了都不负刑事责任。

他咧着嘴笑，手里拿出一个什么，在窗户上冲我比划。大概是告诉我，他是警察，现在是办案，不是私闯民宅。我突然后悔大学为什么没学法律。

为了表明很生气，我拉上了窗帘，拒绝他对我的偷窥。

然后，我就歪在飘窗上睡着了。要不是陆武的电话，我都不知道睡到什么时候。

22

陆武说来了几个便衣，跟他套我的日常行踪和言行。陆武知道我有在朋友圈和微博上大放厥词的习惯，以为我有不当言论触动了哪个团体的敏感神经，为了帮我息事，他把我好一顿美化，都快美化成抗日小粉红了。

我说然后呢？陆武说他们还要去我办公室看看，其实就是想趁我不在的时候搜查，被他拒绝了，丫还恼了，问他知不知道苏猛犯了什么事？陆武说我不管丫在外面犯了多大的事，这都是我的公司，那间办公室虽然是给他用的，但也是公司财产，不征得我这董事长同意你们就甭想进去。我说然后呢？陆武说僵着呢，丫好像给局里打了电话，等增援呢。我不明白警察为什么要搜查我的办公室，难道他们真把我当凶手了？

见我不说话，陆武又说你丫到底犯了什么事？只要不是杀人越货你丫这他妈就给我蹽，没钱我给你往账户上打，怕警察逮着你不敢坐飞机坐高铁我这就给你租辆车，你给我有多远走多远。

听陆武说到这里，我眼泪都下来了，什么是朋友？这就是朋友！什么是肝胆相照？这就是肝胆相照！有一个肝胆相照的朋友，这辈子就没白活，我说陆武你不要担心我什么事都没有。

接完电话我就往楼下跑，本想回小区开车，可一想昨晚医生趴在我车门脸上吐得一塌糊涂，就反胃得很，打辆车就往公司跑。因为知道陆武的脾气，容易搂不住，他可以和地痞流氓搂不住，但不能和警察搂不住。

一路上，我不停地催司机，生怕我去晚了，好哥们陆武就会因为我折进去。

到了公司，就见陆武正站在我办公室门口，和三个穿着便衣的警察怒目相向。我气喘吁吁跑过来，一把拉开陆武说：让警察同志看。

陆武扭头看着我，说：他们怀疑你谋杀了穆晓晨，我操，骗谁呢？我信你把全球的人杀光了也不信你会杀穆晓晨。

我承认，在这个早晨我被好哥们陆武感动得一塌糊涂。我泪光闪闪地看着他，说：陆武，还有你，我把全球人杀光了也不会杀你。

陆武当胸给了我一拳，让我滚。又扭头对着三个便衣说：看见了吧，他要真杀了老婆，早跑没影了，还会跑到公司让你们抓？

我哽咽着说：陆武，真的，晓晨死了。

陆武愣了，定定看着我：什么？你再说一遍！

我几乎失声痛哭：穆晓晨死了！她被人杀死了！

陆武被这消息给弄懵了，三个便衣趁机推开他，进了我的屋子，可能碍于我这个主人在场，他们也没怎么翻，只是例行公事地问最近穆晓晨有没有到公司来，这里有没有她用过的东西，我说没有。

因为不喜欢洛可可，穆晓晨从不到我办公室来，但这事陆武不知道，毕竟洛可可是他未婚妻，我要告诉他我老婆讨厌他未婚妻讨厌到这地步，有故意离间人家感情的嫌疑。我可以骂社会可以骂民族性，可以怀疑洛可可企图侵吞老陆家财产，但我从不做毁坏别人感情的事，感情是每个人的精神庙宇，把别人的精神庙宇毁了，是件缺德事。

陈枢就是这时候赶来的，带了四五个人，我以为他是便衣叫来的增援。还试图微笑着跟他打招呼，刚举起右手，就被他一把抓住了。我还没反应过来,他就把我胳膊往后一拧,旁边一个胖壮警察配合默契地一步抢上来,把手铐给我套在手腕上。我像被突然袭击了且知道要被带去杀头的小公鸡,跳着脚大叫:你们凭什么抓我?!凭什么?!!

我在原地跳脚,告诉他们,如果不告诉我为什么抓我,就休想把我带走。

陈枢说:这不是抓你,是刑事拘留。

我说:你们凭什么刑事拘留我?

陈枢说:因为你涉嫌谋杀了你的妻子穆晓晨,被刑事拘留了。

我又跳脚:你们凭什么说我谋杀了她?证据呢?你们有证据吗?

陈枢说穆晓晨死于一刀毙命,只有学过医或者有过动物解剖经历的人才能扎这么准,而我大学是学生物的,经常做解剖实验,工作是生物制剂研发和产品总监,为了检验临床效果,也经常做解剖实验,十几年如一日的解剖实验有可能练就我一刀毙命的手法,更重要的是,杀死穆晓晨的水果刀上有我的指纹,只有我的指纹!

陆武醒过神,愣愣地看了我一会儿,扬手就是一拳,把我鼻子打爆了。我用戴着手铐的双手去捂鼻子,看着他,内心充满悲凉,我说:陆武,你觉得这可能吗?

但陆武真信了,因为凶器上有我的指纹,因为我们解剖动物做实验的时候,从来都是我负责给小动物们一刀毙命,时间长了,我练得屠术一流,能一刀毙命的,除了我还能有谁?

被冤枉的悲恸让我几乎要放声大哭,我说陆武我虽然杀死过不少小动物,但那都是为了帮你!我说陆武我那么爱晓晨,你觉得我能杀她吗?

陆武还是揍我。

我知道陆武，他很花，可以不理会女人要和他结婚的希望，可以拒绝为偷偷怀上他孩子的女人负责，但是他不占女人的便宜，从不吃女人埋单的饭，更从不对女人动粗，对跟女人动手的男人不共戴天。我却把穆晓晨杀了，他没法原谅我的粗鄙和下流。

陆武铁青着脸，那么专注地揍我。陈枢他们拉都拉不开，他把我揍得鼻青脸肿，说我他妈看错你了。

也就是说，在他眼里，我成了披着羊皮的狼。这对我来说，是悲痛，不亚于穆晓晨被谋杀。

为了让他觉得对我的肝胆相照值得，我也必须找回清白，让他相信，我，从未辜负过他的信任。所以，进了拘留所，我就像个受了天大冤屈的犟货，把着监室的门不肯往里走，告诉狱警我有情况要反映，狱警让我等会儿，他看看陈枢走了没。

谢天谢地，陈枢还在，狱警马上给安排了提审，我迫不及待地告诉陈枢，尽管那天晚上穆晓晨要跟我离婚；尽管我上下左右的邻居都可以作证那天晚上我们家发生了惊天动地的战争，但我没有谋杀她，因为穆晓晨死于晚上九点，可是七点我就已负气离家，去了一家韩国料理店，还差点被一个叫朱莉美的女人钓了凯子，激怒了她男友，差点引起一场混战。是的，饭店都有监控，韩国料理店也一定有，监控视频可以还我清白。他们不能凭凶器上有我的指纹，就认为穆晓晨是我杀的，刀上有我的指纹那是因为我进门的时候脚踢到水果刀了，像所有有责任感的人一样，发现家里有不应该在地板上的东西在地板上，一定会把它捡起来，捡它当然就会留下我的指纹。

陈枢对捡水果刀这个情节很感兴趣，带着我回现场，让我指认捡水果刀的地方。我指给他看。他打量了一下四周，说：如果你不是凶手，说明凶手花了很多时间用来消灭犯罪痕迹，水果刀之所以在门口的地板上，应该是凶手刻意拿到厨房去洗了，目的不是洗掉血迹，而是洗掉 TA 的指纹。

可 TA 为什么洗完之后要把刀子放在门口的地板上？

陈枢说不是放在那儿的，是不小心掉在那儿的。也就是说，有可能 TA 正在消灭罪证的过程中，听见我回来了，手下一慌，刀子就掉在了地上。

我听得瞠目结舌！我回来的时候，凶手还在我家！TA 是在我洗澡的时候悄悄溜走的！我问陈枢是不是这样？

他说非常有这可能。

我让他给我打开手铐，放了我。

他对我的要求很不解。

我说你都说了，我回来的时候凶手还在我家，也就是说你已经同意穆晓晨不是我谋杀的了，为什么还要拘着我？

陈枢说这只是个推理，证据呢？就像我们不能靠推理给犯罪嫌疑人定罪，也不能靠推理释放犯罪嫌疑人。

我想骂娘，但知道没用，问他知不知道我们家监控摄像头是谁堵的？我认为这个堵摄像头的人嫌疑最大，堵摄像头一定是为将来的犯罪做铺垫。

他说堵摄像头的人找到了，因为涉及到个人隐私，他不能告诉我是谁堵的，也不能告诉我他为什么会堵我家摄像头，因为可以肯定，穆晓晨不是他杀的。

我问他是根据什么排除了这个堵摄像头的人的嫌疑的？

他说那天晚上他正在酒店里大宴宾客，为母亲庆祝七十岁大寿，完全没有作案时间。

就这样，我又被陈枢带回看守所。一路上我滔滔不绝，翻来覆去地说为什么我不可能谋杀穆晓晨。搜肠刮肚地给他提供各种各样我想到的、有可能的证据。陈枢都听烦了，让我不必紧张也不必激动，凡事都有个调查过程，如果我真是清白的，就算他们办案能力不济，冤枉了我，后面还有检察院和法院呢，杀人犯这顶帽子不是想往谁头上扣就能往谁头上扣的。

可是，拘留所这种烂地方，我他妈的一刻也不想待，十几个脏乎乎的臭男人关在一间十几个平方的小屋里，每一个都非奸即盗。虽然他们也刮胡子洗脸，可我就是觉得他们脏，脏得我都不愿意和他们共呼吸一间屋子里的空气。

在拘留所门口，我问陈枢我能不能提个条件。陈枢面无表情地说不能。我说不能我也要提，我要求关小号，就是小黑屋。

陈枢说你知道的还不少。

我说我爸妈把我从农民供成大学生不是为了让我和非奸即盗的人渣睡一屋的。

陈枢没听见一样，和他的同伴推着我往拘留所走。我说：陈枢，早晚有一天你会发现凶手不是我，这么对待一个无辜公民，你的良心会受到审判的。

陈枢被我絮叨得头痛，说你丫能不能消停一会儿？让我想想案子。我说我让你消停了，进了拘留所那帮人渣不会让我消停。

我没骗他，虽然被拘留后我在监室待了不到二十分钟陈枢就来提审我了，但就这二十分钟，已经足以让我意识到在这人渣横行的小屋里，没他妈我好果子吃。

陈枢把我交给拘留所民警，说在这种地方，一切都要靠自己，谁也帮不了你。

我觉得他话里有话，思考了一百米不到的路，就到监室了。民警打开门，我站在门口，迟迟不愿意进去，里面的十几双眼睛，虎视眈眈，犹如等待羊羔进入包围圈的群狼，我回头说：我想关小号。

民警冷若冰霜，把我推进监室，咣当一声就关上了门。

23

十几双豺狼一样的眼睛,盯着我,我努力做出镇定自若的样子,慢慢往里走,边走边想陈枢的话,在这种地方,谁都帮不了我。我又想起了香港和美国的监狱电影,意识到想在这种地方好好活下去,我就必须活得像个演员,虽然这是我鄙视的活法,但为了活命,人有时候得让自己鄙视一下。

于是,我假装压根就没把这些人渣放在眼里的样子,大摇大摆地在铺沿的中央坐下来,打量了一会儿自己的手指,抬头问:谁有指甲刀?

他们轰地一声就笑了,好像平地里飞起了密密匝匝的苍蝇。其中一个说:王八蛋,还装横!第一次进来吧?

我斜眼看着他,想象自己居高临下很睥睨的样子:怂蛋才他妈在这种地方出来进去没完没了,老子进来了就没打算出去!

一个矮胖子走过来,蹲到我跟前,问我怎么进来的。我又把一些电影情节回忆了一遍,故意慢条斯理地说:杀人。

矮胖子给唬得往后张了一下,回头问其他人渣们:你们信吗?

人渣们七嘴八舌地表达着他们的信或不信。我强做镇定,闭目养神。矮胖子又问我杀的是谁?

我睁开一只眯着的眼睛,骄傲地说:不告诉你。

他们有点生气,又拿不准敢不敢惹我,就像一群畜生围着一块不知该从哪里下嘴的肉,团团转。昨天一夜没睡,我困了,脑袋一歪,扎在了铺上就睡着了。

我大咧咧一副置生死于度外的样子，还真把人渣们给唬住了，见我睡了，竟没人敢来打扰我，等我醒来，已经是晚上了。

人渣们围在一起嘀嘀咕咕地说着什么，见我醒了，其中一个就说：哎，你为什么要杀你老婆？

拘留所这种地方，复杂得很，有消息灵通的，已经知道了我是因为什么进来的。

另一个人渣说是不是你老婆给你戴了一车皮的绿帽子？

在这群人渣的人生词典里，男人之所以会杀老婆，那一定是老婆给戴了绿帽子，我说不是。

又一个人渣说他以前经常听穆晓晨的节目，说她的声音很好听，比他从QQ上约的小姐叫床的声音都来劲，没钱叫小姐的时候，他就听着穆晓晨的广播打飞机。人渣们起哄说像穆晓晨这种女人，天生就是给当官有钱的男人准备的，如果没两把刷子娶了她，等着开绿帽批发部吧！

他们嗡嗡地说着下流话，说像穆晓晨这种在男人床上滚来滚去的女人，床上活一定很好，其中一个凑到我眼前问：是不是这么回事？

我必须给他们点颜色看看了，猝不及防就给了他一拳，他仰面倒在了地上，我跳起来，骑上去，提着拳头，左右开弓，狂风暴雨一样的肉拳头落在他脸上，揍得这臭小子就像一坨烂鼻涕在地上滚来滚去。

人渣们显然没想到我打起人来会这么拿手，他们团团转着，像看斗狗，完全没有拉架的意思。拘留所生活太无聊，有人打架，就是送热闹给瞧，哪儿舍得拉开？可是我打累了，也怕打出人命来真成了杀人犯，更觉得他们根本不配我打给他们看，就住了手。

被我揍的人渣，鼻子歪了，我可以确定是鼻梁断了。

然后，我就被关了小黑屋，一个人。

我开心极了，想起了陈枢的话，在这种地方，果然一切都得靠自己。我那么恳求，民警都不肯给我一间单独的小黑屋，胖揍了一个人渣就给了。

在小黑屋关了三天，陈枢又来提审我。去提审室的路上，我欢欣鼓舞，甚至都做好了当场被释放的准备。

但陈枢带来的消息当头给了我一棒。他去韩国料理店了，那天晚上停了一会儿电，但也因为瞬间停电又来电，监控设施出故障了，来电后没自动重启，所以，没留下能证明我清白的影像，我懵了，简直难以置信自己会这么倒霉，让他去问服务员，记不记得那天晚上5号桌有个男人点了一桌子菜没吃几口就走了。

陈枢眯着眼看我，好像我一不小心把自己出卖了一样，看了一会儿才说：点了一桌子菜，没吃几口你吃了三个多小时？

我尖叫：老婆要离婚！老子心情不好！对着一桌菜发呆不行吗？

他说行，他问过服务员了，但是负责1到12号桌的服务员不干了，没人知道她电话，所以他没法核实她是不是记得我。

我说还有账单，你让老板查查账单不就行了？我一个人点了八百多块钱的菜！

陈枢说：你刷卡还是现金？

我突然意识到，找到账单只能证明我去过韩国料理店，却不能证明我不在案发现场，因为我付的是现金，没法具体地证明我离开的时候穆晓晨已死于非命！

我突然觉得穆晓晨的死，是老天在整我，我平常都是刷卡的，可因为财务刚刚报销了差旅费，我懒得身上带那么多现金，就想赶紧花了了事，当晚就付了现金。

我让陈枢去找韩国料理店的流水账单，我有零有整地报出了那天晚上花的钱数，只要能找到这张账单，哪怕不能证明我在韩国料理店待了多少时间，至少能证明我说案发当晚我去了韩国料理店不是撒谎。

陈枢还是一脸无奈的表情看着我，看得我都想跳起来打人了，让他有话赶紧说，别跟我卖关子，老子已经彻底失去耐性了。

陈枢说，我真的很不幸，那个负责1到12号餐桌的服务员因为跑了一份单，被老板骂了一顿才不干了的，走之前把所有单据都带走了，她认为那是老板偷税漏税的铁证，要带走去税务局举报老板。

我说你去税务局查啊！

陈枢说至今她都没去税务局。

也就是说，能证明我在案发当晚去过韩国料理店的账单，已经跟随那个火爆脾气的服务生消失在茫茫人海里，杳无音讯，让我案发当晚的行踪成了死无对证。

我内心里涌动着一阵又一阵的窒息，末了，我说你还可以去找那个叫朱莉美的女人，她可以证明，那天晚上我不仅在韩国料理店，还可以证明我几点钟走的，因为我走的时候她男朋友刚进门。

陈枢说找到了，说着，拿出一打照片，形色各异，全是美女，往我眼前一丢：你说的朱莉美就在其中，把她挑出来。

我知道这是在考验我有没有撒谎，但我一眼就挑中了正确的朱莉美。她漂亮，在以白为美的大中国，她的皮肤是小麦色的，闪闪发光的缎子一样，有双闪烁着野性光芒的狐狸眼，嘴唇丰满，自然合拢的时候既像在微微生气又像在等人来吻。

我把她照片递给陈枢。陈枢接过来看了一眼,颇有深意地看了我一眼。我迫不及待问她怎么说。陈枢说:那家韩国料理店她听都没听说过,更没去过,那天晚上她和闺蜜去看话剧了,是孟京辉的《恋爱的犀牛》,还给我看了票根,我也跟她闺蜜核实过了。

我瞠目结舌,恨不能穿越时空,把那天晚上重现给陈枢看。

陈枢摊了摊手:你还能提供其他证据吗?

我说:你们为什么不去查小区的监控摄像头?还有电梯监控资料?它们能证明我是晚上十点半才到家的。

陈枢说那晚下雪,雪花糊住了小区的室外摄像头,电梯监控资料他们也看了,在那个晚上,除了我和隔壁邻居,没有人在24楼下电梯,已经排除了邻居作案,就剩我了。

我说:你们说穆晓晨是在九点钟被谋杀的,可我十点半才到家。

陈枢说:是的,但你怎么跟我证明你十点半到家不是个假相?

我哑口无言。

陈枢把我扔回小黑屋之前,建议我请律师。我觉得没必要,让陈枢帮我给陆武打个电话,让他相信我是清白无辜的。

陈枢说抱歉,作为办这案子的民警,这话他不能传,但如果我想让陆武帮我请律师,这话可以传。

我说不请,我生平最讨厌的一款人类就是律师,纯是一拨看出殡不怕殡大的搅屎棍子,决不能让他们挣我的钱。

陈枢说,从理智上,他也相信我是清白的,但中队的意见是,在没有其他犯罪嫌疑人,我又存在极大可能的情况下,不能放我出去,还是要报捕。

虽然我不喜欢律师，但法律知识多少还知道点，只要没证据，报捕检察院也不会批，关满七天就得放我出去，因为批捕后法院就要开庭审理，没有犯罪证据的案子，一旦被法院当庭判决无罪释放，检察院就丢老鼻子人了。

在小黑屋里，我百无聊赖，想得最多的是穆晓晨和陆武，为什么会有人杀穆晓晨？陆武为什么要认为是我杀的穆晓晨？

第七天，陈枢说报捕没批，我无罪释放。

24

拘留所在荒凉的郊区，四周光秃秃的，黄土漫天。

我从拘留所出来，和文艺作品里描述的不一样，警察把我送到门口，打开门，看我出去，咣当一声锁上门。我举目四望，目力所及之处，就我一人，孤零零的，像运送途中从车上掉下来的猪，既有获得自由的狂喜，又有四顾茫然的无措。

我要沿着一条破败不堪的土路走好远才能走上公路。我站在那儿，东张西望，确定不会有人来接我，开始徒步，走到一半，陈枢的警车从后面开上来了，在我身边停下，问要不要捎我一程。我正好有很多事要问他，就上了车，问陈枢有没有把我无罪释放的消息告诉陆武。

陈枢问陆武是谁，我脱口而出，说：朋友。

陈枢说：没有，但告诉你单位了，毕竟没有证据么，不能影响你的正常生活。

我表示警察现在执法越来越人性化了。

车到公路，陈枢问我下不下。我问问他去哪？他说回市区。我说下不了，搭他车回去得了。

陈枢笑了一下，眼里有很多话要说，又咽回去了的样子。

我问他笑什么。他说：我基本可以确定你不是凶手。我一阵神烦，问他何以见得。他说不管内心多么强大的凶手，在警察面前，都会心虚，也是因为心虚，他们会尽量不和警察待在一起，就譬如刚才，如果你真是凶手，根本不会上我的车，就算你心理强大，上了我的车，到了公路你也会下来,但你没有,可见你没杀人,而且对我们警察的破案能力很有信心。

我点点头,夸他分析得有道理,或许有一天会成为神探。陈枢自负地笑了,说这是他的终极目标。

我悄悄笑了一会儿,觉得他和我一样,都自以为是,顶没出息。

见我翘着嘴角不吭声,陈枢问我偷笑什么呢。我说:笑你和我一样没出息。他让我说说看,我说:你看,我的终极理想是工作稳定,能维持眼下的生活,做穆晓晨的好老公,因为这陆武经常笑我没出息,你呢,当侦探都能用上终极理想这四个字,也够没出息的。

陈枢问他要怎么样才算有出息。

我说至少也得弄个局长当当吧。

陈枢说:俗!一无是处的人才追求当官。

我俩聊了一路,气氛还算轻松融洽,快到市区时,我又和他说了一会儿案子,挺伤感的。陈枢说这个案子要有耐心。我问为什么?他说穆晓晨的案子和其他凶杀案不一样,她在生活中不树敌,在工作上也没有竞争对手,没有外遇,和别人没经济纠纷,突然横死在家里,确实令人费解。

他说了一堆,我最感激的是他们确定了穆晓晨没有外遇,要不然她突然提出离婚,得让我多百爪挠心啊。我问他是怎么确定穆晓晨没外遇的。陈枢说这是公安机关的侦破技巧,不外传。

把我送到小区门口,陈枢说我已经可以回家了。

我很感激陈枢对我说了这么多,也觉得他很信任我,下车时,和他握了握手,请他相信我,我没有撒谎,那天晚上我确实去韩国料理店了,朱莉美也确实在店里,而不是在看话剧。

陈枢点头，相信我说的是真的，因为撒谎不会如此巧合：果然有个朱莉美；我从十几张照片里一眼认出了她。

可是，朱莉美为什么要撒谎？我觉得蹊跷，想和陈枢探讨探讨，但局里一个电话把他喊走了。我只好快快回家，在电梯里，碰上了隔壁邻居家的熊孩子，用他妈妈的话说，是个小流氓，才读高一呢，就谈恋爱被他妈堵在床上。这是穆晓晨告诉我的，好几次，她听见隔壁女邻居撕破了嗓子似的骂儿子，骂他一脑子男盗女娼不好好学习。

从一楼到二十四楼，大概要三分钟，见我看他，他有点不自在的愤怒，昂着头，努力往上看的样子像在翻白眼。

电梯到二十四楼，我和他一前一后出电梯，开密码锁时，他下意识地回头看了一眼。我顺着他的目光看上去，发现他看的是我家门上面的圣诞花环，以前，花环里装着监控摄像头。

现在没了，应该在陈枢手里。

我的心，突然动荡了一下。想起穆晓晨曾说这个熊孩子，有反社会人格，我问她为什么这么说，她说那孩子看人的眼神特敌意。

我心里一个激灵，会不会是他干的？

我也十几岁过，我还清楚地记得十几岁的我们，像群发情的猪猡，横冲直撞，对女人既狂热又胆小，完全没有审美，每看见一条裙子，都要在意念里往上掀一百次。

所以，我怀疑堵我们家监控摄像头的人是他，因为我家监控摄像头是伪装过的，不仔细看根本就看不出来。当然，打扫卫生的物业人员也有可能知道那是个摄像头，可楼里装监控摄像头的人家多了去了，光整个小区的卫生就够他们忙活的，不至于干这种出力不讨好的蠢事。我怀疑是隔壁熊孩子干的，主要原因是穆晓晨经常听见他妈骂他是个小流氓，这说明他有作案动机，因为穆晓晨漂亮，他起了邪念，堵了我家监控摄像头，以便找机会对穆晓晨下手。

我惊出了一身冷汗，搞了半天，豺狼就潜伏在我们身边！我竟一点警觉也没有，我像条被盗主人家的狗一样自责起来。

我马上给陈枢打电话，问堵监控摄像头的是不是隔壁熊孩子。他说不是。我问那是谁。陈枢说他没有权利把侦破结果告诉犯罪嫌疑人。

我火大，说：我你妈都无罪释放了怎么还是犯罪嫌疑人。陈枢心平气和地说：你无罪释放只是没有确凿证据证明你确实犯了罪，还需要公安机关补充侦查，明白？

也就是说，我虽然被释放了，但是我的嫌疑并没解除，这事让我气粗恼火，却没有办法。我给陈枢说好话，我说我必须告诉你，穆晓晨活着的时候就说过邻居家熊孩子有反社会人格倾向。

陈枢说：所以你觉得是他？

我斩钉截铁地嗯了一声，问监控是不是他堵的。

陈枢让我不要在这个问题上纠缠不休，他不会给我答案。我让他把监控资料还给我，他说开什么玩笑？作为案件证据，在结案之前他没有权利自作主张还给我。我说你们已经排除了视频上的内容和案件之间的关联，你就应该还给我。

陈枢没时间和我磨牙，挂断了电话。我又打过去，说：陈枢你不还给我，我就去法院起诉你，起诉你侵占我们家财产，监控资料也是我们家私人财产之一。

陈枢被我气笑了，说：你去起诉吧，你要能告赢了我，我就是你大爷，对了，你起诉的话，不能起诉我个人啊，我这是职务行为，你得起诉市刑警大队,别起诉错了对象,一开庭就让我律师给你驳回去。

望着被他挂断的手机,我感觉被挑衅了,他让我去起诉就是挑衅,我要不起诉他,都没法给自己的面子一个交代。

25

家里还有淡淡的血腥味，是穆晓晨的味道，我不想开窗。

我站在客厅中央，伤感地想，这是最后的穆晓晨了，以气味的方式存在，再过几天，连气味也没有了，我怕她会从门缝和窗缝里溜掉，我检查了门窗，逐一关严了，发了条朋友圈。

案发一周，认识我的人，差不多都知道我老婆被谋杀了。

所以，这条朋友圈一发出来，马上扑上来一批蜡烛和双手合十，我没想到自己人缘竟然能这么好，但是没有陆武，我想和陆武谈谈。

我去找陆武，他不在，行政助理说他去韩国谈生意了。我转身回自己办公室，却发现财务主管在我办公室。我一愣，问她在我办公室干什么？

她有点错愕，但很快镇定下来，说：洛总说了，这间办公室归我用了。

我下意识地顺口问：那我呢？我在哪儿办公？

她低头看电脑上的报表，小声说：不知道，你去问洛总吧。

我明白了，洛可可这是要赶我走。我觉得悲凉，老婆被人谋杀了，我又被失业了，在这世界上，还有比这更失意悲催的人生吗？

我站在公司走廊，像个不受欢迎的人。

以前，每个走过我身边的人都毕恭毕敬地喊我苏总，但是，今天，他们走过我身边时，看都不看我，好像看我一眼，就是犯下了滔天大错。我知道，他们这是用残酷对我的方式向洛可可表忠心。人，为了一点利益，真他妈的恶心。

如果洛可可铁了心要我走，我找她谈不仅没用，还是自取其辱。但是，作为男人七年的大好青春，我卖给了公司，如果我善解人意地走了，显得很没气势，就像做了亏心事，夹着尾巴灰溜溜逃走了。所以，尽管没用，我还是要和洛可可谈，当面锣对面鼓，把话说在明处。

我去了洛可可办公室。

显然，有人给她通风报信了，见我进来，她端出早就准备好的虚假笑脸，说：苏猛，出来了？

是的，她没像往常一样喊我苏总，尽管以前她喊我苏总跟喊小孙小王小张没什么区别。但我还是明白了，今天她直接叫我名字是有含义的，暗示我已不是陆家洛基因生物工程公司的研发和产品总监了，是草民苏猛。

我有这自知之明。我点点头，拖把椅子在她办公桌对面坐下，为了让自己体面点，我做出很镇定的样子，可内心却是气急败坏的，我绞尽脑汁也想不出来一句得体的话。

洛可可笑着说：找我有事？

我：嗯。

她说：你知道，在美国待了八年，我已经习惯了西方式的直线思维。

我点点头，告诉她可以开门见山，说直接的，不用拿思维说事。

她说：苏猛你果然爽快。

我决定来更直接的：这是把我开了？

洛可可没想到我直接得都不给自己留面子，有点尴尬，笑容里有被逼进了墙角的窘迫：苏猛，如果你是我，你会用一个有杀人嫌疑的人做产品总监吗？

我说：我会，我会用这种方式告诉所有人，我相信这个人的品质，他不是杀人犯。

洛可可说：我不是你。过了一会儿又说：公司即将上市，其他股东也不同意用一位有杀人嫌疑的产品总监，有损公司形象，你也知道，公司借壳上市就意味着有很多股东，我得听股东大会的意见。

我表示理解，起身走了。走出公司没多久，洛可可又打来电话，让我写个辞职报告，她会让财务往我银行账户打笔离职金。

我说走都走了，懒得写辞职报告，至于离职金，她爱给不给，我完全没想法。

我坐在车里，给陆武打了个电话，他没接，我突然怀疑他没去韩国，而是知道我马上要出来了，也知道洛可可要把我开掉，不想亲眼看着我走，或者不想看我痛哭流涕地去求他、找他解释，因为我们多年兄弟，他又拗不过洛可可，很可能洛可可还搬了他父母做同盟军。

我呆呆地坐在车上，看着这片寒光粼粼的地下停车场，想我的人生，大概算是彻底破产了？爱情破产，友情也正在被斩断。

但是，我想见陆武，想跟他聊聊，公司不能借壳上市，因为即将到来的局面，将是他完全不能把控的。所以，不管他是不是烦我，我又给他打电话，他接了，说刚才在桑拿室里踩背，没带手机。

他没提警察来抓我那天揍我的事，好像完全忘记了。虽然我被打得恼火，但现在不是计较这点个人恩怨的时候，就也没提，觉得自己特男人，不小肚鸡肠，据说，这就是人间真爱，不管伤害多深，都一往情深。

我说你不是去韩国了吗？他突然意识到说漏了嘴，支吾了一声，直接说他没去韩国,是洛可可这两天不让他去公司。我凄凉地说:陆武,你什么时候也变得听女人话了?

他好像被我戳中了耻点,没说话。我说:洛可可把我开了,跟你商量过吧?

陆武没否认,说事情走到今天,他也是胳膊拧不过大腿,壳公司的董事会也不同意,所以,这几天他烦着呢。说着说着,他好像生气了,说他已经打听过了,我居然会因为穆晓晨要离婚就把她捅死了,然后骂我,说:你他妈还是个人吗?穆晓晨再好也不是全世界就一个穆晓晨了,就这点,你真他妈让我瞧不起!

我几乎是大喊着说:陆武你要相信我!喊出这句话我几乎哭了,我们虽然没有相濡以沫,但是我不愿意肝胆相照了十一年的兄弟把我当成杀人犯,而且是对枕边人下杀手的杀人犯,简直就是人渣中的战斗机。

陆武好像很烦,让我什么也别说了,他会让财务给我多打点离职金的。

我说陆武我不要钱我需要你相信我。

陆武挂了电话,这比杀了我还让我难受,这更加坚定了去起诉陈枢的决心,我得让他把监控视频资料还给我,我坚信那个堵了我家监控摄像头的人就是凶手,他堵我们家摄像头就是为犯罪做铺垫,他跟陈枢说的肯定是谎言。

26

我说我很讨厌律师,可现在我必须求助于他们。虽然我写过各种材料,还写过小说、散文、诗歌、甚至小黄文,但我没写过起诉书。在这之前,我曾以为只有道德有瑕疵,欲望上长獠牙的人才会和公检法打交道,我永远不会在这个范围内。事实证明,生活是个不按常理出牌的魔鬼。

我必须让警察把属于我的东西还给我。

我上网搜了一家律师事务所,打电话预约后找过去。一个肥胖的中年律师接待了我,说他就是我要找的张律师。我说不对,我在网上看的张律师年轻精干,头发茂密。他说那是他年轻的时候。

我起身走了,不是我习惯于以貌取人,是觉得他不诚实,吃准了人是视觉动物,所以弄了张年少英俊的照片,欺骗当事人,让当事人误以为他精力充沛,敢打敢冲。可事实却是,他已经老迈到写一份答辩状都要喝好几杯咖啡提神甚至还要睡两觉,再就是他毫无节制地任由身体发胖,就是失败的象征,自我管理的失败。

我怎么能把官司交给一个连自己都管理不好的人去打?

我的离去,对他来说,很羞辱。他挺着大肚子追出来,问我怎么回事,不是预约好的吗?我不想增加他的羞辱,就说我突然想起来有急事要办,以后再约。他拽着我不让走,非让我把下次约见的时间确定好。

他真诚地看着我,说就一句话的事,不耽误时间。

看着他满鼻尖的汗,我觉得我不多的善意,已被消耗得差不多了,就咽了口唾沫，说我觉得官司交给你不放心。

他满眼的光芒，刷地就跌落了下去。

在这世界上，再也没有比扼杀别人眼里的希望之光是更残忍的事了，我干了，我怕再和他说下去我会于心不忍，因为从他追出来的迫切劲上，我觉得他至少有半年没接到过案子了，我挣脱了他拉着我袖子的手，匆匆走了。

吃一堑长一智，我没再从网上搜律师，而是搜了全市排名第一的律所，登门拜访，打算看哪个律师顺眼我就把案子委托给他。

可是，我太天真了。

一听我要告市刑警队，这家号称全市最牛的律师事务所居然把我当成了空气，好像我是不存在的，好像我和他们不在一个时空里，任凭我说什么，他们都装出一副各忙各的嘴脸，好像我只是家里生了跳蚤，却非要求他们这些伏龙高手去降服，没啐我一脸唾沫把我轰出来就很给我面子了。

什么伏龙高手？不过是一听我要告市刑警就吓怂了的货色！我决定不请律师了，自己写诉状自己去告！

我上网搜了几份起诉书样本，照本宣科写了份诉状，当天下午就去了法院，立案庭的小姑娘看了看我的诉状，让我等会儿。

我坐在玻璃隔断外耐心地等着。过了一会儿，她拿着诉状出来了，说我这个案子，不应该在这里立。我问那我应该去哪里立？

小姑娘说她也不知道。我火大，什么不应该在这里立？分明和那帮律师一个德行，不敢让我在这里立，因为他们领导怕吃不了兜着走。

我在大厅里跳脚，过了一会儿，出来几个法警，说要以防碍公务的罪名拘留我。

我知道拘留所是什么鸟地方，不想再进去一次，就外强中干地走了。

走在街上，觉得自己特没出息，想哭，想起以前，难过的时候，可以和陆武找个地方吹啤酒，吹完了骂天骂地地胡说八道一顿就什么事也没有了。

现在，我不仅失去了过去，也失去了陆武。

我站在大街上，体会到了孑然一身的凄凉，就像你坐在闹市区，拿一把刀子一点点地剔净自己的五脏六腑都没人为此驻足。

好冷！

27

家里有股怪怪的味道，我找了一圈，味道是从厨房垃圾桶散发出来的，还是穆晓晨活着时的厨余垃圾，在家里放了一周多，都发酵了。如果穆晓晨还活着，一定会捏着鼻子尖叫我的名字。

想象着穆晓晨捏着鼻子尖叫着我名字的样子，我的心就悲伤地破碎不止，我把垃圾袋扎上口，拎出去，放到安全通道的公用垃圾桶里，突然又想，既然这垃圾是穆晓晨生前的，说不准会有线索呢，就又折回去，把垃圾袋拎出来，细细地扒拉。突然，隔壁邻居的保姆门开了，出来一个干瘦男人，还拎着一只袋子，样子鬼祟，见我蹲在垃圾桶旁，冷不丁被吓住了，站在那儿，走也不是、不走也不对地尴尬着，像个胆小的贼，偷东西时被人撞破了，干干地张着嘴说不出话。

说真的，我也被吓了一跳，站起来，问他干什么，语气一点也不友好，完全审贼的口气。

男人回手指了指隔壁邻居家：他们家亲戚。

亲戚？我知道隔壁邻居很土豪，一家三口住三百多平的房子，他家男人我在电梯里遇见过，英俊潇洒一表人才，可女主人不行，圆头圆脸圆鼻子圆嘴，唯一扁的就是眼睛，小小细细的，像上帝造人的时候偷懒了，随便划了两横，就当她眼了。她眼小脾气坏，隔三差五就撕破了喉咙一样地骂儿子骂老公就是她又丑又没德行的有力佐证。穆晓晨活着的时候说过，这男的谈恋爱的时候是不是被猪油蒙了眼啊？我说他眼被蒙了是肯定的，可一定不是猪油。因为在女色方面，男人是统一的美色势利眼，能让我们屈服的，只有两样东西。穆晓晨问是什么，我说钱和权。我根据自己对社会的观察，给她杜撰了一个英俊凤凰男为攀附权势娶了城市丑女的故事，在这钱权狼狈为奸的年代，非常有说服力。穆晓晨表示同意我的杜撰。

现在，这个干干瘦瘦可媲美辣条还显得有点猥琐的男人说是他家亲戚，离开的时候要走保姆门！这让我奇怪。男人见我一脸难以置信，又追了一句：我是小杰的亲戚。

和隔壁邻居虽然见过也打过招呼，但我并不知道他们分别姓甚名谁，于是，我想小杰可能是他们家男主人的名字，在这经济地位决定一切的时代，如果男主人真是我猜想中的凤凰男，那么他的亲戚在家庭中和他一样没有地位的可能性是非常大的，所以，走保姆门，也不是没这可能。

我释然，对他笑笑，说：怎么不走大门？

他尴尬地指了指自己，说我这样，不方便。好像很自惭形秽，其实他就是瘦点，又高又瘦的人很难买衣服，码小则短，码大则肥，还只能就后者，衣服穿在身上都像是偷的，气质上比较LOW。

我冲他笑笑，继续翻垃圾，他站在那儿，犹豫了一会儿，似乎有话要说，又不知从何说起的样子，下楼了，也不去乘电梯，一步步量下去。

垃圾袋里除了一堆腐烂成泥水的菜叶子，我没找到任何跟穆晓晨有关的线索，我快快回家就听到了隔壁女主人爆破一样的骂声，好像在骂他不好好写作业，又带女同学回来耍流氓，然后是肉体砰砰撞在墙上的声音，好像两人在撕扯争执。女主人好像被儿子制住了，扯着嗓子让儿子放手，她知道那个不知廉耻的女生已经从保姆门走了！走了也没用，她明天就去学校，跟老师要她家长的电话号码！

瞬间，我恨不能像崂山道士一样穿墙而过，告诉女邻居，她得该烧香烧香该拜佛拜佛，求天上各路神仙保佑她儿子去睡姑娘，而不是睡个瘦成辣条的中年男人。

隔壁熊孩子喜欢睡男人。那么，他对穆晓晨图谋不轨未遂后杀人灭口的可能就不存在了，我得承认自己判断失误，那么，是谁呢？他英俊潇洒的父亲？

我坐在露台上，开了瓶酒，边喝边苦思冥想的时候，看见我英俊潇洒的男邻居，出来了，背对着我，站在露台上抽烟。

我们两家的露台隔了大约三四米，如果是跳远高手，且有地方助跑的话，一跃跳过来完全不成问题。

他抽着烟，若有所思的样子，好像很陶醉，从他抽烟都要到露台上来抽，我再一次断定，他没有家庭地位，不管男人还是女人，一旦是家庭顶梁柱，都可以为所欲为，不用抽支烟还要跑到露台上来。

他背对着我看光景好像看腻了，转过身，看我这边，见我在看他，微微愣了一下，笑了笑，很不自然。前几天我家门口还拉着警戒线，想必，穆晓晨被谋杀的事，他也知道了。

我冲他举了举啤酒瓶子，但面无表情，因为想起了陈枢说堵我家监控摄像头的人在案发当晚，正为他的母亲办七十岁寿诞，该不会是他吧？

见我愣愣看他，他好像心虚了，掐了烟，回屋了。

穆晓晨活着的时候，在露台上种了很多花花草草，闲暇时，她喜欢泡上一壶茶，带着笔记本电脑在露台上看小说连载或是追剧。

在花草掩映中的美人，应当别有一番诱惑吧？尤其他老婆又丑又凶……

我知道成年人是狡猾的，为了钱权卖身一辈子的男人，不管皮囊多么锦绣，都无法掩藏内在的无耻。对付既狡猾又无耻的人，我没有足够的信心，决定从他的儿子下手，因为我已经抓住了他喜欢男人的把柄。我不歧视同性恋，那是他们的个人取向，只要不伤害到别人，不妨碍社会，谁也管不着，但我知道很多人不会这么想，甚至很多同性恋自己，也为喜欢同性而深感羞耻。隔壁熊孩子大概也这样。

我跟踪了他，在第二天早晨。

他锦绣皮囊的父亲送他去上学，毕恭毕敬给他开车门的样子，让他看上去像有钱人家专门给儿子雇的司机，而不是他的父亲。

我开着车，慢悠悠跟在后面，并没引起他们的警惕。

隔壁熊儿子就读的是本市最好的高中，听他妈对他的那个骂法，我毫不怀疑他是这所著名高中最差的学生。

隔壁熊儿子下车就往学校走，对他的父亲看都不看一眼。

熊儿子离开后，锦绣皮囊并未离开，而是点了一支烟，深深吸了一大口又吐出来。

空有一副好皮囊！我对烟酒无度的人有天然的抗拒，觉得他们都是生活的懦夫，平时大气不敢出，想大声说话要借酒给胆量，想喘口粗气要靠抽烟，活这么窝囊在我看来还不如死了算了。但他们活得津津有味是为了得到更多生不带来死不带去的东西。

我一直觉得，只有会随着肉身的死亡而消亡的东西，才是真正属于自己的。比如我对穆晓晨的爱，随着她的去世，我徒有一肚子的柔情，无处安放，我的人生，就此改变了模样。我不再是那个嘻嘻哈哈的、乐天的苏猛,而是一个处心积虑的杀人犯。她的死,像一道屏障,隔开了我和整个世界。

隔壁熊儿子的高中,之所以好,以管理严格著名,我不能寄托于隔壁熊儿子会上着上着课逃学,就走了。

现在孩子,上学放学都有车接车送,所以上学和放学途中早已不再是他们的乐园,但中午是。

没有家长和老师的盯梢,中午的两个小时他们会尽情撒欢,约会自己的小男女朋友,出来吃垃圾食品,找个旮旯偷偷抽烟接吻相互抚摸,他们能都干出来。

所以,中午我又来了。首先我要从隔壁熊儿子嘴里套出来,他奶奶七十大寿是哪一天,如果是穆晓晨被害那天,那么,堵我们家监控摄像头的就必然是他锦绣皮囊的父亲了。一个成年男人,处心积虑地堵了邻居家的监控摄像头,你能说他没有不可告人的企图?

打死我都不相信!

28

可是,我发现了陈枢,这小子没穿警服,在学校门口和保安聊天,看上去很熟的样子。也没什么奇怪的,从某种程度上说,各单位的保安都是刑警的线人。

陈枢边和保安说话边用余光巡视着每一个走出学校的学生。

我突然不安,觉得他要坏我的事,就躲在暗处,给他打电话,我说:陈枢,你在学校门口干什么?

对我知道他在学校门口,陈枢很意外,东张西望的,企图把我从某个角落里挖出来。但我躲得很好。陈枢问我在哪儿,为什么要跟踪他。我说因为你不给我监控资料,我又告不了你,只能亲自行动了。

陈枢让我别胡闹,会扰乱警方办案程序的。我说我不管,除非你告诉我是谁堵的我家摄像头。

我看见陈枢低着头沉吟了一会儿,说:我告诉你,你就不给我添乱了?

我说嗯,但心里不是这么想的,人想成事,有时候就得出尔反尔不要脸。

陈枢说:是你隔壁邻居,就是孩子的爸爸堵的。

我几乎惊叫起来:我说什么来着,他要没歹意堵我们家监控摄像头干什么?

陈枢说:他堵你们家监控摄像头不是想怎么样穆晓晨,是为了他自己。

他为了他自己什么？我像一条闻到肉味的狗，紧追不放。

陈枢不想说。我说：你要不告诉我，我今天晚上就去他家问。

陈枢被我逼得没办法，恨恨说：因为有时候他会趁老婆不在往家带女人！

我就说嘛，他那么好的一副皮囊怎么甘心一辈子只和一个长得像西瓜的女人性交！

陈枢说：好了，该告诉你的不该告诉你的我都告诉你了，你可以回家了。

我问他来学校门口干什么。

陈枢知道跟我撒谎没用，就说他回去想了想，觉得我说的有一定道理，想找这孩子聊聊。

我说：你以前没聊吗？他说以前是和他爸聊的。陈枢又催我走，我说：不行，事关到我老婆的杀身大事，不能你让我走我就走，我得和你一起破案。

陈枢说：你说话不算话，还算个男人吗？我说连自己老婆都保护不了，我早就不是男人了。

我和陈枢耍无赖，陈枢直接往我心窝子捅了一刀，说：你老婆都要跟你离婚了，根本就不需要你保护。

再也没有比穆晓晨不爱我了要和我离婚更杀心的话了，我正搜肠刮肚想怎么回击他，就见熊孩子正嚼着口香糖往学校外走。我忙从藏身地方出来，越过了陈枢，我直接走到他面前，跟他打招呼：嗨，你在这里上学啊？

我一副很意外在这里遇见他的样子。他心不在焉地看了我一眼，好像懒得搭理我，继续往前走。这时候，如果陈枢再凑上来围住他，就有点像要寻仇打架的了，说不准会把熊孩子吓跑，所以，他只好远远地亦步亦趋地跟着我们，表情恨恨的。

我边和他说话边跟着他走，问他要去哪里，要不要搭我的车。他突然站住，说：你是有事找我吧？

他的样子有点嬉皮，完全没把我放在眼里的样子，甚至还有点阳光，目光炯炯的，有点英武，我觉得可惜，多好的小伙啊，却喜欢男人。

我知道人的聪明程度差不多的，我与其撒谎套近乎，不如直接点。我说：我想跟你聊聊你爸。

他一下子警惕了，说：你想敲诈我？

我摇摇头，我说：你知道，我老婆被人谋杀了。

他的脸一下子涨得通红，几乎要怒了：你怀疑是我爸干的？

我说：也没有，就是想和你聊聊他。

隔壁熊孩子突然大声吼道：我爸是好人，绝对不会杀人！

说完，他就跑了，像匹受惊的野马，矫健而又慌乱地奔跑在冬天的街上。陈枢走过来，和我并肩站着，望着隔壁熊孩子远去的背影说：怎么样？

我知道他嘲笑我出师未捷身先死。我说：我理解，没有哪个孩子会接受自己的父母是杀人凶手，但我会弄清楚。

29

那天晚上，我在负一的车库里等到了隔壁的锦绣皮囊。我说：今天我去学校找你儿子了。

我以为他会愤怒。因为作为父亲，当有人骚扰孩子的时候，都会有动物本能式的护犊愤怒。但他没有，只是看了我一眼，说：早晨我看见你跟我们的车了。

我嗯了一声，我说：我已经知道你为什么要堵我们家的监控摄像头了，也知道案发当晚你有不在场证据，按说我可以不怀疑你了，可直觉又告诉我，你是个城府很深的人，所以我想请你再跟我讲一遍，以案发当晚每二十分钟为一个时段，给我讲一下你都在干什么。

他看着我，沉吟了一会儿：你没权利问我，我也有权利不回答你。

我不动声色：你有不跟我说的权利，但我会阴魂不散地跟着你，这样的话，我就会发现除了你老婆，你还睡其他女人，你老婆会很不高兴吧？

他好像被我勇敢的无耻给震慑了的样子，半天才说：我没有堵你家监控摄像头。

什么？简直是新大陆一样的发现，我瞪大了眼：可监控视频资料上显示的是你！

男人舔了舔干燥的嘴唇，说：是他穿着我的衣服冒充我的。

谁？

还能有谁？我们家那小王八蛋！他咬牙切齿说。

我很高兴，终于看到了他狰狞的样子，我发现长得好看的人，一旦发怒露出狰狞相来，特别难看，原本比例协调的五官全都走了样。

那你为什么要跟警察承认那就是你？

我百思不得其解，就算监控摄像头是他家熊儿子堵的，就算穆晓晨是他家熊儿子谋杀的，他才十六岁，不会被判死刑，何苦他这当爹的出来顶缸？不由得，我赞叹父爱的伟大，想幸亏我没让穆晓晨生孩子，要不然我得给自己添多大乱啊？我一直觉得，人对这世界最大的恐惧就是害怕会失去所爱。比如隔壁这熊孩子，他都那么对他爹了，他爹还为他抛头颅洒热血。

我跟他做了个交换，以后不要盯我梢，不要把我和别的女人在一起的事告诉他妈。他口气冷冷的，好像在说隔世仇敌。

我很不解：我发现你们家很奇怪啊。

是吗？他冷冷的，好像对我的感觉并不意外。

我说：不像一家人，好像仇敌。

他点头，抿着嘴，一副不打算再和我多说什么的样子。

我不想半途而废：你儿子为什么要堵我家监控摄像头？

他不是我儿子。他好像很烦我说熊孩子：他是我妻子和前夫的儿子，我也不知道他为什么要堵你家摄像头。

太出乎意料了，我也一下子想起了那个瘦得像辣条一样的中年男人，我说：你妻子的前夫长什么样？

他不耐烦，说：不知道，没见过！

我不相信，正想进一步追问，他手机响了，接起来，声线温柔地说在车库了，马上回。挂断手机，说：我太太找我了。

趁他还没锁车，我拉开他车门，坐进去，大有他不告诉我，我就赖在他车里不走的架势：那他怎么跟你说的？

他神烦神烦的，皱皱眉头：跟我说什么？

他堵我家摄像头被发现后，让你承认是你堵的，他总得说说为什么要堵我家摄像头吧？

他说：他说讨厌被监视的感觉。

我觉得还有哪儿不对，往里挪了挪，让他上车坐下，说我会负责替他向妻子解释。让我逼得没辙，他只好上车了，让我挑重要的问，只要他知道的，都会告诉我，一副生怕我把谋杀穆晓晨关联到他身上的样子。

我先理清头绪，问警察是什么时候找的他。他说案发第二天上午。我说那你儿子什么时候要求你替他撒的谎？

他很讨厌我把熊儿子说成是他儿子，又重复了一遍：他不是我儿子！

我说：好，我记住了。

他说案发第二天早晨，他像以往一样送他去上学，出门的时候见我家门口拉着警戒线，熊儿子就抬头看了一眼装监控摄像头的位置，脸色就变了，一路上都心事重重，到学校门口了，突然让他看他手机。他还当是什么事呢，拿过来一看，脸都吓黄了，是一些照片和视频，熊儿子跟踪过他，拍了他和情人在一起的照片，他生气，但也自知理亏，没敢发火，就涎着脸说好话，说小杰你不好好上学弄这些乱七八糟的东西干嘛？熊孩子说他不想让他妈上当。说到这里，锦绣皮囊自言自语似的嘟哝了两句，说能有什么当上？不就是怕我把她妈的公司抢了去？

我问：太太很有钱吗？

他犹豫了一下，说算有吧，又带了些恨意说：肯定是他爸教的，

—小孩子，他懂什么？

我说：好，我们不说这些了，然后呢？

他继续说。说他求熊儿子把照片和视频删了。熊儿子说他可以删，但他必须帮他个忙。他让熊儿子尽管说，只要他能帮得上，熊儿子这才说几天前他把我家监控摄像头堵了，因为他讨厌被监视的感觉。熊孩子告诉锦绣皮囊，隔壁肯定出事了，警察肯定得追查是谁堵的摄像头，让锦绣皮囊承认是自己堵的，反正他是戴着他的高尔夫球帽穿着他的运动服去堵的。锦绣皮囊很意外，问熊儿子为什么要把堵摄像头这件事往他身上栽赃？熊儿子说这种事，东窗事发是早晚的事，他不想挨他妈的骂。锦绣皮囊挺生气，但又没办法，因为被熊儿子捏住了七寸，只好答应了，但让熊儿子保证，等警察问完话，他就得把照片和视频删了。熊儿子也答应了。

他说得啰哩啰嗦，但能感觉到他没撒谎。

锦绣皮囊在电话里告诉老婆自己在车库，却半天都没上楼，女邻居怒了，亲自下到了地下车库，砰砰地敲着车窗，在她的怒目而视里，我和锦绣皮囊像被从战车里擒获的俘虏，乖乖下车。

锦绣皮囊解答了我部分困惑，我不能陷他于不仁不义，就满脸感激地跟我彪悍的女邻居说锦绣皮囊真是个有爱心的好男人，见我站在车库里发呆，知道我还没从妻子被杀的阴影中走出来，开导了我半天。

女邻居绷着的脸松弛了下来，说这事搁谁身上都够受的，问我案子破了没。

我说没影呢。

因为和我交过了底，锦绣皮囊做贼心虚，并不希望我和他老婆过分熟络，说已经饿了，拉起女邻居的手，说上楼吃饭吧。

女邻居显然很受用，回头看着我：一起吧？

我知恩图报，不想让锦绣皮囊不自在，就摇摇头，说：不了，再站会儿。

站在冷飕飕的地下车库，我想，当我说起穆晓晨被谋杀时，熊孩子反应激烈，极力维护的那个爸爸，一定不是锦绣皮囊，而是他的亲生父亲。

他的亲生父亲到底是个什么样的人？只有陈枢能解。

我给陈枢打电话，问他在哪儿。

陈枢没好气，说：加班呢？怎么？你打算来给我送消夜？

我说不是不可以，问他想吃什么。

陈枢说：得，算了吧，我就怕你一来就是黄鼠狼给鸡拜年。

我说：你还真猜对了，今天我这黄鼠狼还就是要给你这只小公鸡拜年。

陈枢被我的流氓腔气坏了，挂断了电话。我又拨过去，他不接，我就给他发了个短信：关于我家监控摄像头被堵，我有新情况，你想不想知道？

陈枢就给我发来一地址，让我带上肯德基全家桶赶紧滚过去。

30

于是，我这个还没洗脱犯罪嫌疑的犯罪嫌疑人拎着香喷喷的全家桶去了市局刑警队。都把陈枢给气笑了，说别的犯罪嫌疑人看见市局的招牌都腿肚子打哆嗦，就没见过我这样的，硬要往前凑。我说我是清白的，心里没鬼啊。陈枢抓起一根鸡腿边啃边问我到底发现了什么新情况。我避重就轻问你知不知道我隔壁那男的不是他儿子的亲生父亲？陈枢一脸嫌弃地说来就为告诉我这啊？

我说：不行啊？

陈枢拿手指敲着桌上的一打卷宗说：都在户籍档案里呢，还用你当情报送了？

我死皮赖脸地说：就当给我犒劳办案辛苦的民警同志了。

陈枢边吃边忙手头的卷宗，说我犒劳民警的光荣使命已经完成，可以从他办公室滚蛋了。

我说：你想白吃啊？

陈枢掏出钱包，抽了一张粉红大票给我。我给他推回去，说：有个事你帮我办办。陈枢把钱推到我面前，没好气地说果然没看错我，是只诡计多端的黄鼠狼，让我拿上钱，赶紧从他眼前消失，要不然他告我试图贿赂民警。我说这事不违法，我想让你通过公安内部网调我家隔壁熊孩子亲生父亲的照片看看。

陈枢定定看着我：怀疑他？

我点头。

有什么根据？

我说：你先调照片。

陈枢看了我一会儿，拿手指点划着我：我告诉你，苏猛，你要骗我，别怪我不跟你客气。说完，就噼里啪啦地操作电脑，把屏幕转向我。

果然是从隔壁邻居家保姆门出来的那个瘦得像辣条的中年男人！我震惊得合不拢嘴，怪不得我说谈谈你爸爸时隔壁熊孩子反应那么激烈，原来他以为我要跟他谈的是他亲生父亲而不是锦绣皮囊，想必他和亲生父亲的感情很好，甚至认为锦绣皮囊是破坏他们家幸福的罪魁祸首，才特别敌视他，而我竟错误地认为他喜欢男人。

见我像癔症发作似的发呆不语，陈枢嗨了一声。我忙恍恍惚惚地冲他笑了一下，想继续往下看，陈枢却把电脑屏幕转了回去：怎么回事？

尽管我突然同情隔壁熊孩子和他的亲生父亲，但我必须面对现实，那就是谋杀穆晓晨的，又多了一个犯罪嫌疑人：朱浩磊。也就是隔壁熊孩子的亲生父亲。

我说：我见过朱浩磊。

陈枢问在哪儿见的。我就把当时的详细情况说了一遍。陈枢说还有堵你家监控摄像头的事呢？你不说有真相要告诉我吗？

事情变得比以前复杂了，我不敢过分信任自己那点小聪明，就把锦绣皮囊告诉我的全都告诉了陈枢。一听自己被耍了，陈枢气得拍桌子，把朱浩磊的档案调出来又看了一遍，说他是计算机研究所的工程师，都四十多岁的人了，还中级职称，可以说混得不好，十年前和前妻离异，没再婚。

听陈枢这么说的时候，我心里立刻描绘出一个人生失意且孤独变态的中年男人的形象，在独居的岁月中，靠听广播打发寂寞无聊，因此迷上了穆晓晨的声音，千方百计接近她，利用年少不经事的儿子充当帮手，是的，堵我们家监控摄像头一定是他指使儿子干的！在他对穆晓晨图谋不轨时遭到反抗，就痛下杀手！

陈枢抓起车钥匙，边往外走边说我侦探小说没少看。

我说如果我还算有点坏心眼，都是侦探小说教的。问他去哪儿。

找朱浩磊。陈枢说，到了院子，又说要开我的车，因为是去朱浩磊家，深居简出的知识分子大多脆弱而敏感，陈枢怕开着警车会刺激他。

31

朱浩磊住上世纪九十年代建成的小区，房子半新不旧，没电梯。他住六楼。

我和陈枢气喘吁吁爬上去敲门。门开了一条缝，朱浩磊见是我，显得有点意外，但没问我为什么来，只是问我身后的陈枢是谁。我怕说陈枢是警察他会夺路而逃，就说是我朋友。

朱浩磊让我们等会儿，没多久，门就开了，他已穿戴整齐，说猜到我会来。然后，又回头看看陈枢，说如果我是来找他打架的，一个人来就行了，打架这事他不在行，我肯定赢。

我问他为什么要说我是来打架的。

朱浩磊说因为他儿子堵了我家的监控摄像头，没堵几天，穆晓晨又在家被人谋杀了，如果不是监控摄像头被堵上了，说不准现在已经抓到凶手了。他不慌不忙，语气平和，完全一副有良知有修养的知识分子口吻，和我想象中的孤僻变态杀人凶手根本就挂不上钩。

我说你怎么知道我家监控摄像头是你儿子堵的？

他坦坦然然地说堵摄像头之前儿子就告诉他了。

说起儿子，朱浩磊很愧疚，说离婚的时候，没争过前妻，儿子归了她，其实儿子是他一手带大的，很恋他，但前妻不愿他见儿子，理由是他没出息，怕儿子跟着他学窝囊了，他怕儿子以为是爸爸不要他了，就每天中午去学校见他，去的次数多了，就成习惯了，后来儿子索性不吃学校午饭，放学在学校门口等他，学校附近的小店，已经被他爷俩轮换着吃遍了。后来，儿子读高中了，学校远离城区，他不会开车，中午时间又紧，毕竟他只是个靠薪水过日子的普通知识分子，每天花一百多块钱打车往返儿子学校有点吃不消，儿子也看出来了，就建议改在家里见面，反正前妻都是晚上七八点才回家。他不想去，怕前妻多想，可儿子说他数学成绩不好，让他帮忙补课，就推辞不了了。好在前妻有钱、房子大，每次去，都在保姆间，这样，听见门响，他从保姆门出去就行了，神不知鬼不觉的，但也有出纰漏的时候，有几次，前妻可能是想看看儿子是不是在家专心学习，回来时轻手轻脚的，要不是儿子反应快，他就被堵在房间里了。事后他问儿子，儿子说没事，他妈压根就没想到是他，还以为是他早恋把女同学带回来了。

我说：这跟你儿子堵我们家监控摄像头有什么关系？

他说：有。

有一次，儿子看见穆晓晨在地下车库和他妈说话，就害怕了，因为我们家门口装着监控，如果我们每天看监控回放的话，很容易就会发现他每天下午六点准时去前妻家。

我告诉朱浩磊，自从穆晓晨把监控摄像头挪到门外，我一次也没看过回放。

朱浩磊说：但小杰并不知道，他担心穆晓晨会问他妈，每天晚上六点去他们家的人是谁，如果前妻好奇一点，跟着穆晓晨去看监控回放，依着她的脾气，肯定得爆炸，所以，他要把你们家门口的摄像头薅下来，我还把他批评了一顿，没过几天，这臭小子又跟我说，他把我们家摄像头给拿口香糖糊死了，把我给气得啊，你说现在的孩子怎么这么作？我说这跟掩耳盗铃有什么区别？让他趁他妈还不知道，赶紧去你家道歉，他死活不干，说没事，找不到他头上。

我气急了，打了他几下子，我说你堵的时候摄像头还没瞎，早就把你拍下来了，那是我第一次打小杰，他挺难过的，说戴着他继父的高尔夫球帽，穿着他的运动服去堵的。

我看陈枢。陈枢一副无所事事到处暨摸的样子，说：你们聊，我没事。

我和朱浩磊继续聊，问他儿子为什么要栽赃继父。

朱浩磊苦笑了一下，说儿子讨厌他继父讨厌得要死要死的，说继父为了讨好他妈，活得跟条夹尾巴的狗似的，这辈子别想让他喊他爸爸。

我说：你是不是特高兴？

朱浩磊问我为什么会觉得他高兴。

我说：因为你儿子恨他继父，他和你前妻就过不痛快啊。

朱浩磊摇了摇头，说没有，儿子天天活在仇恨中，他这当爸的有什么快乐可言？

我想想也是，从道德上讲，朱浩磊是慈父，我是拘于自己那点雄性动物本能的战争贩子。

一直在我身边沉默不语的陈枢目光炯炯地打量着朱浩磊的卧室，突然漫不经心地说：案发那天晚上你在哪里？

朱浩磊一愣，说：这很重要吗？

陈枢说：算不上，就是问问。

朱浩磊拧着眉头看了他一会儿，问他是不是我朋友。

我觉得在一位这么真诚的父亲面前，不能撒谎，就说他是警察。

朱浩磊点点头，看上去有点悲凉，说：你们怀疑人是我杀的？

我说：因为你儿子堵了我家监控摄像头，所以我得问问你，算不上怀疑，也就是了解了解情况吧。

陈枢又追了一句：我们想知道案发当晚你在哪里？

朱浩磊说：我在家。

陈枢说：那你儿子呢？

朱浩磊说那天晚上前妻的婆婆过七十大寿，儿子没去，也来家找他了，他们父子俩在一起。

陈枢说：一直？

他说：一直。

陈枢说：他在你这里过的夜？

朱浩磊说没有，八点半的时候，就让他走了，怕前妻他们回去，发现儿子不在家又要发火。

陈枢又问儿子在他家都干了什么。

朱浩磊说他们一起看了部非常经典的美国老电影《美国往事》，导演剪辑版。

自始至终，朱浩磊态度恬淡，不急不躁，很坦然的样子。

从他家出来，陈枢说有问题。

我说他对答从容，何以见得有问题？

陈枢说就是他的对答太从容了，才让他觉得有问题。以他办案这么多年来的经验，一般人只要知道凶杀案和自己扯上关系了，不管内心有没有鬼，都会急眼，都会着急忙慌得找各种自己不在场的证据。可朱浩磊没有，他从容地讲述了整个事情的过程，他的淡定里有笃定会赢的训练有素。

在侦破方面我是菜鸟，让陈枢这么一分析，也觉得有问题。朱浩磊滴水不漏的陈述，确实像对镜子演习了无数遍的表演。我说：

怎么办？现在去找他儿子？

陈枢抬手腕看了一下表，说已经晚了。我以为他说的是现在太晚了，我说：还不到十点，作为邻居，我去敲敲门还是可以的。

陈枢说我说的晚了，是在我们下楼的这空档，他们应该已经通过话了，把该叮嘱的都叮嘱了。

我说：你们不有侦查手段吗，都用上啊。

陈枢懒得接我茬，拉开车门，钻到车上，让我送他回市局。

在市局门口，他下了车，让我回去。可因为他方才的一番话，我看到了破案的希望，觉得凶手就在我隔壁熊孩子和他父亲之间，想现在就看到结局，死皮赖脸要跟着他回局里，陈枢抬起手腕，让我看看表，已是晚上十点半了，市局楼里都有监控，这个点了，他带一个犯罪嫌疑人进市局办公区域，这算怎么回事？

一听他说我是犯罪嫌疑人，我就气不打一处来，和他吵了一架，说如果不是你们草包，我一守法公民能成为犯罪嫌疑人吗？再说了，因为成为犯罪嫌疑人我连工作都丢了，还没找你们算账呢。

这段时间下来，陈枢和我已经混成了近似于哥们的朋友。他也不生气，拍拍我的肩说，就当人生历练了，说不准将来的某天，我会感谢今天的经历呢。我说去你的，杀人犯是要偿命的，万一我不走运被你们错判错枪决了，我去阴曹地府感谢你啊？

总之，陈枢就是不让我进去，我也知道自己不占理，搅和一阵，见没用，就回家了。站在门口，又想起瘦得像辣条似的朱浩磊，对他来说，前妻的家，就跟他妈敌占区似的，他干嘛要每天探险似的到敌占区来给儿子补课？完全可以让儿子到他家嘛，听隔壁女邻居骂儿子的那劲头，如果朱浩磊能把儿子的功课提上去，她也不至于反对吧?

越想越觉得朱浩磊不对头,第二天一早,我给陈枢打电话,把我的怀疑说了一遍。陈枢说这个问题他也想过,问我有什么打算。我说我打算跟隔壁女邻居聊一聊,借聊儿子学习的机会,聊一聊她的前夫。

陈枢说:然后呢?

我说:然后不能光我忙活你闲着,你作为公安人员,去学校找熊孩子老师,了解一下他的学习情况,看看他数学成绩最近提上来了没有,他的数学成绩,不管好还是不好,如果一直就那样,就说明他撒谎了,朱浩磊在他们家出现,绝对不是为了补功课。

陈枢说:你小子行啊,快成职业侦探了。我说还不是让你们这些草包逼的,我得赶紧破了案,洗脱嫌疑,证明我是一好人啊。

32

我没偷窥嗜好，但也知道隔壁女邻居家的出入规律，主要是拜他们家没修养所赐。

他家每个人都气哼哼的，出门时，把门带得山响，生怕贼不知道他们出门了。

他们家人出门是有顺序的，先是锦绣皮囊先生送熊儿子去学校，一小时后返回来接太太大人去公司，这么一掐算，就觉得锦绣皮囊先生也不容易，为了住豪宅开豪车，不仅要睡个圆西瓜一样的女人，还要每天早起送和自己没有丝毫血缘关系的小杂种去上学，得有十个勾践卧薪尝胆的耐力才能做到这一点吧？总之，我是做不到的，但我不会因此觉得自己不够高尚，我觉得最高尚和勇敢的活法是不撒谎。

所有带有表演性质的活法，都是懦弱的龌龊的。

趁锦绣皮囊先生去送熊儿子上学，我敲开了隔壁邻居的大门。

我想象彪悍而又有钱的、长着圆西瓜脑袋的女邻居，开门一见是我，肯定会一脸彪悍的警惕。但事实证明，人想当然的以为，会让人犯错。我这个经常要撕破了喉咙一样斥骂儿子和现任老公的女邻居，手持一高脚杯牛奶，面如五月的春风，荡漾着春意无限的笑容看着我，说：是你啊，快进来坐。

我竟一时不知如何是好，脑子一晕，就跟着进去了。

在暖气充足的家里，她穿着肉粉色的真丝睡衣，若隐若现地勾勒出臀部曲线，竟然显得很性感。当然，这一切止于我对性感的理解，并没有扑上去把她压倒的欲望,我又不是禽兽。老婆刚刚被谋杀不到十天,我应该悲痛得昏天黑地才是,可我没有,还活蹦乱跳地到处跑,试图帮警察破案,这已经让我足够内疚了,觉得自己不够好,只有足够的冷漠,才能镇定自如地动用智商。

穆晓晨活着的时候,就说过,人在情绪大起大落,尤其是大悲大喜的时候,智商是不工作的,所以,关于人生的决定,最好不要在这样的时候下。当时,她这话说得没头没尾,我问她是不是想告诉我,她的某些人生决定是在情绪大起大落时做出的,现时后悔已晚。她特讨厌她说句什么,我就对号入座,说我神经质得像个男版赵姨娘。

女邻居把我让到早餐桌旁,问我要不要和她一起吃早饭。我说不了,她坐在一家之主的位子上,右侧的早餐没有动,应该是锦绣皮囊的,他要送熊孩子去学校回来才有资格享用早饭。

显然,她对穆晓晨被杀这件事很有兴趣,不等我开口,就打听了很多,问穆晓晨被杀那天晚上我们为什么要吵架?没撬门没溜窗的,凶手到底是怎么进去的?警方有结论了没?我一一做了回答,至于凶手是怎么进我们家行凶的,我没办法回答她,说警方没答案,至今是个谜,她若有所思地哦了一会儿,说应该追究物业的责任,我们交那么多物业费,保证业主的安全,是物业的责任。我说谁说不是,等案子结了,我是得跟他们理论理论。她又问案子有方向没?我说没有,警方怀疑是我杀的。她马上眼睛睁老大。我很担心她眼球会从眼眶里掉出来。

她说:怎么可能?别人不知道,我可知道你对老婆有多好。

我脸有点红了,有时候我早晨上班时正好穆晓晨下早间节目回来,我们在门口相遇。我就会一把抓住她,跟她吻别,吻好半天。

有几次，是被隔壁邻居家门响给惊散的，女邻居总是一脸惊羡的春色，看着满脸通红的穆晓晨和我，对锦绣皮囊说看看人家。

她问我来找她，是不是想让邻居们签名作证我对老婆有多好，不可能谋杀她？如果是这样，她第一个签名。我本来想说不是，但一转念，她这个提醒好啊，要不然我一上来就说她儿子会引起她警惕。我点头，说有这意思，因为这单位都把我开了，背着杀妻嫌疑，怕是再找工作也不好找。

她说这事包在她身上，她和物业经理关系不错。

我佯作悲痛地点点头，想怎么把话题往她儿子身上引，就说穆晓晨活着的时候，就跟我说，经常听你跟儿子生气，就想过来跟你聊聊。

一说起儿子，女邻居的脸就黑了，埋头吃油条，不接我的茬。我说晓晨虽然走了，我想这也是她的心愿之一，其实，您教育儿子的方式不对头。

女邻居很激动，说：你不了解情况。一副不愿意和我多说的样子。我循循诱导：我知道，所以我今天也顺便了解一下情况，看能不能帮您化解一下。

女邻居生气地说她和儿子的问题，无解。

我问：怎么讲？

女邻居情绪激动地说：他不喜欢他继父，可我已经离过一次婚了，我总不能再离一次吧？

我装做很意外的样子：是吗？我看您先生对他很好。

谁说不是！这臭小子就跟中了邪似的，都是他爸给挑唆的！她一生气，就显得特没修养，突然话锋一转，说她理解我的感受，就像当年她离婚,所有人都以为是她混好了有钱了,把前夫踹了,其实根本不是那么回事,是她前夫心高气傲,嫌她没半点知识分子女主人的样子,非要改造她,她就是受不了改造,才揭竿而起,提出离婚的,其实本来是想吓唬吓唬她前夫,没成想前夫说他早就想换个身上没铜臭味的仙女妹妹了,很痛快地跟她把婚离了,结果,这都十年过去了,他不仅没娶到没铜臭味的仙女妹妹,连个浑身油烟味的家庭妇女也没娶着,就悔得要命,找尽各种借口想回头是岸,可她已经再婚了啊,他就挑拨儿子和继父作对,想把他气走,好给他腾地方。

我想起了朱浩磊关于他们离婚的另一种说法。关于感情破产,果然罗生门得很,每个人嘴里都有一个截然不同的真相。但我不能因为朱浩磊的说法就对此表示质疑,否则,她一定会把我轰出去的。

我说:这样啊,所以你不让儿子和他亲生父亲见面?

她一愣,说:你知道啊?

我意识到失言,像我女邻居,就算长得再丑也没个傻的,否则她就成不了商界精英。我忙说:我猜的。心想看样子朱浩磊没撒谎,他要有这种心思,女邻居是不会愿意让他和儿子见面。

原以为能从女邻居这里套出和朱浩磊不一样的说辞,找到突破口,看来是不可能了,虽然女邻居说的不愿意让儿子和朱浩磊见面的原因不一样,可结果是一样的,朱浩磊的说法,是男人为了维护面子而已,可以理解。

意兴阑珊之后我就懒得再说话。但话题戳到女邻居的痛处,她喋喋不休地问我到底怎么才能让儿子明白朱浩磊居心不良,离他远点。

我说：他们是亲生父子，在血缘上，有种天生的亲近感，很难，得容我想想。

她一脸拜托你了的表情，说你想好了一定告诉我。我说好，起身告辞，然后去市局找陈枢，陈枢让我到市局对面的早餐店等他，他一会儿就到。

33

我进了早餐店，要了碗馄饨，慢慢吃着。陈枢就来了，劈头就问我女邻居怎么说，我知道陈枢的狡猾，怕自己张嘴慢了，我会先问他都从学校问出了什么，而根据他们的工作纪律，这些都是不能告诉我的。我故意兜圈子，不告诉他，问他去学校了没有。陈枢很生气，说：你还没回答我的问话！我说：凭什么你先问？我先到的，要问也应该我先问你。见我一脸较真，陈枢知道不告诉我点什么，从我这里也套不出什么，就说除了数学，这孩子的其他功课都一塌糊涂。

我说：这说明他智商很高啊。

陈枢说：可能是基因遗传吧，朱浩磊是数学方面的专家。

如果说失望是个窟窿，听陈枢这么一说，我的心又跌下去一层，我女邻居承认是她不让儿子和朱浩磊接触的，儿子其他功课一塌糊涂，只有数学好，说明朱浩磊确实在偷偷帮儿子补习数学功课，也就是说朱家父子没撒谎，他们的所作所为，确实是为了瞒天过海骗过前妻。

陈枢也要了一碗馄饨，边吃边说不是这么回事，朱小杰是个数学天才，从小学到初中，拿过不少全国数学大奖。

我就奇怪了，难道朱浩磊去前妻家不是为了给儿子补习数学？

陈枢说不是，熊儿子经常带回家的，被我女邻居堵在房间里的，都不是朱浩磊，是熊儿子的女同学，因为女同学的家长知道了，找过老师，老师让熊儿子喊家长过来，熊儿子喊来的是朱浩磊。

朱浩磊父子把我给搞昏头了，我问陈枢怎么办。陈枢说交给他。

我说不行,这事我也参与其中了,你们不能单独行动撇下我,不然我就搞破坏。

陈枢被我搞得没辙,让我明天上午十点去朱浩磊家楼下等他。

我说明天是周末,陈枢没好气地说,有你这样的被害者家属盯着,我们要敢休周末,简直就是胆子肥爆了。我很满意这一次他没说我是犯罪嫌疑人。

想着用不了多久,我就可以用铁的事实向陆武证明,我真的是个好人,不是杀人犯,心情就好得很。

因为怀揣问题得以解决的希望,我一觉睡到第二天八点,洗刷完毕,简单吃了点东西,就直奔朱浩磊家小区,虽然有点早,但早总比迟到好。

一进小区,就看见有好多人朝着小区的东北角奔走相告,好像发生了天大的事。我心里一咯噔,觉得不好,小区人多,车开不快,我索性下车也往那边跑。

果然出事了。

辣条一样的朱浩磊站在他家阳台窗户的外侧,要跳楼。陈枢像个傻逼似的站在他家楼下团团转,一边转一边大喊:朱浩磊,你这样不解决任何问题,你回房间!

北风猎猎地吹着,朱浩磊摇摇欲坠,一副随时可能落地变成一堆碎骨头的德行,隐约可见熊儿子在窗户内,哭着脸嘟哝着什么。

我问陈枢这怎么回事。

没等陈枢回答,就听朱浩磊在楼上嘶喊,说事情就这么个事情,陈枢!你答应不难为我儿子我就下来。

这时,消防车呼啸而至,一群消防战士从车上跳下来,一边疏散围观人群一边拖出一只橘红色的硕大充气垫子，忙着往里充气。

我拽了陈枢一下：这到底唱的哪一出？

陈枢有点尴尬，说今天早晨八点，他就让老师以学校有事为由把熊儿子叫了下来，带到朱浩磊家，让两人分别重新演示一遍，那天晚上他们是坐在什么位置，怎么看的《美国往事》。熊儿子刚开始演示，朱浩磊就在里面房间开始闹妖要跳楼。

我怒火中烧，说：陈枢你丫不让我上午十点再过来吗？

被揭穿了老底，陈枢有点尴尬，但也理直气壮，说这是公安机关的侦查手段，我怪不着他。

很快，充气垫子就充满了气，像块硕大的蛋糕矗立在我们眼前。

陈枢说朱浩磊这么激动，只有一个原因，我们已经接近问题的核心了。我觉得他这么说完全是为了化解我的愤怒，就好像我俩约好第二天去干苦活，他人善心美，趁我睡懒觉的空，早早起床把活干了，事是这么个事，但理不是这个理，他真正的企图是甩掉我这根搅屎棍子自己办案。

陈枢经常说我是搅屎棍子，我没翻脸是为了利用他，但，现在我很生气，就没理他。

朱浩磊突然说：是我！都是我干的！跟我儿子没半点关系！

他承认了！朱浩磊承认了，穆晓晨果然是他杀的！愤怒像头猛兽猛地一张口就把我吞噬了，我几乎是跳着脚喊：朱浩磊！我操你妈！你这个变态流氓！穆晓晨怎么惹你了？你要对她痛下杀手！

朱浩磊看了我一眼，突然两眼一闭就跳了下来。

现场响起一片尖叫，朱浩磊像根轻飘飘的辣条从六楼阳台落下来，落在充气垫子上，又从充气垫子滚下来。没死。胯骨骨裂了。

34

我女邻居很遗憾朱浩磊没死，因为她可以确定，朱浩磊所谓为了保护儿子而跳楼自杀，完全是一场作秀，楼下有充气垫子呢，摔不死，不信把充气垫子撤了，让丫再跳一次，你看丫跳不跳！他要能跳，我就敢把脑袋摘下来当球踢！

我的女邻居说：他这么做，完全是为了表演给儿子看，感动儿子，瞧着没？亲爹我为了保护你，连命都可以不要了，这么壮烈的举动，你继父十辈子都干不出来！

我去病房看朱浩磊，他的前妻、我的女邻居，正站在病床边，巧舌如刀落，如此这般数落他，并在最后警告他，无论他多么诡计多端，无论他的苦肉计演得多逼真，她都不会和锦绣皮囊先生离婚的，就算离婚，就算地球上男人都死绝了，她宁肯嫁给一条狗都不会跟他复婚，因为她恶心透了朱浩磊的虚伪嘴脸！

朱浩磊自始至终闭着眼睛，好像聋了，根本就没听见前妻的恶毒清算。

如果是我，如果穆晓晨这样骂我，就算我已经摔瘫痪了，我都得爬下床来，爬到窗边，把跳楼的英勇事迹重演一遍。

女邻居骂完走了。

听见前妻的脚步声远去，朱浩磊诡异而迅速地睁了一下眼睛，没看门口，而是看着窗外，目光停留在苍茫茫的天空上。

我和他一起去看天空，天空苍茫，无有一物。他就那么定定地看着，并不知道病房里还有个我。

我嗓子痒得难受，忍不住清了一下，朱浩磊猛地回头，看着我，一脸惊恐。

我走到床边，说：朱浩磊，到底怎么回事？

朱浩磊飞快闭眼装死，我生平之最受不了就是你想知道青红皂白的时候，那个揣着真相的人装死尸。我从旁边抄起凳子，高高举起来，说：朱浩磊你信不信我一凳子砸出你脑浆来？

朱浩磊不为所动，但睫毛微微颤动了几下。

其实，我真想，一凳子下去，把朱浩磊的脑袋砸开瓢，因为他杀了穆晓晨。一想到穆晓晨，我的心脏就破碎一样地疼痛，我几乎是哽咽着问朱浩磊：她多好啊，那么温柔那么漂亮的一女人，你怎么舍得对她下刀子？

朱浩磊几乎嗫嚅似的说：我没有。

我大声说：你放屁，你没有你会畏罪自杀？

朱浩磊突然睁开了眼睛，他看着我，一动不动地看着我，张了张嘴，似乎想说什么，又无从说起的样子。

我哽咽着说：你要特别迷她，想睡她，你睡好了，别让我知道行了，你杀她干什么？啊？难道就因为你喜欢她，就成了她的罪过了？她就得被你杀死？！

我涕泪俱下。

陆武说过，我这个人有个优点，但也很致命，那就是从来不记得别人的不好，一旦遇上坏人，容易被反复伤害。不好很不堪，就像果树上的坏果子，好果子足以让人幸福，我还记那些不好占据脑容量干嘛？就像现在，面对朱浩磊，我只记得穆晓晨的温柔漂亮和性感，以及她被朱浩磊残酷地杀死了，至于她拒绝和我做爱、决绝地提出离婚，我已全然忘在脑后。

说真的，我宁愿穆晓晨曾被朱浩磊强奸过却没有声张也不愿意她被残忍地杀死，我那么爱她，爱得我宁愿自己承受屈辱也要她活着。

朱浩磊不说话。

不管我说什么，朱浩磊都一句话不说，眼也不睁，模样安详，好像在练习怎么样把尸挺得更体面。

我站在病床前，像个迟迟下不了决心的行凶者，擎着凳子，擎得胳膊都酸了，可朱浩磊自始至终闭着眼，无所畏惧的样子让我很尴尬，因为我不想成为真正的杀人犯，可就这么放下凳子，又显得灰溜溜的，有点像丧家犬，我也不喜欢这种感觉。

最终，还是陈枢救了我。

他带着几个警察过来录口供，在病房门口看见了我擎着凳子瞄准朱浩磊脑门的背影，以为我要行凶，其中一个新来的警察没经验，刚要张口大喝让我住手，就被他一把捂上了嘴巴，陈枢一个箭步冲进来，以迅雷不及掩耳之势扑上来抱住我的腰，拦腰就把我摔在了地上！

是的，把我摔在了地上。我擎了半天的凳子，最终没开了朱浩磊的瓢，却砸在了我小腿上。

知道吧？人的小腿没脂肪保护，只有丰富的神经和骨骼，凳子砸在小腿的迎面，那个痛啊，简直是响彻心肺，痛得老子顾不上体面，抱着小腿在地上滚成了一团，对陈枢破口大骂，那个被陈枢捂了嘴的年轻警察冲上来就给我上了铐子。

冰凉的手铐，一下子让我清醒了，忘记了小腿上还在钻心一样流窜的疼，我看着锃亮的铐子，说：陈枢，你他妈放着真正的凶手不铐铐我干啥？

陈枢不动声色，好像我刚才喊着名字骂的不是他，是个不在场的无关紧要人员，他冷着脸，拎着我胳膊让我站起来：你刚才在干什么？

我说：丫杀了我老婆！

陈枢看看朱浩磊：他说的？

朱浩磊无辜羔羊一样看着陈枢的样子，让我又特想捡起凳子砸到他脑门上。

陈枢说：你没想真砸他吧？

我承认，虽然我有霎那的冲动想把凳子砸在朱浩磊脑门上，但那个不到一秒钟的霎那过去后，我一点也不想砸了，只想吓唬吓唬他，吓唬着他跟我说实话，告诉我对穆晓晨痛下杀手的真正原因。

我知道陈枢这么问，其实是为了我好，是在暗示我，但如果我承认了自己只是吓唬他，就显得我很怂，特不爷们，我拿巨大的白眼翻了他几下，没吭声。

陈枢火了，说苏猛我他妈知道老婆死了你很难过也很痛苦，可再难过再痛苦也不是你伤害别人的理由，这一凳子下去的后果，你想过没有？

我倔强地仰着脑袋不吭声。

陈枢大着嗓门说：你他妈就是货真价实的杀人犯！

我擦！我可不想杀人，我觉得在这世界上最愚蠢的行为就是复仇，我最不能接受的文艺作品就是复仇主题的，大多数的复仇，是打着正义旗号的谋杀，我喜欢和平、安宁以及美好的爱情和美好的性。

那个被捂嘴的年轻警察问要不要把我带回去以谋杀未遂报检察院批捕。

陈枢虎视眈眈地盯着我：听见了？

我急了，说：谁谋杀了？我举着凳子就是要谋杀？我就是想吓唬吓唬他，让他说实话。

陈枢说有你这么吓唬的吗？你万一冲动了搂不住了，这一凳子下去的后果，有多严重你知道吗？

我说：傻逼才不知道！再说一遍，我他妈没想杀他，就是吓唬吓唬他。

陈枢满眼是话地看着我，我知道是一些当着其他警察面不便说出口的警告，我有点怕，怕他为了给我长教训，把我送拘留所关几天，那地方既不好玩也不吸引人，我可不想去第二遭，就忙换上一脸讨好的笑，说：真的，我这人，打小就胆小如鼠，你借我十个胆我也不敢杀人。

陈枢就冲旁边的警察摆摆脑袋，示意他打开手铐，放开我手。

那个铐我的警察一边给我开手铐一边说：要不是我们陈队，你怎么着也得进去蹲两天。

陈枢好像没听见，背对着我，站在朱浩磊病床前，说要不是看在你丫大胯都摔裂了的分上，真想以妨碍公务罪把你弄进去让他们好好修理修理你。

我揉着被铐疼了的手腕，问到底怎么回事，陈枢让我哪儿凉快哪儿待着去，不要妨碍他们录口供。

我知道这是办案规矩，磨叽也没用，就出去了，在医院走廊里等他。

大约过了半个小时，陈枢出来了，说要去我家一趟。见我满脸都是问号，又说什么也别问，等到了你就知道了。

35

陈枢和几个民警带着隔壁熊儿子从我家门口开始说起。熊儿子说那天晚上是继父母亲的生日,他推说作业多,没去,快九点时觉得饿了,想出去吃东西,出门见我家门开着,就很好奇,因为我和穆晓晨吵架摔东西,他听见了,就探头往里看,看见了我摔的满地狼藉,就更好奇了,就往里走,看见穆晓晨正弓着身体趴在地毯上,艰难地往沙发那边爬,鲜血像没拧紧的水龙头一样淅淅沥沥往下流,他下意识地惊叫了一声。穆晓晨听见了,回头看着他。他给吓坏了,拔腿要跑,却听见穆晓晨虚弱地喊救命,就停下来,却慌乱得不知如何是好,就冲上去把刀子拔了下来了,可他万万没想到,一拔下刀子,穆晓晨胸口的鲜血就喷涌而出,弄了他一身,然后,穆晓晨就直直地望着他,她好像知道自己要死了,满眼绝望地望着他,一头栽倒在沙发前的地毯上。他魂飞魄散,扔了刀子就往外跑,跑回家,就给朱浩磊打电话,哭着说爸,爸,我杀人了。朱浩磊以为真的,让他在家待着,哪儿也别去,谁也别说,他马上到。

熊儿子指出了穆晓晨坐着的位置,刀被拔出后穆晓晨一头栽倒在地的位置以及他扔刀的位置,就被警察带走了。胯骨上打石膏打得像笨拙的大熊猫的朱浩磊被推进来。

朱浩磊说他是戴着手套和抹布来的,进门后,他先把有可能留下他和儿子痕迹的地方倒退着一路擦过来,最后捡起儿子扔的刀,在厨房清洗他可能留下的指纹。刚刚洗好,就听见门响,他吓坏了,刀一下子从手里掉了下来,滚到了走廊那儿。因为开门声音比较大,我并没听见，也没发现穆晓晨被杀，进卫生间洗澡去了，让他得以从厨房一边擦拭自己留下的痕迹一边倒退出去，关上了门。

他从我家出去后，去了隔壁，又跟儿子千叮咛万嘱咐了一顿才走。回家后才发现，因为走得匆忙，抹布和手套忘在前妻家了，就给儿子打了个电话，让他把抹布和沾着穆晓晨血的衣服找个袋子装好藏起来，别让前妻看见，等过几天他去拿。

一周后，他来取抹布和血衣，没想到出来的时候被我碰上了。

这就是他和儿子参与这个案子的全过程。

他这么做，都是为了儿子。尤其是他听儿子说，拔刀子的时候，穆晓晨还活着，那么，这算不算是儿子也参与了杀人？他拿不准，才决定帮儿子遮掩的。

末了，朱浩磊叹了口气，说早知道有今天，当初不如让儿子直接报警。陈枢也生气，说如果不是他自作聪明，他们会有更多犯罪证据，说不准案子已经破了。

朱浩磊说其实他也想过事情可能藏不住，为了留证据，从小区出门的时候，他特意在小区大门口监控摄像头下徘徊了几个来回，目的就是留下他那会儿才出门的证据。

朱浩磊所说和儿子说的，都能对上茬。尤其熊儿子说的扔刀子的地方和朱浩磊说找到刀子的地方，几乎不差分毫。陈枢从那儿取了一点瓷砖釉面回去化验，果然有少许血迹，在朱浩磊的小区监控室，也找到了他留下来的影像。

陈枢跟我说这些时，垂头丧气。

我也是，觉得自己像沉冤难以昭雪的冤魂，拉着他去喝酒，陈枢说不行，他是警察，不能和犯罪嫌疑人喝酒，有通敌嫌疑。

我说：去你妈的，陈枢，你现在知道我为什么非要追着你把这案破了吧？

他略表歉意地看了我一眼，和我去喝酒了。

我递给他一瓶酒，说就因为这个犯罪嫌疑人身份，我他妈想找个人喝酒都找不着。

他拿啤酒瓶子碰碰我的啤酒瓶子，仰头喝酒不说话。

我吹了一瓶，恳求他以后别叫我犯罪嫌疑人了。他用同情的目光打量着我，不说话。

喝到晚上十点多，陈枢的手机响了。是医院打来的，说朱浩磊自杀了，这一次是真自杀，还是跳楼。

我往桌子上扔了两张钞票，拉着陈枢就冲出去拦出租，赶到医院现场，昏黄的路灯下，几位警察正在拍照取证，我无论如何也想不出胯骨上打着石膏像屁股上拖着个巨大尿罐的朱浩磊是怎么从二楼爬到八楼又跳下去的。

36

朱浩磊的头摔扁了,像血肉模糊的饼子,糊在医院病房前的水泥小路上。

一位护士拿着一张纸跑下来,说朱浩磊留了遗嘱,写在医院便签上。是今天晚上跟她要的,说是他想写诗。护士还跟他开了个玩笑,问是不是写情诗。他说有可能,他想给这世界写一首情诗,结果就写成了遗书。

朱浩磊在遗嘱里跟所有人道了一圈歉,首先是给前妻,说他人生最大的失败就是太喜欢装逼了,装着装着就失去了她,然后是给儿子道歉,说他无能才会让儿子沦落到去喊别的男人爸爸,又给陈枢和我道歉,说他不该自作聪明把现场证据都给毁灭了,他深深觉得对不起我们,更对不起死去的穆晓晨,让她沉冤难以昭雪。最后,他告诉亲人,自己决意赴死,跟任何人没有关系,只因为自觉人生败笔太多,已不堪重负,所以,他死后,不必追究任何单位和个人的责任,让他安安静静地升仙。

说真的,看着他的遗书,我眼眶潮湿,甚至后悔,如果不是我把他们扯进这桩案子,朱浩磊就不会有机会躺在病床上反思自己的人生,他不反思人生,就不会看见自己半生来的失败和荒唐,看不见这些失败和荒唐,他就有足够的勇气活到寿终正寝。

女邻居带着熊儿子赶过来时,朱浩磊破败不堪的身体已经被安置在了担架上,覆盖着一层白单子。

熊儿子似乎不相信这是真的,迟迟疑疑走过来掀开床单,看着朱浩磊血肉模糊的脸，突然双膝跪地，喊了声爸爸。

声泪俱下。

女邻居也探头过来看看，脸上并没悲伤痕迹，末了，声音低低却咬牙切齿地说：王八蛋，你赢了。

我想，她说的赢，大约是朱浩磊终于以纵身一跃的壮烈姿势，把自己像个男人的样子种在了儿子心里吧？像棵伟岸的树。

37

虽然朱浩磊留下了遗书，朱浩磊父母还是把陈枢给起诉了。破案破出人命，这在市刑警队，还是头一遭。一连两三个月，陈枢成了市刑警队大会小会上的重点批评对象，破案固然重要，但不能急功近利，更不能为了破案不择手段，和犯罪嫌疑人搅到一块去。

隔壁熊儿子告诉爷爷奶奶，陈枢之所以能把他爸逼死，完全是为了他的铁哥们、也就是我洗脱嫌疑。

陈枢的日子就更难过了，我要去给他解释解释。他说你越解释越说明你在意我，你为什么在意我？因为我是你朋友，这不越描越黑吗？

我想了想，也是，只好作罢。

因为被栽赃成了我的朋友，陈枢被迫退出穆晓晨被杀的案子，下放到反扒组，穿着便衣，在公交车上晃来晃去地抓小偷。

有一次，我看见他被小偷团伙报复，堵在墙角里打。我停车，从水果摊上抄起一把西瓜刀就扑上去拼命，陈枢远远看见了，顾不上和小偷对打，就冲我扑过来，说苏猛你他妈的想进去是不是？

一下子就把我喊醒了，这些小偷不但可恶，还很狡猾，因为陈枢穿着便衣，到时候他们完全可以不承认袭警，还可能诬陷成别的，尤其他们没带凶器，而我拿着刀上去，就是持械伤人，因为我认识陈枢，还曾被诬成同党，当然也算不上见义勇为，把我弄进去，是分分钟的事。就这样，我拿着一把明晃晃的刀，被追过来的水果摊主和小偷们合伙一顿饱揍，揍得鼻青脸肿的，相互搀扶着坐起来，一身泥一身土，还有抹得到处都是鼻血。

陈枢看着我，突然笑了，笑得像一只偷到了肉骨头的狗。说：你信不信，现在咱俩拿着钱去买啤酒人家都不卖给咱，保准把咱俩当小偷。

我说：屁！小偷要让人揍成这样，一定是被人捉了手腕，哪儿还有钱喝酒？

陈枢点点头，终于承认我智商比他高，问我们现在到底像什么。我说豁出命来打劫的。

他又冲我竖大拇指。

我拉拉他到我家喝酒，他说不行，上班呢。我说你这个班是良心班，又不用随时抓你打指纹。他说那也不行，他这人较真，干不了这种撒谎掉皮中间脱岗的事。又问我找到工作了没。我摇摇头，说没心思，只要穆晓晨的案子不破，我就没心思上班。

他点点头，表示理解，问刑警队最近过问过这个案子。我说有，都安慰剂似的，没实际进展。

我俩土猴子似的坐在春天的街上，相对无语，是啊，两个掉进生活低谷的人，想相互安慰，却没有力气，最后，约定晚上到我家喝酒。

我去菜市场买了几个现成小菜，拎了一捆啤酒，回家等他，在电梯里，碰到了隔壁女邻居，她看看我，又看看我手里的啤酒，说：借酒浇愁也不是事。

我说：知道。

又问我打不打算搬家。

我说：为什么要搬家？

我的反应让她意外：还住在这里，不怕做噩梦？

我说不会。她张了张嘴，似乎还想说什么，又闭上了嘴。我说我问心无愧，就不会做噩梦。然后又谢了她，谢她在电梯里碰见我还能和我说话。

案子发生三个多月了，我们小区的人，大都知道了这桩凶杀案，有认识我的，知道我老婆被谋杀了，我还作为嫌疑犯被逮进去关了一段时间，所以，我一出门，他们就会在身后指指戳戳地小声嘀咕，这让我很反感。尤其是去理发的时候，那儿人多，又闲，人一闲着，就想把别人当瓜子嗑，因为穆晓晨被杀，我是味道最足的瓜子。

我们小区里有家美发工作室，理发师也住我们小区，手艺不错，每次去理发都要排队。有一次我去了，见有四五个人在排队，就在靠窗的位置看手机新闻，隐隐感觉有人在看我指我说我。我猛地一抬头，那些细小的叽叽喳喳就停下来了。我确定是说我了，再看看他们戒备而警惕的眼神，就猜他们一定是在说我反侦察手段高明，把老婆杀了，警察都拿我没办法。那天我心情很好，决定正面回应一下，就笑笑，说我打算开个培训班，培训杀人于无形，让警察抓不到把柄，你们有兴趣可以参加，对本小区邻居，我打五折优惠，想想吧，如果你们和你们家那口子过够了，离婚吧，要分掉一半家产，损失太大，不离吧，窝心的日子太长了会生病的，还是杀掉最划算。

他们面面相觑，胆战心惊地看着我，嘟哝着神经病，纷纷起身走人。就这样，连续三个月，如果我下楼理发不想排队，只要一本正经宣布我打算开班培训杀人于无形，就不用排队了。后来，理发店老板忧伤地和我说，这是她最后一次给我理发了。我以为她要搬到别的地方去，问是不是店面租金涨了。她说不是，是老主顾们的要求，说如果她继续给我理发，他们就不照顾她生意了。她用近乎于乞求的口气说，其实她特喜欢给我理发，因为我头型好发质好，特能向外界传递她高超的手艺，但她也要吃饭，不能光为了展现手艺不挣钱了，儿子还指望她这双手给理出套房子来娶媳妇呢。我不忍心让她丢生意，就答应了。也愈发坚定了要抓到凶手的决心，不抓到他，我这辈子都是个嫌疑犯。

电梯到24楼，她看着我，示意我先走，难得一女人也这么有风度，这在不管干什么都一副来不及状的中年妇女群体里，绝对是种值得发扬的精神，我决定她有风度我也要更绅士，扬扬下巴，意思是让她先走。她惊恐地看着我，身体紧紧贴在电梯壁上，那样子，恨不能拿502把自己粘在上面。

难道我会把她撕下来扔到电梯井里？

她让我走，不是有风度，而是不想走在前面。动物都有自我保护意识，比如说，不能把整个脊椎暴露在敌人面前，不然就会有被扑倒的危险。虽然人已经进化成了文明高级动物，但有些动物本能，还是隐秘地保留了下来。看过战争片的人都知道，军人押送俘虏的时候，都是俘虏在前，押送人员在后，这样敌人的致命点都暴露在你的视野中，便于控制。

我俩为到底谁先出，在电梯里对峙着，样子滑稽，连电梯这种没生命意识的工具都烦了，要闭上嘴，继续运送我们。我想家里还乱糟糟的，洗碗池里还泡着攒了一周的脏盘子脏碗，得在陈枢进门之前把它们清洗干净，要不然我买的小菜没东西盛，脏盘子脏碗堆在那儿也有碍观瞻，我决定退让，像个俘虏一样，把后背亮给她，先出电梯。

在我迈出电梯的一瞬间，我看见她松了一口气，紧跟着出来，像躲闪咬人的疯狗一样,敏捷地越过了我的身边,伸手去开门,我哎了一声。我说大姐,你知不知道我们家的事为什么会牵扯到朱浩磊和你的儿子?

我知道中年妇女最讨厌成年人喊她们大姐,就像好端端一风韵犹存的少妇被人喊了大妈,对,因为她对我的警惕侮辱了我,我就要恶心恶心她,以前,我是个特隐忍的人,可穆晓晨和朱浩磊的死教育了我,人,一定要活痛快点,一定要快意恩仇,因为谁也不知道死神会什么时候来领人,一旦被领了,还憋了一肚子冤屈没报,那才真叫一个死不瞑目呢。

女邻居说:我不想知道。

我说:不行,今天我必须告诉你。

我指了指我家门口原来装监控摄像头的位置:我老婆在这里装了个监控摄像头,但你儿子拿口香糖给我堵上了,就在案发三天前,还栽赃给了你现任先生,你现任先生好人啊,为了当个慈祥的好继父,还就把这锅给背了,可警察是干什么吃的?根本就蒙混不过去,这……您现任先生告诉您了?

她瞠目结舌地张着嘴,好像我摇身一变,从猴子变成了嗷嗷不休的老虎,既让她害怕又让她莫名其妙。我说如果我是你,我一定回家问问先生,他为什么要这么袒护你儿子,他俩八字不合不是一天了。

果然,她的脸紫了,憋了半天才说:他能这么做,说明我没看错他。

她砰地摔上门的声音,就像大力往我脸上呸了一口唾沫。我无所谓,回家洗碗,没一会儿,隔壁就传来她的骂声,撕破嗓子似的骂熊儿子,还有熊儿子的犟嘴声,具体吵了些什么,我听不清,反正我给陈枢开门的时候，看见锦绣皮囊先生像条丧家犬似的站在门口，身边还有只半咧着嘴的行李箱。

陈枢进门，问这是怎么了？

我说可能是奸情败露，被金主赶出来了。

陈枢问是不是我给揭的盖子。我说算不上吧，我就起了个头，应该是他儿子。陈枢灌了一口啤酒，看着我：说。

我耷拉着眼皮，说谁让她把我当坏人来着，我就告诉她，其实我没她儿子坏，他儿子堵了我们家摄像头，她现任丈夫勇敢地替儿子承担下来这事她一直不知道，今天被我戳穿了，我估计她回家骂儿子了，儿子当然不承认继父高尚伟大，就把底给兜了，锦绣皮囊先生的婚外情就曝光了，于是……

我摊了一下手：就这样了。

陈枢对我的表现很不满，说我心理阴暗，有伺机报复社会的倾向，这要搁以前，他得跟辖区派出所知会一声，让片警注意我的动向，别惹出乱子来。

我说：现在你为什么不了？

他低着头喝酒，不愿意多说话。

我也没有多少话想说，就频繁地和他碰酒瓶子，碰了就喝，后来，我说：陈枢，我给你背首唐诗吧。

他说好啊。我扯着嗓子背李白的《将进酒》，狂放激昂，自觉犹如酒后李白再世。陈枢听得跳起来，我一手搂着他脖子一手擎着酒瓶子和他一起大声背诵，后来，我们瘫倒在沙发上，我歪头看着他：你怎么知道我要背这首？

他冲我举了举脚，意思是拿脚丫子想想都知道我要背这首。

我反倒没兴趣了,又跟他碰了一下酒瓶子,大声嚎叫说:与尔同消万古愁!

然后,抱着瓶子喝,后来发生了什么,就不知道了,早晨,睁开看,看见自己坐在地板上,脑袋搭在沙发上。陈枢四仰八叉地坐在沙发上,睁着眼睛看着天花板,眼泪从眼角往两个鬓角飞快地流。我闭上了眼睛。陈枢一定不想让人看见他流泪,这么年轻一小伙,在刑警队干了五年就获得了二等功两次,三等功两次,表现是多么突出卓越啊,可现在,因为他办案办出了人命,就只能在街上和小偷小摸为伍,这跟给老虎喂死老鼠有什么区别?

我知道他咽不下这口气,但他从没抱怨,他是真正的好人,知道内疚是一种惩罚力多么强的酷刑。

如果不是我,他还是那个打虎英雄,而不是今天吃死老鼠的老虎。

我闭着眼睛继续装睡,春天的阳光打在我脸上,炙热如针,我听到陈枢轻手轻脚起身,好像要往外走,我喊住了他,我说:陈枢,你不能一直这样下去。

陈枢站住,回头看我,一副没心没肺、习惯了这种屌生活的嘴脸说:我哪样了?

我说:你是打虎英雄。

他用力嗯了一声,攥着拳头,向我展示了一下胳膊上的肌肉群。

我跳起来:我们还得破案。

陈枢打了我一拳,说:破什么破?在人民群众的心目中,你就是货真价实的杀妻凶手,我们公安现在唯一缺乏的就是证据。

我们小区里的人,周围我认识的所有人都可以这样说,但陈枢不能这么说,因为他是警察,他这么说有定性的成分。我说:陈枢!

我他妈跟你说真格的，朱浩磊也说了，我是他正在洗凶器的时候进来的，穆晓晨绝对不是我杀的。

陈枢说万一你摆了个局呢？你不堪穆晓晨提出离婚，先谋杀了她，又溜到街上，故意到韩国料理店试图留下你不在现场的证据，还杜撰了一个调戏你的朱莉美，结果，老天都看不下去了，不愿帮你作假，就把电停了，韩国料理店没留下你的证据，本市唯一一个叫朱莉美的女人在看孟京辉的话剧，并不在韩国料理店调戏你，可是你呢，演完这一切，以百米冲刺的速度往家跑，结果路上摔了一跤，你跑回家，意外发现现场已经被清理过了，你欣喜若狂的同时，又怕身上还有残藏的凶杀证据，决定洗澡，这时，可怜的朱浩磊一边消灭着罪证一边退出了你家，他万万没想到的是，在帮儿子的同时也帮了你一个大忙。

陈枢说完，突然大叫一声，说对了！穆晓晨的死亡时间是九点钟，也就是说，她的死亡时间是朱小杰帮她拔出刀子的时间！而真正的凶手行凶，在这之前，没人能知道凶手是在几点钟下的毒手。

也就是说，哪怕我九点钟在韩国料理店被一个叫朱莉美的女人调戏了，也不能证明我不是凶手，因为我完全有可能出门之前捅了穆晓晨一刀，然后，去韩国料理店，制造不在现场的证据。

我没想到案子破来破去，又破回到了我头上。

我勃然大怒，抬手就是一拳，却被陈枢身手敏捷地接住了，顺力往我身后一拧，就把我掀倒在地。他用一个膝盖顶在我后背上，说：苏猛，我告诉你，别以为跟我喝了几次酒我就是你哥们了，咱俩，永远是敌对关系，我是代表正义的人民警察，你他妈就是一杀人嫌疑犯，至今没把你抓捕归案是因为证据不足，早晚有一天，我会找齐所有证据亲自给你戴上手铐把你送进看守所!

陈枢学过格斗,懂得人体力学和人体工程学,他把我右胳膊拧到后背上,活生生就像要断掉,疼得我龇牙咧嘴,我说:陈枢你他妈长没长脑子,如果凶手真是我,我怎么可能进门就捡起那把水果刀,在上面肆无忌惮地留下证据。

陈枢松开拧着我胳膊的手,甩了甩手腕子,用不服输的眼神看着我。其实,我知道他已经被我说服了,我一个轱辘爬起来,说:陈枢,你别不愿意承认,从穆晓晨被杀那天起,咱俩就是一条船上的了。

想拉帮手你就直说,别搞这些危言耸听的。陈枢说,除非你能证明,九点之前你在韩国料理店很久了。

我说我能证明,因为朱莉美就坐在我对面,她一直看着我,我在那儿坐了至少两个半小时,如果我给穆晓晨心脏位置捅了一刀,她就是穆坚强她也挺不了么久,我认为朱小杰进我家的时间,离凶手的行凶时间非常近。

陈枢承认我分析的有道理,但是作为曾经的办案人员,他有责任把新发现的情况汇报给刑警队,现在,我想证明自己的清白,就必须找到朱莉美,让她证明,那天晚上我一直坐在她对面至少两个半小时。

38

我们达成共识，然后，分析利弊，穆晓晨被杀，因为凶手没抓到，我成了摘不掉凶手帽子的嫌疑犯，而他因为办案办错了方向出了人命被下到了反扒队，我俩如果想翻身，只有一条路可走，那就是抓到凶手，把案破了。

陈枢悻悻地说：你以为我不想？怎么破？

我说：把从我家收集走的证据给我看看，因为我了解穆晓晨，说不准会从这些证据上找到破绽。

陈枢说案子没破，证据都被封存在证据室里，想拿出来，门都没有。

我说：那你就跟我说说。

陈枢说：从哪儿说起？

我说虽然是我先到达案发现场，但因为震惊和巨大的悲痛，除了穆晓晨趴在沙发和茶几之间以及满地毯都是血，我没有其他印象，你是办案人员，应该比我冷静，对现场记得更清楚吧？

陈枢点点头，努力回忆，说他们进来的时候，我就像个傻子跪在血泊里抱着穆晓晨的尸体，茶几上有一个剥开的丑橘，剥得相当漂亮，橘子皮都剥成了花瓣的样子，放在一只景泰蓝的水果盘里，旁边还有一只景泰蓝茶杯，里面泡的是立顿红茶，所以，他们的推理是，案发前，穆晓晨泡好了红茶正打算吃水果，凶手进来了。

我问丑橘在什么位置？立顿红茶茶杯在什么位置。

陈枢走到茶几旁，给我比划了一下。红茶在茶几的头上，那个位置是我们家的主位，不管是我还是穆晓晨，只要家里来了客人，我们都会坐在那个位置，把双人长沙发让给客人。丑橘在茶几的中央，也就是说在客人的位置。

我告诉陈枢，凶手是穆晓晨的熟人甚至是朋友，因为穆晓晨有个习惯，喝茶的时候不吃任何东西，怕茶的醇香被破坏掉。众所周知，丑橘虽甜，味觉侵略性也非常强烈，它摆的位置也在我家客位的位置！所以，那个丑橘肯定是穆晓晨剥给客人的！因为把橘子皮剥成花瓣是穆晓晨一贯的待客手法，让一切看上去优雅而美好，如果是我们自己吃，她都是胡乱随手一剥。

陈枢恍然大悟，说：你怎么不早说啊。

我说：你们他妈问过我吗？

他说走访完我的邻居，大家就认为我嫌疑最大，当然不会跟我透露案发现场的一切了，怕被我拿来做文章反侦察。

虽然对他们当时的蠢很不满，但也理解，我说应该看看穆晓晨的手机，看看那天晚上都有谁给她打过电话或是发过微信，因为现代人文明了，到谁家拜访，都会提前电话或微信预约，贸然登门是对主人的不尊重。

陈枢说他们查过穆晓晨的手机，从下午五点开始，只有两个电话打进来，她主动打出去一个电话。打进来的电话一个是店铺推销，一个是台里的同事问她明天早晨的曲目单的事。那个打出去的电话，是打给洛可可的。他们找洛可可调查过了，洛可可说穆晓晨跟她说她跟我吵架了，吵得厉害，我摔门走了，问她我是不是去公司了。

听到这里，我突然心酸，柔软的心酸，觉得穆晓晨果然是爱我的，我在雪夜里摔门而去后,她还关心我的去向,就是证明。

陈枢说,丈夫负气出走,妻子平静下来后,内心惴惴忐忑,向有可能知道丈夫行踪的人打听一下,非常符合和丈夫吵架的贤惠妻子的特征,所以,他们分析来分析去,认为她给洛可可打这个电话,在正常范围内。

穆晓晨还在微信里跟两个大学同学聊了天,跟北京的同学说了一会儿近况,说最近很烦,因为她觉得到了抉择命运的关口。同学问什么关口,她说等事情有了眉目再告诉她。陈枢问我知不知道穆晓晨所谓的命运抉择,指的是什么?我悲凉地认为,应该是和我离婚。

陈枢说不对,如果她真铁了心要和你离婚,就不会关心你吵架后去了哪里。

我觉得也是,但又实在想不出她要抉择什么。

陈枢说,穆晓晨在七点半的时候和同学说等会儿再聊。

我了解穆晓晨,很礼貌,不管和谁聊天,要结束的时候,都会认真和对方说再见,并祝福对方,如果说等会儿再聊,一定是突然有事需要中断一会儿聊天。

七点半是我离开家半个小时左右,也就是说,我离开家半个小时左右,穆晓晨正在跟同学聊天,这时,有人来我家了,穆晓晨听见对方是熟人或是朋友,就开了门,把对方引到沙发上坐下,还热情地给对方剥了丑橘,她毫无戒备地和对方聊着天,或许对方拿起水果刀的时候,是用称赞的口吻说你家水果刀可真漂亮呀。我可怜的穆晓晨并不晓得对方已经动了杀心,甚至还应声附和地和对方一起赞美了这把凶器,然后,杀身之祸就来了……

朱小杰说他是不到九点的时候下楼吃披萨发现穆晓晨被杀的，朱浩磊接到儿子的求助电话，从自己住的小区出来，在小区监控摄像头里出现的时间是九点零五分。

在这一个半小时里，穆晓晨都经历了些什么？我苦思冥想。

凶手到底是什么人？能在穆晓晨的毫无防备中杀死她？

陈枢突然一拍脑袋，说想起来了，穆晓晨的手机，在被杀的三天前，刚刚恢复过出厂设置。她的手机为什么要恢复出厂设置？

我表示这不可能，因为穆晓晨是个不折不扣的数码盲，除了能玩得转台里的直播设备，电视机安装上天猫盒子她就不会操作了。所以，我曾开玩笑说，我家穆晓晨特别好管理，我早晨上班前把电视打在哪个频道她就看哪个频道，到我下班回家，她绝对不会换台。因为不会。

所以，陈枢说她的手机在出事前三天刚刚恢复过出厂设置，打死我也不相信，因为她没那本事，我说：你怎么知道她刚恢复了出厂设置？

陈枢说因为手机是旧款的苹果7P而不是苹果8，所有数据都是从三天前开始的。他们推断穆晓晨是恢复了出厂设置而不是换新手机，是因为以穆晓晨的经济条件和时尚特征，如果她要换新手机，一定是换最新款的苹果8而不是老款的苹果7P。

他分析的有道理，但还有一种情况是他们没想到的，家里早就囤着一台苹果7P手机没用，很有可能是三天前，穆晓晨的手机坏了，她懒得去买新的，就启用了这部苹果7P。

陈枢问：她有部闲置没用的苹果7P吗？

我说是的，早在一年多以前，穆晓晨去给一家企业主持年会，抽奖抽中了一部苹果7P，要送我，我没要，因为我的手机没坏，和她用的是同一款的苹果6P，俩手机放一起，很有情侣的CP感，我不愿破坏这种感觉。穆晓晨就把这部手机放起来了。

陈枢问放哪儿了。

我去书房翻写字台抽屉，果然，手机只剩了包装盒。但是，穆晓晨换下来的旧手机呢？

要按以前的惯例，如果穆晓晨的手机坏了，她做的第一件事就是拿着失灵的手机，气急败坏地跟我求教。我呢，就会借机卖弄，让她见识一下老公的厉害，三下五除二把手机给她折腾好。

可是，她没找我，自己更换了手机，家里又没见着旧手机，非常可能是她把手机丢了，我这么跟陈枢说。

陈枢让我严肃点，说从现在开始，我们进入破案程序，一切来不得半点马虎，手机相当于一个人的信息库，现在，我们首先要确定穆晓晨的手机到底是丢了还是坏了。

我说家里没有旧手机，十有八九是丢了。

陈枢说穆晓晨是有工作单位的人。说完，就直直看着我，像诸葛亮故弄玄虚地说完一句话后看着刘备，而哭鼻子怂货刘备就会从他的眼睛里读到想要传递给他的信息，但是我不喜欢刘备这个角色，不仅仅是因为刘备动不动就哭，还因为我要接下刘备这个角色，他就会自充智商比我高的诸葛亮，我这个人生平最讨厌的事就是别人智商比我富足，所以，我说有话你直说，这里没外人，我们也不是地下党接头，不用拿眼神暗示我。

陈枢让我逼得没办法，只好卸下了诸葛亮的画皮，说：你是穆晓晨的丈夫，完全有理由去电台看看穆晓晨的抽屉、更衣橱什么的。

我说你们没去她办公室查找线索?

陈枢说去了，但有一句话叫百密一疏。

他的意思是万一有遗留下的线索正好能为我们所用呢?

39

在广电一楼大厅,我被保安拦下了。其实,作为爱妻狂人,穆晓晨活着的时候,我经常到广电来送花送吃的拍老婆马屁,保安们都认识我。可今天他们竟然冷着黑脸,好像从来没见过我,或者我是个危险分子,我好话说尽他们就是不让进。

后来,我说我要打110报警,妻子去世了,作为丈夫我要到她办公室收拾遗物,他们不让,就是侵犯了我的公民权利。我吵吵嚷嚷的,把广电的保安部经理招来了,他说也不能怪保安,因为穆晓晨不是去世,而是被谋杀。说完他就看着我,一副你知道我们为什么拦你的样子,那意思是你是犯罪嫌疑人,我们不放你进来是怕你会趁机销毁对你不利的证据。

自打穆晓晨出事,市刑警队都来无数趟了,把穆晓晨办公桌和更衣橱里,过筛子似的不知过了多少遍了,跟他们硬来没我半分钱的好处,其一我打不过他们,其二进不了广电大厦我就没法看穆晓晨遗物,看不到她的遗物我就找不到线索为自己洗刷不白之冤,所以,我跟他们说好话,说我是个通情达理的人,也理解他们这么做是负责任的态度,所以,建议他们给市刑警队打电话请示请示,他们扒拉剩了的遗物,我是不是可以拿回家。

保安经理说好,拿出手机,拨上一串号码,见我虎视眈眈地看着他,很不自在,就转身往里走了。过了大约两分钟,他出来了,说市刑警队说我可以取走穆晓晨的遗物,但要他陪着。

我说行。

我们就上了16楼。

播音室分里外间，外间是一间休息室，节目有嘉宾的话，嘉宾就在外面的休息室候场，我经常坐在外面的休息室等她下节目，她戴着耳麦的样子又酷又温柔。我曾说我有个理想就是她戴着全套的直播装备和我做爱，让她把设备带回家，第二天再捎回来，她不肯，说我是个流氓，亵渎她的职业。

现在，穆晓晨再也不能坐在大玻璃间里看我冲她扔飞吻了。我的心脏开始疼，疼得我直不起腰，我蹲在地板上。保安经理警惕地看着我，好像要识破我是在耍什么鬼把戏。

他长得那么粗俗，猪八戒一样，一定无法理解爱情美好到一定程度，其实就是你一看见对方就会觉得心疼，心疼自己不够好、把她娶回来是暴殄天物。我经常这么跟穆晓晨说，穆晓晨觉得我矫情。

我知道，在大多数人的心目中，爱情的感觉就是西天路上的猪八戒想高小姐的感觉，遇到困难险阻了，就会要回高老庄，因为高老庄有高小姐，没有妖魔鬼怪还可以吃饱饭，爱情其实就是寻找安放心灵的地方，让你一想就觉得踏实，像过冬的农民想着我还有一囤子粮食；可我不会这样，我总觉得自己配不起穆晓晨。陆武知道，我们一起喝酒的时候，我总这么说。陆武就用眼梢看我，觉得我这样子没出息极了。

对了，想起陆武，请让我持续难过五分钟，睡在我对面铺上的好弟兄，为了他，我也必须证明自己的清白，让他知道，他没看错我。

我明白陆武为什么会在穆晓晨被杀后动手揍我，在我无罪释放后为什么不想再看见我，因为他觉得自己是帮凶，穆晓晨曾经是他的朋友，如果他没把她介绍给我，说不准她现在还活蹦乱跳地活着。

我像一只被开水煮疼了的大虾，弓着腰蹲在那儿，眼泪一滴一滴地滚下来……后来我看见一双黑乎乎的圆头皮鞋凑过来，一张喘着粗气的脸，像一只倒垂石榴一样弯到我的眼前。我擦干泪，想起了穆晓晨的话。她说在广电系统，人人都是对得起薪水的好演员，我怕他们会把我追忆旧人的疼痛理解成表演。

在保安经理的监视下，我打开穆晓晨的更衣橱，像所有美女一样，她的更衣橱里挂满了漂亮的衣服，还有几件简单首饰，但是没有旧手机。

征得保安经理的同意后，我把这些东西都打包带回家，给陈枢打电话，说没有旧手机。陈枢说废话，有旧手机还有你的份？早就让刑警当证据收到了。我顿时就觉得受了愚弄，说你他妈不说让我去她单位看看吗？陈枢说是啊，我让你去她单位看看就是找手机？还有其他东西呢，说不准就有线索。

好吧，我不和他生气，让他下班赶紧滚过来。

一个人在家待着无聊，我把穆晓晨的遗物，一件一件地摆在地板上，基本上全是衣服和首饰，像我这种特别直男的人，根本就看不出什么来。

40

下午四点多，陈枢来了，看着满地板的衣服，说买这么多名牌，你老婆可真够奢侈的。我茫然不懂，说是名牌吗？陈枢扯起一条裙子说路易威登，一条裙子赶你一年的薪水。我就觉得心脏噗通噗通地跳，为了做个好丈夫，我跟穆晓晨说过，她买衣服，必须我陪着，我刷卡，因为她是负责漂亮给我看的，所以，她的衣服，必须是我喜欢的，既然是我喜欢的，就得由我来买单。我给她买的最贵的是一件羊绒大衣，也不过才一万两千块钱，可她怎么会有这么多名牌衣服？还有香奈儿套裙，一套就是五六万啊……陈枢一一历数着品牌，这些拿回来的衣服，至少值七八十万。

我无论如何也想不到我亲爱的老婆穆晓晨会这么奢侈。我打断了陈枢，让他看看，这些衣服是不是高仿，我知道，街头有好多所谓外贸原单店，根本不是什么原单也不是尾单，全是破绽在细节上的高仿。

陈枢说全部货真价实、如假包换，他对名牌还是有点研究的，因为他女朋友在美国开了家买手店，专门负责给国内的人代买各种名牌。

他说这些衣服都是几年前的老款，除了几件经典款，其他的已经买不到了。我说陈枢你知道，我虽然不是底层打工仔，但挣的钱也不是特别多，买不起这些奢侈品。

陈枢说：我知道，所以你要想想你妻子的这些衣服是从哪里来的？

我像只只想把脑袋扎进沙子的鸵鸟,说:我不想知道,一点也不想。

陈枢不依不饶:穆晓晨作为一个播音主持,月薪不过万,即使经常走穴给企业主持活动,一场活动主持下来,也不会超过两千块钱的劳务费,她哪儿来的钱买这些衣服?

我说:陈枢,你别分析这些衣服了,她被杀和这些衣服没关系。

陈枢说:那和什么有关系?

我一时语塞,觉得他又把怀疑的矛头指向了我,我说:我要知道和什么有关系还用得着你们这些草包警察破案了?

陈枢没搭理我的挑衅:我能看看穆晓晨的衣橱吗?

我让他自己去看。陈枢也没客气,径直进了卧室,进衣帽间。穆晓晨被杀报案后,陈枢作为到案的刑警之一,负责搜过我家的每一个角落,他甚至比我都清楚我们家的什么东西放在什么地方。

没一会儿,陈枢就拎着两手衣服出来,擎到我面前说:穆晓晨在家的衣服,没有一件过万的,大多是一两千块钱的中档货,而她却有这么多奢侈品衣服放在了单位,说明她不想让你知道这些衣服的来源,因为她没法说清楚。

我泪流满面,我无法接受我亲爱的穆晓晨竟然傍过大款,或者说她和一个有钱男人好过。我紧紧闭着嘴巴,坚决不肯把这个猜测说出来。

陈枢说舍得花这么大价钱给不是自己老婆的女人买衣服的男人,只有两种可能,知道不可能离婚娶她,尽可能在物质上满足她,还有一种是知道自己配不上她,只好在钱上找齐。

我难以接受,也觉得不可能。我说穆晓晨从不在外面过夜,手机上虽然有密码锁,但我知道她的开机密码,她的一切都是对我开放的,她没可能有另外的男人。

陈枢拎起一件过时的香奈儿套裙说:所以,我分析,在嫁给你之前,她和一个非常有钱的男人好过。

我想起了我和穆晓晨的刚开始,我把她约到家里好几次,才干成了好事,一开始那几次,她都特别羞涩特别拘谨。我还跟她开玩笑,说你该不会还是个处女吧。她的脸就红了,我说是不是都不要紧,只要咱俩好了之后你只属于我一个人就行了,我这人没有处女情结。她脸色很难看,我问她为什么不高兴了,她说你这么说让我觉得你不介意我是个破烂,我是个破烂吗?我连忙打自己的嘴巴道歉,说我不是这意思,我就是想让你放松,万一你不是了我也不会怪你。她还是生气,抱着手机玩连连看,不理我,气氛不好,我也意兴阑珊,就算了,最后像正人君子一样坐在地毯上陪她看美剧了。之后又约了两次,但也总有阴差阳错的插曲让我搞不成,最后搞成那次,是我真有点急了,不就男女那点事嘛。我采取了策略,把她约来家,在她喝得微醉时没征求她意见就放了部很撩人的美国情欲电影,一边看一边吻她,先吻额头,对了,在这里我必须公布一个秘密,女人天生爱假正经,作为一个男人,你要先吻她的额头、吻头发,吻这两个地方,会让女人产生自己是小女孩正被长辈宠爱的错觉,有助于放松她们的警惕,然后再吻脸颊,吻下巴,就是别吻嘴,因为对女人来说,吻嘴意味着是要干的前奏,如果她还没决定到底是不是和你干,吻嘴会让她们警惕,吻了下巴再吻脖子,然后是胸脯,这个时候的女人想抗拒都没力气了,我就是这么把穆晓晨干了的。

我这么说很粗俗下流,但是穆晓晨身下的那一小坨血,让我心满意足,让我感激涕零,上帝啊,我已经二十九岁了,还能成为我爱的女人今生今世的第一个男人,能不激动嘛。

可现在想来,这有点像个骗局。

因为在我和穆晓晨睡了的第二天她就出差了,三四天后才回来,又过了二十几天她就来月经了,我曾经也恍惚过,那一坨红色是不是她的初来乍到的大姨妈?可出于男人的虚荣和不忍心,我一直没问,和她结婚五年以来,我理直气壮地以她人生的第一个男人自居。

她一定在心里嘲笑过我吧?

我说:陈枢,如果你分析的是真的,那和她被谋杀有关系吗?

陈枢装得像个老谋深算的混蛋,说或许有或许没有。

我被我心爱的老婆早就被一又老又邋遢的有钱男人干过给弄得心慌气短,恨不能往地球核里塞包炸药把这个星球从银河系里焚尸灭迹,以掩饰我无力改变的肮脏情史。我说:如果没有关系,你为什么要告诉我这些屁话?

我怀疑他告诉我这些就是为了羞辱我,这时候,我心里浮上一个罪恶的念头,只要我把陈枢杀掉且焚尸灭迹,那么,穆晓晨曾经做过别人情妇的丑事就不会传扬出去,那么我就还可以继续扮演那个悲痛的、可歌可泣的未亡人。

我虎视眈眈地看着他,陈枢好像看破了我那点小心思,往后闪了一下,说:我告诉你,苏猛,不要以为让我闭嘴穆晓晨的事就会变成一个被封闭在树洞里的秘密,你想想吧,那个和她好的男人,还有他的朋友,有可能都知道这件事,对了,你俩怎么认识的?说不准促成你俩认识的那个人就是在和她好的男人。

是啊,我总不能把知道这件事的人全杀光。我一下子泄了气。

我坐在地板上，发疯似的撕那些衣服，就像撕掉穆晓晨在我心目中完美无瑕的形象，像撕掉她的往事、她的污渍。

我泪流满面、我仰天长啸、我拿脚跺她的衣服，跺得我精疲力竭，瘫软在地，然后，我发现家里空寂无人。陈枢已经走了，我发疯的样子一定难看极了，他不堪忍受。

我决定找陆武算账，我觉得他一定知道真相，他骗了我。

我去了公司。

41

公司保安还认识我，告诉我陆总和洛总吃饭去了。

我说我能不能进去等他？

他警惕地看着我满眼的心如死灰，说不行，陆总说了，公司新上了科研项目，要极度保密，没得到预约的任何人都不得进入公司。

他是对的，如果让我进去，我会无法遏制怒气而砸了公司。这样的话，依着陆武现在对我的态度，他一定会以损害他人财产罪，把我送进去。

其实我挺想他把我送进去的，这样他打着瞌睡的良心，在偶尔清醒的时候，一定会内疚吧？就像那些和丈夫造了饥荒的娘们自杀，要的不是杀身成仁，而是男人的懊悔。你命都没了，他懊悔有个屁用！这种拿自己生命教育男人善待另一个女人的傻逼逻辑，真不知道是哪个缺德带冒烟的教给女人的，还深得人心，这让我常常为女人的智商着急。所以，穆晓晨活着的时候，我就告诉她，两口子难免吵架拌嘴，可咱俩吵归吵，闹归闹，别寻死觅活，我怕我来不及救你，还得花钱费事娶新的。

我去陆武家的别墅外等。

他开着托人专门从美国给他进口的皮卡回来，想进车库，发现我站在车库门前。

我两手插在裤兜里，仰着头，眯着眼的样子，像个视死如归的革命战士。

他停车熄火，从车上跳下来，走到我跟前，和颜悦色说：苏猛，好久不见，有事吗？

他心平气和，这要在以前，我会鼻子一酸，不管他讨不讨厌我都会扑上去抱着他的肩流泪，但现在我不会了，我甚至怀疑把穆晓晨嫁给我是他不可告人的阴谋，比如他身边总是莺莺燕燕，撩和守的分寸拿捏得极好，在不知情的人眼里，陆武很有万花丛中过、片叶不沾身的潇洒，甚至曾有人和我八卦他的性取向。我和陆武一起泡过澡堂子，在那么多丑的俊的光屁股男人面前他都没勃起过，足以证明他对男人没兴趣，而且我知道，陆武在酒局上从容周旋于众多女人之间的根本原因在于，从不把和他上过床的女人带到酒局上。陆武只要遇上中意的女人就睡、换女人犹如每天一换内裤的行为，让我困惑，困惑于他像头永远处在发情期的雄性动物，只要喂饱鸡巴，根本就不需要情啊爱啊的情感生活。我也问过他，他不回答我，只对我嗤之以鼻，好像我小国寡民，犹如夏虫难以理解冰。我自觉很是被辱没，问他是不是金屋藏娇，被某个女人死心塌地、毫无尊严地爱着，所以他的鸡巴才得以肆无忌惮。他笑而不语，一副随便你怎么猜怎么想都不关我事的样子。总之，在洛可可出现前，我知道陆武有丰富多彩的性生活但不知道他的感情世界，只觉得他是个奇人怪人，现在，因为穆晓晨名牌衣服的意外曝光，让我不得不产生了联想：草根出身的穆晓晨曾经是陆武的秘密地下情人，至于两个年轻单身可以光明正大谈恋爱的年轻人为什么要做成秘密地下情人，完全是因为陆武父母，以陆家在本市的财富地位，陆武的婚姻只可以给陆家锦上添花而不可能上演霸道总裁爱上小白菜这样的爱情传奇。

于是，等洛可可出现，为了家族前程，陆武就必须把穆晓晨这个秘密地下情人彻底清理掉。

于是，我这个好兄弟成了最佳接手人。

是的，肯定是这样的，要不然穆晓晨和洛可可两个几乎没怎么见过面的人怎么会相互排斥相互不屑？

我努力咽下一口拥挤在胸腔里的血泪，说：我想和你谈谈。

陆武感觉到了我的来意不善，说：很晚了，明天一早去公司谈吧。

我说：不，就现在。

他抬手看了一下腕上的表，说：这么晚了，回家会吵醒父母，我俩最好找家酒吧谈。

我说：不用。

他问为什么。

我说：我这辈子都不想和你喝酒了。

他点点头，看了一眼天空，说：谈什么？开始吧。

我说：你知道穆晓晨死了。

他定定看着我，没说话。

我说：她已经死了，关于她的一切，你可以跟我说实话了吧？

他恨恨说了声操，说：苏猛！难道你觉得我骗过你？

骗过！我吼道：弥天大谎！

他一把拽起我的胳膊，往离他家远一点的地方走：你他妈小声点，别吵醒我父母。

几个月而已，陆武真的变了，他从一个从不在乎父母死活的王八蛋变成了连父母睡眠都关心的孝子，我越来越觉得自己的推理是对的，陆武迫于父母压力，放弃了穆晓晨这个灰姑娘，准备迎娶市长大人的千金，而穆晓晨纵使再心有不甘也胳膊拧不过大腿，只能含泪屈从，所以，才经常不让我搞她，并不是因为她生理不适或性冷淡，而是陆武早已霸占了她的心房。

我在一本生理健康期刊上看过，男人和女人不一样，男人是只要女人长的漂亮好看就能勃起干事，但女人不行，必须有爱，生理才会配合。

陆武拽着我走出小区，在黄昏的路灯下看着我：说吧，我怎么骗了你？

你和穆晓晨早就认识？

认识。

你和她睡过？

陆武愣了，说：你他妈再说一遍！

我索性更进一步：说吧，你金屋藏娇包养了她几年？

陆武皱着眉头，好像不相信这话是我说出来的：你再说一遍？

你包养过她！包养了几年？

陆武一抬手，一个上勾拳打在我下巴上，我听见我的牙齿咯噔了一声，差点碎掉，我反扑上去，卡着他的脖子，把他抵到一棵树上，说：我操你妈！陆武！我把你当好兄弟，你却把自己睡够了的女人塞给我，你当我是收破烂的啊？

陆武被我卡得喘不动气，两只手像溺水的人手忙脚乱拍打水面一样拍打我的脸，他慌乱而短促地喘息着，说：苏猛，你他妈恶心我！

我说：我没冤枉你，今天去台里，我才发现她有那么多奢侈品衣服，除了你，谁买得起？

陆武的脚在底下踹我，一脚踹在我老二上，疼得我一个趔趄就松开了手。陆武顾不上喘息，像猛虎下山扑上来，把我压在身底下，卡着我脖子，但没用力，只是把我卡得不能动弹而已，说：你他妈的扯什么蛋？

我泪流满面，说：不是你那是谁？

陆武就放开我，他意识到出了问题，让我收起又臭又爆的坏脾气，说说这到底是怎么回事。我也知道，大打出手不解决问题，就坐起来，梗着脖子生气。陆武也坐下来，和我肩并肩，仿佛，我们又成了好兄弟。

他歪头看着我：跟我说说，到底是怎么回事？

我就把穆晓晨单位更衣橱里有一橱过时奢侈品时装的事说了。陆武仰着头，看了一会儿月亮，突然扭头定定看着我，说：苏猛，我很难过。

他竟然流泪了，我莫名其妙。

陆武说他是在我蜜月里才反应过来穆晓晨骗了他也骗了我的。

比如说，他们俩第二次见面是在酒吧遇上的，当时穆晓晨坐在吧台的高脚凳上郁郁寡欢，他就过去搭了一讪，问她怎么不高兴。穆晓晨沉默了一会儿，才说父母逼她相亲。陆武相信了，觉得这么漂亮的姑娘，既然要嫁人，干脆嫁给我哥们得了，于是，就撮合我俩，亲眼目睹我俩谈了两年恋爱结婚。我蜜月的最后一天，他有事到家里找我。我不在，穆晓晨给他泡了茶，陪他聊天等我的时候放了一支欧美老歌《斯卡布罗集市》。

就在那时候，他才晓得穆晓晨骗了他，但他不能告诉我，毕竟我们已经结婚了，毕竟我那么爱穆晓晨。

我知道他没撒谎，因为我知道穆晓晨特别喜欢《斯卡布罗集市》这支歌，说这首歌里弥漫着深情到绝望的气息。

可能哀伤的音乐容易勾起人的心碎吧，不知怎的，穆晓晨就说起了她的童年，说起了她早亡的父母以及经常性骚扰她的继父的儿子。

黑暗中，陆武看着我，问：你还没听出哪儿不对来？

我点头，说听出来了。

我承认，是我疏忽了，这些破绽一直在的，比如说陆武早就说过，撮合我俩，是因为穆晓晨被父母逼婚了。婚礼前，我曾跟穆晓晨说，作为未来女婿，我应该登门造访，以表达对岳父母的尊重。穆晓晨说不用，跟我说了她早亡的父母以及可恶的继父和他的儿子，母亲去世后，继父到处宣扬，再过几年，就让穆晓晨嫁给他儿子，也算肥水不流外人田，把她给吓坏了，拼命学习，一定要考出来，摆脱魔咒一样的命运。

当时我被即将结婚的幸福冲昏了头，当初陆武说她急于相亲是因为父母逼婚，早就被我忘到脑后去了。

陆武不善于掩饰，听穆晓晨讲完沉痛的人生经历，就笑着说：搞了半天，当初是骗我的啊。

两年前顺口撒的谎，穆晓晨早就忘记了。问陆武自己骗他什么了。陆武把第二次在酒吧相遇的情形又说了一遍，特意强调了穆晓晨说父母逼她相亲。

穆晓晨一下就愣住了，愣愣地看着陆武，眼泪一下子就滚了下来。陆武慌了，他的人生几大怕之一就是女人流眼泪。他手忙脚乱地抽纸往她手里塞，劝她不要哭了，毕竟这不是大不了的谎言，她完全没有必要如此羞愧。可是，他越安慰，穆晓晨就哭得越厉害，最后，竟哭到了他的怀里！

她哭着告诉陆武，其实她是喜欢他的，喜欢得非常绝望，因为知道他有女朋友了,还知道他是我最好的朋友。

那一刻,陆武只觉得震惊。

他看着我,说:当时我有点感动,也有点难过。

我脸色铁青,看着他:你觉得跟一个女人的丈夫说,他的老婆暗恋过他,有意思吗?

陆武说:对不起。

我站起来几乎是冲他咆哮着嘶吼:你觉得有意思啊?

陆武说:没意思。他又说对不起。

我说你很得意是不是?被朋友的老婆暗恋,你挺有魅力啊!

陆武突然爆破似的说:我他妈压根就没这么想!我推开了她,我觉得我对不起你,我的存在就是对你婚姻的伤害!还有,你不要以一副受害者的嘴脸自居,在婚姻里,不爱的那个比很爱的痛苦多了,因为你爱她,所以你和她在一起的每一个瞬间都是快乐的幸福的,可对于那个不爱你的人来说,和你在一起的每一个时刻都是折磨,煎熬!

我承认他说的对,可我搞不明白,既然不存在父母逼婚,既然她不爱我,她为什么要急匆匆和我结婚?

陆武说他问穆晓晨了,穆晓晨说因为当时有人逼她,逼着她赶紧找个男人结婚,不然有她好看。

陆武说穆晓晨和他说这些的时候,已经很冷静了。他问到底是谁逼着她结婚。穆晓晨没说,说她永远不会说,也希望他永远不要再问,她告诉他这些是因为我是他最好的哥们,而她却暗恋他,不希望他因此内疚。她说她从来就没爱过我,和我结婚,是迫不得已。

我看着陆武,觉得这个故事像天方夜谭,怎么会有人逼着她结婚嫁人？我说：陆武，你说怎么会有这种事？

陆武两手抱着脑袋，使劲搓着头皮，说：苏猛，我跟你说实话，你不要难过。

我说：我为什么要难过？我没那么直男也没那么迂腐，在我之前，穆晓晨有和任何人谈恋爱胡搞的权利。

陆武说：你也这么想的？

我说：怎么想？

陆武说：我猜她以前和一个能量很大的已婚男人好过，据我最常规的分析，应该是被男人的家人发现了，动用了某些力量逼着她离开男人，为绝后患，让她马上找男朋友结婚，于是，她遇上了你。

我说：不是，是遇上了你。

说着，我的眼泪就掉了下来，我可以接受穆晓晨在我之前和任何人好过胡搞过，但我不能接受她从来就没爱过我。

我觉得愤怒，莫名的愤怒像一团发热的木棉花拥堵在胸口，我只是瞪着他，看他嘴巴一张一合地说话。

陆武说，当时，他呆呆地坐在沙发上，觉得胸膛就像条长长的隧道，有一列火车，正在黑暗中没完没了地轰隆隆开过，就起身走了，走到门口，又折回来，恳求穆晓晨，恳求她不要把跟他说的一切告诉我。

我呆呆看着他，像个傻子，我说：陆武！你王八蛋，你骗我，你欺负穆晓晨死了，不能说话替自己辩解了，你栽赃她，你栽赃一个已经死了的女人，不觉得自己很无耻吗？

陆武说：你骂吧，如果骂我一顿你心里能好受点你就骂吧。

他那么了解我，以至于把我气哭了。我一边呜呜地哭一边骂陆武欺骗我，栽赃可怜的穆晓晨。

陆武不吭声，有时候，我能看见他额头的青筋，被我骂得在路灯下一跳一跳的。

其实，我知道陆武说的是真的，可我越知道他说的是真的我越觉得自己可怜，穆晓晨骗了陆武，骗了我。我无法接受自己一腔真情投入了一个骗局式的空洞。

月亮慢慢走到西面，偶有夜归的车子，从我们身边疾驰而过，陆武歪头看着我，突然问：她是不是已经告诉你真相了？

我不知道陆武这么说是什么意思，我看着他：你这么问是什么意思？

陆武迟迟疑疑地站起来，打量着我，说：你是不是无法接受真相才动手杀了她？

我跳起来，指着他鼻子大骂：陆武！王八蛋，如果在杀她之前我就知道了真相，我今天晚上还来找你，岂不是脱了裤子放屁多此一举？

陆武也站起来，满脸纳闷说：那你没理由杀她啊。

我觉得绝望极了，现在全世界的人都以为我手段高明地杀了穆晓晨。我抖着自己的一双手给陆武看，我说：陆武你记得吗？有一次咱俩一起钓鱼，钓上来一条三斤多重的大鲤鱼，你说你不会杀鱼，让我杀一下用树枝挑着做烤鱼吃，可我比划半天，最后还是把鱼放了，你说我连条鱼都杀不了，能去杀人吗？

陆武懒洋洋瞥了我一眼，说：你那不是把鱼放了，是鱼太滑，你没抓住，滑掉了，为这你还急得在岸上跳了半天脚。

我承认陆武说的是事实，那条鱼肥壮有力，我把它按在岸边的一块石头上,回头让陆武递棍子给我的空,它一个鲤鱼打挺从我手里逃回了池塘,害得我们没吃成烤鱼。

我说:不管是我放的还是它自己逃走的,反正我没杀它。

陆武说:你忘了,咱俩做解剖实验的时候,你号称屠龙高手。

我说:去你妈的!还不是你逼出来的。

陆武说:兔子急了还咬人呢,何况穆晓晨要跟你离婚。

陆武的意思是就因为我对穆晓晨一往情深,才有可能不堪婚变,杀死穆晓晨,他觉得我蠢不可及,这就是案发后他揍我的原因,像个情真意切的泼妇,不能忍受丈夫半道撒下她而死去,所以要鞭尸。

我们垂头丧气地坐在马路边,张望着空空荡荡的街道。

陆武又说:我对不起你,我不知道穆晓晨是那样的人。

我觉得心脏在滴血,我不愿意承认她是那样的人。我说陆武你不是人。他想反驳我。我把他打断了,我说:至少你不君子,其实,你应该死守这个秘密,直到你离开这个世界的那一天。

陆武说:因为你是我兄弟,我宁肯自己不君子。

可是,你把我毁了。我低着头,趴在自己膝盖上,像个娘们一样地哭:你不告诉我,我最多觉得自己是个多疑的丈夫,可你告诉我,就像牵了一头猛兽,一口一口地把我过去的好时光吃掉了,变成了屎。

陆武说:你不让以前的时光变成屎,你往后的人生就会变成屎。

陆武问我最近靠什么活着。我说靠一口气,证明我不是杀人犯这口气。

他说的靠什么活,指的是经济上。我说不用你管,反正死不了。

陆武说:要不你回公司吧。

我说:算了,我不想看洛可可那张皮笑肉不笑的脸。

陆武说：你是不是特瞧不起我？

我说没有。我问他公司最近怎么样。陆武说洛可可已经找到了壳公司，应该很快就上市了，我说你小心点。

他说：我又不是三岁孩子。

我说：我就怕你爸拼了一辈子的家业，被人这么三变两变给变没了。他说不至于，又说听说公司要上市，我爸很兴奋，要把家具公司也打包进去。

我说：如果我是你爸，我就留着家具公司，至少还有个根据地。

他看了我一会儿，说：你也别把洛可可想太坏了。

我说：那你跟她求婚吧，她要能答应嫁给你，我就相信她和你在一起，不仅仅是政治和经济联姻，还是真的喜欢你。

陆武瞭望了一眼天空，好像完全没听见我刚才说了什么似的岔开话题：开始新生活吧，不要纠结于证明你是不是杀人凶手这件事上，那是警察的事。

我说我不喜欢走到哪里都被人当成杀人犯。

这事真的很无解，警察没法证明我有罪，而我没法证明自己清白。

我慢慢往回溜达，溜达到街角了，回头，看见陆武还在，黑暗中，他侧着身子，好像在向我挥手。

42

回家后，我给陈枢打电话，说找到答案了，当我沉浸在幸福的蜜月里时，我最好的兄弟就已经知道了我是个巨大的绿帽子专业户，为了爱护我虚假繁荣的爱情和我的自尊，他选择了对我沉默。我说：陈枢，如果你知道你最好的朋友的老婆曾经是别人包养的小蜜，你会怎么办？

陈枢想了一会儿，说：我会勾引她，故意让我哥们知道。我说没有比这再蠢的主意了，因为哥们不但不会因为这感激你，还会灭掉和你的情义。陈枢说还是我想的周到，问如果是我呢？我怎么办？

我认真想了想，我说：虽然我这辈子最不齿写匿名信的人，但是我会给我哥们写封匿名信。

陈枢就在电话里笑，豺狗似的，有很多幸灾乐祸的成分。把我笑恼了，我说你别笑了，深更半夜的。陈枢就止住笑，说你想想，如果当初陆武给你写了匿名信，你会和穆晓晨离婚还是逼着她跟你坦白交代？

我想了好几种可能，觉得不舍得离婚，也不会逼她坦白交代，因为她坦白过去就是个态度，既然她有了态度，我也得给一个，这个态度我怎么给？假装宽宏大量不在意？我怕她瞧不起我，一副痛不欲生状不原谅她？日子没法往下过，所以，我只能恨那个给我写匿名信的人，我原本不过是个幸福沉睡的人，天塌地陷了你喊醒我干什么？让我在睡梦中无痛无惧地死掉是件多么幸福的事？

陈枢说就是么！

有个可以说话的朋友真好。和陈枢这么一聊，我就原谅了陆武对我的欺瞒，软绵绵地躺在床上，觉得上帝对我真好，虽然给了我一份虚假的爱情，但至少给了我一份真实的友情，这么想着，我耷拉了好几个月的嘴角，就往上翘了翘，迷迷糊糊中，听见手机铃叮一声，来了短信，我打开看了看，是银行的到账短信，陆武往我银行卡上打了十万块钱。

我打开微信，看着陆武的头像。

微信里陆武的头像是只冲着镜头傻笑的哈士奇。

我看见微信对话框的上端是对方正在输入……我想我是不是该对陆武说句什么，想了半天，也想不出来说什么合适，我想他一定不喜欢我说谢谢，兄弟之间，谢来谢去的，没劲。最终，我也没收到陆武的消息，大约，他和我一样，想温暖我，温暖到了，就够了，一个字都不想跟我说。

又过了一周，陆武约我喝酒，说我的话让他内心里很犹豫，毕竟基因生物工程公司几乎吸干了父亲公司的资金，他也怕把父亲带坑里去，就试着又跟洛可可求了一次婚，洛可可答应了，说下月就结婚，痛快得让他意外。

我说：你爱洛可可吗？

他拿着一支小瓶啤酒，眯着眼，看酒吧窗外很远很远处的一盏路灯，看了半天说：人总是要结婚的吧？既然和谁结都是结，为什么不结得让父母高兴点。

我晓得他说的是真话，莫名就替他难过，多么风流倜傥又多么善良厚道一人啊，最后竟然不是和爱情结婚。我觉得虽然他很有钱，但活得还没我开心，不管穆晓晨怎样，可至少我是爱她的，我至少和我爱的人结了婚。

可陆武要为了让父母的钱繁殖壮大而结婚,我说他这是变相卖身,他赤红着脸,要和我急。我说不是吗?你和夜总会小姐的区别就是一个零卖一个批发。他忿忿地瞪了我一会儿,扭过头看别处,屈辱而无力反抗的样子。

我说:你觉得洛可可还那么爱你吗?

陆武说不知道。过了一会儿,咧着嘴无声地笑了,说:我觉得她是爱我的。

说完,像个天真的孩子看着我,说他和洛可可就像我和穆晓晨,不同的是,和穆晓晨,我是付出真爱的那个,他和洛可可,他是穆晓晨,大约这就是生活吧,太完美了,命运就会失去它应有的魅力。

他那么简单,简单地让我难过,我说陆武,你好像刚从幼儿园大班毕业。

他无所谓地翻了我一个白眼,说成熟世故就会幸福吗?

我无话可说。

他说如果你觉得会幸福,看看你自己就行了,把日子过成这德行,还他妈不如我呢。

我承认他说得对,觉得上帝是公平和仁慈的,对每一种性情的人,都给了适合他们的风景。

陆武认为他虽然没那么爱洛可可,可至少她爱他,他父母喜欢,这婚就算结得有价值。我没接他茬,他又说:洛可可的理想是做成基因生物美容界的乔布斯。

我不想讨论他的婚姻,牵扯的东西太多,再说也是无解,就转移话题,问他韩国的公司怎么样了。

陆武说既然婚都要结了，就懒得分那么清楚了。我还想劝他，但他眼神灰灰的，好像已经认下了命运这壶酒，我若多说，也是徒增他的烦恼，就闭了嘴。

我们喝了好多酒，陆武说父母对公司上市非常热衷，对洛可可这未来儿媳妇更是非常看好，甚至觉得她就是《大宅门》里叱咤风云的二奶奶，陆武就是那个游手好闲、养花遛鸟不务正业的二爷，公司大事小情，都交给洛可可打理，对他这亲生儿子，倒是十分的放心不下。

陆武觉得自己很失败，喝得醉醺醺地，和我勾肩搭背往家走，边走边说：苏猛，咱不在这儿待了，环游世界吧。

虽然醉得腿都搅麻花了，可我脑子还是清醒的，我说：不行，我还得证明我不是凶手。

他狠狠说：狗屁！我说你不是你就不是！

但我得找到证据让警察说我不是凶手，第二天，我这么和陈枢说。

陈枢说：你去找朱莉美吧。

我一下子就恍惚了：我说谁？

朱莉美，就在韩国料理店里凑过来跟你合影的女人，只有她能证明你从七点到十点之间，一直在韩国料理店。

我说：你也觉得她撒谎？

陈枢一直觉得朱莉美撒谎，可朱莉美不是罪犯，只要她不承认，谁都拿她没办法，至于能不能让她说实话，就看我个人本事了。

我觉得陈枢这是在让我施美男计，很羞辱，说：你觉得我是那种为了目的不要脸不要皮的人吗？

陈枢懒得搭理我，拿着一只圆珠笔，在一张报纸上划来划去的发神经，末了，起身走之前把报纸往我身上一摔，说：事是你自己的事，你爱怎么着怎么着，跟我有什么关系。

我追出去，说：那你也得告诉我到哪里去找她啊。

陈枢扒拉开我拦在电梯门前的胳膊，进去，目不斜视地按下按钮，关上了电梯门，好像我这个人压根不存在。

我骂骂咧咧回家，骂他当了几天刑警就学会跟平民老百姓装逼了，乒乒乓乓地把喝空的啤酒瓶子和吃过的毛豆壳收拾起来，收拾陈枢甩到我身上的那张报纸时，发现上面写着时光幼儿园。

他没结婚，我也没孩子要送幼儿园，他写这个干什么？我百思不得其解，忙打过电话去问，陈枢冷冷说了句蠢得不可救药就挂断了我的电话。

我生平最不能忍受的就是智商被小瞧，刚想拨回电话去骂他，脑袋里突然灵光一闪，我就想到了朱莉美。

我上网搜了一下，时光幼儿园是本市最好的双语幼儿园，但凡能把孩子送到那儿去的父母，都非富即贵，我又在幼儿园名字后面输入朱莉美的名字，继续搜，很可惜，没有结果，但在搜出来和时光幼儿园有关的帖子里，有位家长说她儿子说最喜欢年轻漂亮的朱老师。

我猜这位朱老师就是朱莉美。

43

第二天一早，我站在时光幼儿园的门口，笑吟吟地迎接每一位来上班的老师和前来送小朋友的家长，很多家长误以为幼儿园招了男老师。男孩子家长几乎是欢呼雀跃地奔走相告，说幼儿园应该配备男老师，培养男孩子的阳刚之气。但是一部分女孩子的家长不愿意。幼儿园嘛，小朋友难免有生活不能自理的时候，他们担心我会趁机对小女孩图谋不轨。于是，他们忧心忡忡，对着我指指戳戳，说要去找园长谈谈，不行就男女分班。

我对这些把人看恶了的宵小向来不屑一顾，继续等将要救我出水深火热的朱莉美老师。幼儿园门口人越来越多，我分不清哪一个是老师哪一个是家长。

但是，我终于看到了我的朱莉美老师。

她有着性感妖娆的翘臀加大长腿，还有闪烁着金光色小麦色泽的皮肤，以及微微嘟起的性感嘴唇。我发誓，只要她能去刑警队作证，还我清白之身，我就会毫不犹豫地爱上她。

我迎着她走上前去。

我的脸上一定洋溢着神圣的光芒，以至于都把她给吓住了，结结巴巴地说：你……你干什么？你挡着我路了。

我说：朱莉美老师，我等您一早晨了。

那些把我当成幼儿园男老师的家长们看着我。很遗憾，我让他们的希望和担忧都鸡飞蛋打一场空。

已经三个多月了，朱莉美显然早就忘记了那个在韩国料理店的夜晚。她迟迟疑疑地看着我，又指指自己的鼻子：我们认识？

我说认识认识，然后我给她讲，那天晚上在韩国料理店，因为我太帅，她凑到我胸前拍了张合影，后来，她男朋友来了，差点把我当调戏良家妇女的瘪三打成肉饼。

她终于想起来了，一本正经地看着我，因为长得漂亮，她严肃起来的样子像是受了惊吓。

我就等她恍然大悟地说是你啊，然后问我是怎么找到她的，找她干什么，我会痛陈那天晚上发生的一切以及我被当成杀妻嫌疑犯的沉痛人生，告诉她，能救我于水深火热的，只有她了。我相信她会答应的，俗话说相由心生，她长这么漂亮，一定有一颗美丽而又善良的心脏。上次她跟警察撒了谎，一定是有误会，也有可能被吓坏了，毕竟，作为社会良民的我们，很少有和警察打交道的机会。

可是，我错了。

她皱着眉头看了我一小会儿就沉下了漂亮的小脸蛋，说：呸！少跟我套磁，想泡妞你找错地方了。

一听我居然是个企图泡他们孩子老师的流氓，刚才还分成支持和反对两个阵营的家长们顿时空前团结，拧成一股绳向我扑来。他们扯我的头发拽我的衣服，高喊着要把我这个人中败类扭送进派出所，交给警察叔叔收拾。幸亏我机智，顺着幼儿园门前的路往上坡跑，非富即贵的家长们大多是酒囊饭袋，在上坡上上跑几十米就气喘吁吁了。我站在大坡顶上大喘着气，冲他们露出了胜利的微笑，然后，怀揣沉重的失望，像丧家犬一样离去。

我告诉陈枢，找到朱莉美了，但她拒绝给我作证。陈枢说他帮不了我。

我说知道，让他帮忙支支招，我这人，在女人跟前怂，没主意。

陈枢说有个8人定律。不管你要找的人多么陌生，辗转过程不超过8个人，目标就可达成。

我听得云里雾里的，已经找到她了，这8人定律还有个毛用？陈枢好像被我的蠢气憋了，说忙着呢，就把电话挂了。

我躺在沙发上，苦思冥想，终于弄明白了他的意思：我们中国是熟人社会，既然朱莉美不理我的茬，那就另辟蹊径，发动人际关系，挖掘到她亲朋好友，从人民内部降服她么。

我把手机通讯录和微信通讯录上的人都过了一遍，锁定了我一大学同学。

据说他姑父很牛逼，虽然我们专业和教育不对口，但毕业后还是把他弄进了教育局。

我同学进教育局后，经常去局长家汇报工作，趁机把局长女儿泡到手了，在他盛大而铺张的婚礼上，陆武非常担心他们两口子生不出孩子来。虽然我觉得在人家婚礼上说这种话不吉利也不厚道，但还是好奇，以为陆武消息灵通，知道一些我不知道的秘密，跟他打听。陆武指着新娘的屁桃君一样的大胖脸说，就这脸盘子，你敢上床吗？就算上了床，想想遗传学，还不得生一群屁桃君啊？我说他歹毒，打了他一拳。

事实证明，人有多大胆地有多大产，我这位同学不仅生出了孩子，还生了俩，仗着他勇敢地和老婆生出俩孩子，现已是教育系统最年轻的副处了。我给他打电话的时候，他家老二才出生三天，是个儿子。他在电话那头大人叫孩子哭，忙得焦头烂额，让我有事在微信上给他留言，等闲下来他回复我。

我就给留了。没过五分钟,他给回了,说:苏猛,你老婆的事我听说了,你想谈个女朋友也合理合法,我也理解,可你不能泡妞泡到我们教育系统来。

同学很坚决,说他是个有原则的人,决不助纣为虐。

我说:你想哪儿去了?我对她真没那意思,要她号码是有事要找她问。

可能因为我总和陆武泡一起玩,同学对我缺乏最起码的信任,打破砂锅问到底地问我找朱莉美到底什么事。我说:让她给我作个证。

同学将信将疑,说:你别骗我啊。

我说:骗你是小狗。我真没骗他,朱莉美虽然漂亮,但我只想证明自己是清白的。

我又把穆晓晨被谋杀那晚,我在韩国料理点的过程讲了一遍,同学终于信了,把朱莉美手机号发给我了。

我赶紧存下来,又试着加她微信。

我多了个心眼,没说自己名字也没说自己是谁,当然,我的名字既不是梁朝伟也不是周润发,说出来她也不知道是谁,但我知道漂亮姑娘大多矜持而又骄傲,通常不会通过陌生好友的申请,所以,发申请添加好友时,我写了我同学的名字:市局某某某的朋友。

果然管用,她通过了,还给我发了个大大的笑脸,说有事等会儿再说,她正忙着照顾小朋友们吃饭。

就凭这句话,我对她的印象就又好了一点,是个认真负责有爱心的好老师,可她为什么要潦草对待我的命运?

等了一会儿,她发来微信说市局某某某副处长她只闻其名,人还真对不上号,让我把他微信推给她。我知道她这是信不过我,把我当扯虎皮做大旗的骗子防着，为了取得她信任，我把同学的微信推给她，问她下班以后干什么。她说回家做饭啊，还能干什么。

我赶紧恭维她，说：想不到你这么漂亮的女孩子还会做饭。

她马上很警惕，说：你见过我？

我说：见过。

她问什么时候。我觉得这时候我要骗她，她可能会永远就不理我了，就老老实实招认了，说今天早晨，在幼儿园门口，因为事关我的命运，我必须和她好好聊聊。

她马上就不理我了，我又给她发微信，发现她把我拉黑了。我知道这将又是一场恶仗，发不了微信我就给她发短信，让她换位思考一下，如果她是我，我是她，就因为我不给她作证，她就一直背负着杀夫嫌疑，被人指指戳戳，得多煎熬？

她拒绝和我感同身受。

我决定拿出当年追穆晓晨的精神，对她锲而不舍。

我早晨晚上在幼儿园门口待着，都成一道风景了。我不吵不闹也不纠缠，就是朱莉美走到哪儿我跟到哪儿，当然我进不了幼儿园也进不了她家小区，幼儿园门卫认识我，轰我走就像轰一只不识趣且蓄谋偷米的鸡。她对他们小区保安说看着点，别让这人进小区，是个犯花痴的神经病。

小区保安尽职尽责地拦着我。我不往里闯，但我知道，朱莉美早晚会崩溃，整天被人盯着，没人身自由，没隐私啊。

有一天，朱莉美从幼儿园出来，往停车场走的时候说：你再这样我报警了啊。

我说：好啊，我找你正好是去警察那儿给我作证的。

朱莉美都快哭了，说：你这人怎么这样？

我也说：是啊，你这人怎么这样？给我作一下证又不亏你的钱也不咬你的肉。

朱莉美看着我，张了张她漂亮的嘴，就钻进了车里。

我百思不得其解，这么漂亮的朱莉美为什么会有一颗冰冷的心？眼睁睁看一个无辜的人承受千夫所指的猜疑和警方的监控，难道她的良心不会疼吗？

我问陈枢。陈枢耸着肩摊手的样子特别欠揍。我突发奇想，说：她是不是结婚了？

陈枢问：你做这个假设有什么意义？

我给他分析，就我这么个死缠烂打法，她都不肯给我作证，只有一个可能，她有顾虑，怕给我作证会牵扯出她的真实行踪，什么样的约会怕别人知道？当然是偷情了！

如果朱莉美结婚了，那天晚上和她见面的，就一定不是她丈夫，否则她就不会对警察撒谎，更不会宁肯忍受我令人崩溃的死缠烂打也不肯给我作证，因为！那天晚上！她跟丈夫撒谎说是跟女朋友看话剧去了！

陈枢频频点头，认为我分析的有一定道理。我让陈枢利用职务之便，在公安网上查查朱莉美的丈夫在什么单位工作。陈枢问我干什么。我说我打算请他喝酒，让他劝劝朱莉美发发慈悲去刑警队给我作证。陈枢悻悻，说我把他当狗腿子差遣。我说就你们这草包德行，也就给我当当狗腿子的料。

第二天早晨，陈枢又来，敲门面，面无表情进来，在沙发上坐定，喝了我一罐冰镇可乐才说，说查了，朱莉美没丈夫。

我很吃惊：没丈夫她为什么不给我作证？

陈枢说：也许她男朋友是已婚的男人。我说：我又没让她男朋友给我作证。

陈枢说：但是，作为辅助证据，她男朋友也是要录口供的，也就是说，朱莉美一旦决定开口，必然要牵扯出她的男朋友，而且这是命案，两人可能都要出庭作证，如果是这样的话，他俩的奸情就大白于天下了。

话说到这里，我内心一片绝望。事情如果真如陈枢所言，那么，让朱莉美出来给我作证，无异于上青天。

44

陆武要结婚了,让我做伴郎。没任何预兆,晚上跑到我家,突然说这事,猝不及防的,就像个有钱的朋友突然跑来说要跟你借钱。我问他准备好了吗?

他说从洛可可说他是她的了那会儿起,他妈就在准备,到现在都准备七年了。我说我问的是你心理上准备好了? 去做一个你不爱的女人的丈夫。

他又说,反正人总是要结婚的。

我说我希望你幸福。

他就恼了,说:你一个男人啰唆起来有完没完? 好像我前女友似的。

我给他拿了瓶冰啤酒。

我俩坐在沙发里默默喝,他说下个月公司就上市了。我说好事,你爸心愿得逞了。他说好好的事,让你一说就邪气了。我说我这人就这样,可能命里有邪气,你看,穆晓晨好好地活着呢,说让人谋杀就让人谋杀了。

自从知道穆晓晨嫁给我是迫于无奈后,我就能心平气和地谈她了,像谈一个关系还不错的老朋友,也没以前那么锥心裂肺了,我觉得自己不吉利,劝陆武,让我做伴郎的事还是慎重考虑一下为好。

陆武表示没什么好考虑的,说:兄弟嘛,我人生路上的大事,不想你缺席。

我点点头,谢他没歧视我。在这世界上,他,陈枢,还有朱莉美,是对我没有歧视的，他们都相信我没杀人，却又各有原因，帮不上我。

陆武说：我爸昨晚又吐血了。

我心里一凛：没去医院？

陆武摇摇头：没用，胃已经切光了，再切就切肠子了。

我胸中突然涌上一阵难过，明白了他为什么又突然跟洛可可求婚：为了你爸？

他说什么？

我说结婚。

陆武抬头，眯着眼睛瞭望着我家窗外，目光茫然，语气笃定：我是他儿子，有责任让他放心，家业没给了外人，在我和我老婆手里。他歪头看我的时候，眼里亮闪闪的，像撒了一把水晶。我知道，陆武虽然没正形，一副什么也不放在心上的样子，但最重感情，譬如对我，像兄长，却又从不给我压力，我知他难过，却不知该怎么安慰，就碰碰他酒瓶子，和他喝酒。

陆武仰头干了瓶中酒，说：拜托你件事吧。我说：你说，别搞这么隆重。

陆武又恢复了吊儿郎当的嘴脸，笑着说：在婚礼上，你领头起起哄，就说洛可可已经怀孕了，笑话笑话我。

我愣，但马上明白了他的用心，觉得还是不妥：怀孕了是要生的，到时候你怎么跟你爸交代？

陆武一脸的嬉笑，就僵住了，好像喉咙里塞了东西，老半天才说：等不到那天了。

45

那个男人我是在陆武的婚礼上看见的。

毕竟是市长千金和本市大财阀儿子的婚礼,场面铺排很大,洛可可用了六个伴娘,相应的,陆武也用了六个伴郎,寓意六六大顺吧。客人来了几十桌,热闹得就像往满是青蛙的池塘里扔了块石头,不扯着脖子说话,根本就听不见。洛可可差点给气哭了,说好好的婚礼,让他们给喊成了暴发户聚会。

因为客人太多,举行完仪式,新郎新娘开始敬酒,酒到第九桌的时候,我发现了那个男人,也就是半年前在韩国料理店为了朱莉美要揍我的男人。

那天我西装革履还做了头发,和半年前那个很丧的我有着质的区别,他没认出我来也正常。陆武很高兴,兴奋过头的样子,喝得有点高,给人敬酒时,都勾肩搭背的,跟平时那个吊儿郎当,见着谁都爱理不理的高冷陆武完全不是一个人。就有人说,陆武这是娶了市长千金给高兴过头了。我觉得这是对陆武的侮辱。因为我了解陆武,他只有在特别沮丧特别难过的时候才会人来疯,表现得和人无限亲近,好像每个人都是他的难兄难弟。

陆武的每一次狂欢,都是长歌当哭。我知道,所以我特别难过,拼了命地挡着不让他喝多,可他还是喝多了。喝多了的陆武说他是全世界最幸福的男人,因为他不仅娶了全世界最漂亮的新娘洛可可,还马上就要喜当爹了。

是的,他知道我是个不善于撒谎的人,尤其不善于在公众场合下撒谎起哄，所以，他不为难我，把自己灌醉以后，把谎也自己撒了。

我看见他撒谎的时候，余光瞟向父亲，一个叱咤我们市财富风云的老人，现在已垂垂老矣，像是没了牙的老虎，坐在轮椅上，不吃不喝地望着儿子微笑。

陆武像发酒疯一样冲过去，从背后扶着轮椅，几乎是趴在他父亲胸前，兴冲冲地说：爸，我！马上就和您一样了，升级成爸爸了。

然后，他看我。

我必须配合他，带着其他伴郎和年轻的宾客们起哄，把他抬起来扔了几个高，整场婚礼，在这时候抵达了它虚假的高潮。

陆武的母亲今天打扮得雍容华贵，她努力绷着高兴的样子，像一朵即将裂开的老菊花，她拉过陆武父亲的手，轻轻地摩挲着，好像在说，怎么样？老东西，你要当爷爷了。

陆武父亲歪着头看着陆武，问了陆武母亲几句什么。陆武母亲就冲我们摆手，示意我们别闹了，我们放下陆武，陆武趔趄着走到她身边，陆武父亲扯着嗓子，拼上全身的力气问：几月生？

陆武攥着拳头晃了晃，说：十月！十月您就当爷爷了。

那是2017年的3月，我的朋友陆武结婚了，我在他的婚礼上发现了朱莉美的情人和他的老婆。

他老婆很漂亮，但说话的表情和举止像个怪胎，总是说着说着就把别人说愣了，然后她一个人大笑不已。她笑起来的样子太难看了，如果我是他，这辈子都不会和她接吻。

她大笑时露出来的牙龈，像摆在超市生鲜柜台上出售的鲜肝，常常会让我产生买把青蒜回来炒一盘喂狗的冲动。

敬完全场，陆武醉了，像煮软的面条，搭在我和另一位伴郎肩上，饶是这样，他还不忘冲前来敬酒的人示威，不许敬洛可可酒。有起哄要敬的，他也不废话，一把夺过酒杯，自己干了，特像一个护老婆爱崽的好老公。洛可可父母很满意。陆武的父亲也很欣慰，甚至落了好几次泪，大概是感慨陆武终于有点成年男人的样子了吧？

陆武和洛可可的新家在一片别墅园里，青灰色的屋顶，让整个别墅区看上去有种低调内敛的肃穆感，身在其中，才能切身体会到这种肃穆是来自于金钱的堆砌。

我们把陆武扶到床上，洛可可站在门口看了一眼，转身走了。好像她是酒店老板娘，陆武只是一个前来消费喝过了头的客人。

陆武吐得一塌糊涂，我到处给他找蜂蜜，洛可可冷眼看着我，说：你认为蜂蜜真能解酒吗？

我说民间传说是这样。

洛可可一脸不置可否的笑，说民间传说你也信。她说这句话时，眼神冰冷，透着不屑，让我再一次替陆武捏把汗，她再也不是那个发誓要把陆武拿下的洛可可了。

她不仅不爱，甚至憎恶他。那么，已经憎恶陆武的她为什么会答应他的求婚呢？我想，不会是为了成全陆武的孝心吧？

她坐在沙发扶手上看着我的样子，好像在问你什么时候走？

我不放心陆武，说他醉得实在是太厉害了。洛可可说他醉了又不是一天了，说着，从水龙头上接了一杯白水递给我，说家政阿姨没上班，她也不知道家里有没有蜂蜜，就算有，她也不知道在哪里。我怕醉了的陆武喝生自来水身体受不了，问她在哪儿烧水。洛可可说她怎么知道。她说这句话的时候，就像身居皇宫的公主说我怎么知道钱是个什么样子，因为她根本就不需要亲自花钱去买什么。

见我端着水，迟迟不肯给陆武喝，她才翻箱倒柜地找出一只牛奶锅，接了水，放在灶台上，问我怎么烧。我过去，把牛奶锅放在灶眼上，点着煤气灶，看着水烧开，用两只杯子轮换着倒冷了，端去给陆武。

她一直在旁边冷冷看着，好像在看两个她并不喜欢的亲戚却要寄居在她家里做着她不喜欢的事，见我不时瞟她一眼，就自言自语似的说，不是她不想照顾陆武，是她在家从没做过这些。

我想说那以后你们怎么生活，又觉得自己杞人忧天，有权的父亲和有钱的自己，足以让她不必自己张罗生活中的琐碎。

第二天，我给陆武电话，问他起床没有，陆武说废话，他都在公司上班了，我意外他们没出去度蜜月，陆武说抬头不见低头见了七年了，还蜜什么蜜？问我找他什么事。

我说我想看看昨天婚礼现场的录像。

陆武说婚庆公司正后期加工呢，让我等几天。我说不看加工剪辑过的，看毛片。陆武说什么话？好像我在婚礼现场演了三级片似的！说忙着呢，让我等两天。我怕婚庆公司把原片剪残了，让他跟婚庆公司打声招呼，先给我拷贝一份原片。

陆武这才觉出来我不是无缘无故跟他要原片，问怎么了？

我说我找个人，怕给修没了。

陆武问找谁。我说朱莉美的情人。陆武就笑，说你小子，争风吃醋啊？怎么？打算约人干一架？

他以为朱莉美是我的新晋女友，我意外发现了她的劈腿对象。我忙解释，说不是，朱莉美是我的关键证人，证明那天晚上我没在家，不可能杀穆晓晨。

陆武让我晚上去他家，我不想见洛可可，虽然她现在对我也和颜悦色，可和她在一起，还是别扭，大概这就是人们所说的气场问题，气场不合，就算端给你满面笑容，你也能看见她内心的冰冷。

我说这事暂时别让太多人知道。

陆武说行，晚上他过来找我。

我准备了酒和海鲜，等陆武来了，我搬出电脑，放在茶几上，和陆武一边看一边喝酒，看到第酒桌的那个男人时，我按了暂停，指问他认不认识。

陆武凑近了看看，说还真不认识，可能是洛可可那边的亲戚朋友，问我想怎么弄。

我想，其实，就算找到这个人，我也不能怎么着他，他一样可以矢口否认那天晚上没和朱莉美在一起，更没去那家韩国料理店。我唯一能做的，就是知道他的姓名电话和职业，然后跟踪他，捉到他和朱莉美的奸，要挟他和朱莉美给我作证。

陆武说：这事有点不他妈地道，你说人家偷人，又没偷到你床上，干你什么事了？

我说：关系我名声！我说，你跟洛可可打听打听这个人，但不能告诉她为什么。陆武说其实你也没必要对洛可可那么深成见，她这个人，就是打小被宠坏了，说话做事从不考虑别人的感受，因为从来没有人对她说不，造成了她认为自己见识就是卓越的错误自我认知，她苦日子在后头呢。

我说何以见得。

陆武说除非她爸永远当市长，显然这不可能，否则，早晚有一天她会尝到人走茶凉的滋味，到时候，希望她不会抑郁。

我说陆武你忘了，中国有老话说有钱能使鬼推磨，只要钱足够多，就可以把权当小鬼使，就算洛市长下台了，洛可可手里还有钱，所以，这婚她和你结得值。

陆武不以为然，说洛可可有巨大的缺点，但也不是一点优点没有，这不，因为陆武跟胃癌晚期的父亲撒谎她怀孕了，她一面积极配合陆武做怀孕的努力一面到处搜罗全世界最顶尖的治疗胃癌的医疗技术，希望奇迹出现，陆武的父亲能在去世前亲手抱一抱他的小孙子。

陆武说为了备孕，洛可可天天吃各种营养保健品，做完爱都要在床上拿半个小时的大顶，这让陆武很感动，所以，也希望作为哥们的我，能放下对洛可可的成见。

我说我努力。

陆武了解我，每当我说努力的时候，都是知道自己做不到，又不想让别人失望。我必须承认我是个小肚鸡肠的人，做不到彻底原谅一个当众给我难堪，像撵一只闯进富丽堂皇殿堂的流浪狗一样把我从公司撵出去的女人。

送走陆武，我歪在沙发上把剩下的两瓶啤酒喝完，边喝边想人这种操蛋动物，滑稽，市侩，喜欢看人下菜碟，这一点，连我的好哥们陆武都脱不了俗，比如说，如果是一穷街陋巷里长大的姑娘，嫁给了陆武，为了给陆武生孩子，天天吃保健品，把脑袋矗在床上拿半个小时的大顶，陆武会感动吗？

肯定不会，说不准还会认为这灰姑娘心机深，想用孩子套牢他这多金的浪子。

可想给他生孩子的是洛可可，就不一样了，她是市长千金。

现在，陆武被垂危的父亲绑架，被洛可可的表演蒙蔽，如果我还觉得自己是个平庸的好人，就应该老老实实闭上嘴，在心里默默为朋友祈福，但是我做不到。

那段时间的陆武，被父亲的病痛牵累、被洛可可兢兢业业地追求怀孕所感动，特别爱哭，头脑昏庸且鼠目寸光，而我，像只机警的鹰，虎视眈眈着他危机四伏的人生。因此，洛可可特讨厌我，有时，我去公司，说陆武让我把这个月的会计台账拿给他看。她很不情愿，说财务报表是公司的商业机密，不能交给外人看。

我说陆武让我来拿的。

她给陆武打电话。

陆武知道我意思，就嗯嗯啊啊地说，在家陪父亲，闲着没事，想扫两眼。

洛可可就噘嘴，让会计把台账拿给我。

我拿去给陆武看，陆武有点不悦，觉得我狗拿耗子，说：我们已经结婚了，苏猛，你这是干什么？

嫌我打着他的幌子去要财务台账，他在电话里没戳穿我，已算给我留很大面子了。

这让我很难过，第一次觉得自己在陆武的生命中有些多余，意兴阑珊里，有些伤感，就没再追着他问朱莉美情人的事。

过了几天，陆武主动给我打电话，说朱莉美的情人叫何建军，今年33岁，是发改委的一副处长。又把他电话和家庭住址给了我，让我别玩什么跟踪捉奸了，让洛可可打电话说声，让他说服朱莉美给我把这证作了。

吓了我一跳，以为他告诉洛可可了。

陆武说没有。我不信。我说：没告诉她你怎么打听这么仔细的？

陆武说他爸喊他了，等会儿再说。

陆武父亲最近状态不好，陆武他定了高档病房，但他不愿意待在医院，说医院有死人味，吵着回家。陆武没办法，把家里的一个房间改造成病房，装上了各种急救设备，还专门聘请了家庭医生和护士，24小时守着他爸。

日益衰弱的父亲让那段时间的陆武无比脆弱，甚至自责，他相信父亲胃癌真的和他前些年的不着调有直接联系，他后悔父亲健康的时候，没陪他多说话，没陪他出去旅行。和我说这些的陆武，有气无力，甚至说着说着，眼泪就掉下来，他想尽一切能想到的办法，弥补对父亲的愧疚。可他内心的空洞还是越来越大，这个不断扩大着的空洞，警醒了他，生命是有边界的，而人在生命的边界，是如此的无助。就像他，作为儿子，纵使有钱，纵使有门路，纵使浑身上下都是力气，又有什么用呢？他无法阻挡死神一步步把父亲带离他的世界。对父亲的愧疚和无助，像只勤劳的小兽，日夜啃噬着陆武的心，让他一天天脆弱，再也不是那个风流倜傥、把酒仗剑走天涯的陆武了。突然发现的良心，让他变得像旧式家庭的愚孝长子，守在父亲的病床边，言听计从，甚至有些老莱子彩衣娱亲的滑稽感。

也正是因为自觉亏欠了父亲的，所以，洛可可为了怀孕，每天晚上在床上拿半个小时的大顶让他很感动，并稀里糊涂地把这份感动当成了爱情。

我觉得有个隔了薄薄一层纸的真相，不忍心戳穿，那就是，暂时扮演一个不是她的自己，对洛可可来说，是牺牲，而她之所以愿意做出牺牲，是为了获得更多的签字权，因为陆家洛基因生物工程公司已经和一家摇摇欲坠的上市公司谈好了借壳，剩下的，就是盘点资产，签署文件了。可陆武，因为父亲病重，心思根本不在这上面，有时，洛可可拿来文件，他看都不看就签字，再或者大手一挥，说你签不就得了。

在这方面，洛可可的任劳任怨，让我很不安。我和陈枢说起这个，陈枢就笑我真是皇帝不急急了太监。我很生气，说陈枢这样的人，活该没个说话的朋友，好容易混上个女朋友，都在千万里之外，下班没地方去，只能和我这个犯罪嫌疑人泡一块。

关于朱莉美情人的事，我没敢跟他说，因为知道他是个称职的好警察，一旦知道了风吹草动，一定会和刑警队的老同事说，他们要动起手来，比我快，还比我有办法，但办案子对他们来说，是工作，可我不一样，这个案子是我的清白，甚至是我的命运，我会像个输红了眼的赌徒追求回本一样兢兢业业守在这个案子上，虽然没有他们专业，但是我有态度。

有个伟大的人说过：态度决定一切。我忘记这个人是谁了。

46

陆武来我家找我，再三强调没把打听何建军底细的原因告诉洛可可。我看着他，不说话。他明白我这样看他是表示不信任，就又强调，说何建军是洛可可姥姥家的亲戚，洛可可和他不熟，他是从洛可可妈嘴里打听出来的。

以什么理由开口的？我还是不动声色。

陆武虽然有点不耐烦，但还是回答了我，说他特意在岳母面前播放结婚那天的视频，然后指着何建军说看这人眼熟，很像他一大学同学。洛可可妈就说怎么可能，这是她娘家远房亲戚何建军，在南京读的农业大学，和我们的大学根本风马牛不相及。

就这样聊起来的？

陆武说：你爱信不信。

知道他懒得多解释了，就没再逼他。

之后的日子，我早出晚归，完全像个专业侦探，兢兢业业地跟踪何建军，甚至，有好几次，被何建军发现了，我装模作样地和他打招呼，说：真巧啊，在这里遇上了。

何建军愣愣的，完全想不起来在哪里见过我的样子，我就说：洛可可，我是洛可可老公的同学，我们在他们婚礼上见过。

何建军就恍然大悟，热情地和我握手，有一次还请我喝了咖啡。期间他老婆打来电话，他说：真巧，碰到陆武的大学同学了，一起喝杯咖啡，要不，你也过来？

他老婆真过来了，我才知道她叫苏小妮。但我确定，她之所以赶过来喝咖啡，完全不是因为他们家和洛可可家的亲戚情义，而是来核实何建军到底是不是真的在和一个男人喝咖啡。由此可见，她对何建军的花心，还是有些知晓的。但我不戳破，使劲恭维她这么漂亮这么有气质，何建军娶了她，真是有福。一口气把她恭维得飘飘然，睥睨着何建军问他听见了没。

何建军一脸好脾气，说听见了。苏小妮很受用，又提出到饭点了，非要请我吃饭。

我们就去吃了外婆家。

苏小妮点了很多菜，还恩准何建军可以喝酒，她负责开车。

我和何建军把酒言欢，心里想的却是怎么把他和朱莉美捉奸在床，逼朱莉美去刑警队给我作证。人家好酒好菜地请我吃了，我还有这么阴险的想法，让我觉得自己很不是东西，抢着去结账，但苏小妮指挥有方，我没抢成，还差点和何建军打起来。

拿人家手软吃人家嘴短，因为苏小妮请我吃了饭，我好几天没去跟踪何建军。直到有一天陈枢又说我是犯罪嫌疑人，我觉得这事还是得办。

就又去了，但改了策略，跟踪朱莉美。我天生是个笨人，小时候和小伙伴们玩捉迷藏，从来没赢过，所以，有一次在下班路上，被朱莉美发现了，她开着车子左右挪腾，像兔子在旷野里东奔西跑着要甩掉紧追不放的狼，但我车技高超，对付她这种笨手笨脚的女司机完全不在话下，她没辙了，停车去逛商场，我索性像保镖一样光明正大地跟着她，她快给气哭了，问我到底要怎么样？我说我要你给我作证。她拿出手机要报警，说我性骚扰。

我站在离她有一米半的地方，招呼身边的人给我作个证，就我俩这个距离，我想性骚扰她，得长刘备那么长的胳膊，我那么讨厌刘备，怎么可能长他那么长的胳膊？大家七嘴八舌地给我作证，说现在上网约个小姐那么简单，谁还在大庭广众之下性骚扰？除非变态，但我看上去很正常。

朱莉美说你们知道什么？气哼哼走了。

我光明正大地跟到她小区门口，但，我不是小区居民，车子进不了小区。看着我被横栏拦下，她降下车窗，冲我做了个鄙视的手势，兴高采烈地甩掉了我。

我不想这么认输，找个隐蔽的地方把车停下来，若无其事地跟在一个买菜回家的主妇身后进了小区，找到朱莉美住的那栋楼，又跟着她的邻居浑水摸鱼进了单元，上了电梯，然后，我站在朱莉美家门口，想到底要不要敲门，如果我敲了门，会出现什么局面。

朱莉美家大门隔音不好，隔着门，我能听见她没好气地摔打东西的声音，还有，她在尖着嗓子跟谁说话：我说了嘛，他都跟到小区门口了，我不管！我报警！

没人回应她。我想她是在打电话。

过了一会儿她又说：我报警就说他跟踪我不就行了？什么？他没拿刀逼着我就不算犯法？警察凭什么不管？我觉得我的人身安全受到威胁，我的隐私遭到侵犯！

我在门外听着，咧嘴偷笑，有点幸灾乐祸，长这么大，我第一次把女人逼到气急败坏的地步。

朱莉美又说：作证就作证！有什么好怕的？大不了你和苏小妮离婚，她是我闺蜜怎么了？谁家法律规定闺蜜的老公不能偷？

我悔地拍着大腿，肠子都青了，如果我有先见之明，提前拿出

231

手机，录下这段话，该是多好的证据啊，原来，朱莉美不仅偷了别人老公，偷的还是闺蜜的老公！性质不是一般恶劣，这要闹起来，对苏小妮来说，简直就是可以杀命的大辱啊！怪不得作个证就把这对狗男女吓成这样。

我怕再错过别的精彩，忙拿手机，打开录音，她却不说了。

我猜是挂断电话了。

我退到安全通道，坐在楼梯上，犹豫是不是继续蹲守，有人一身健身打扮，气喘吁吁地从楼下跑上来，从我身边掠过，十几分钟后又从我身边跑下楼，回头狐疑地看了我一眼：你住这儿？

我胡乱点点头，指了指朱莉美家的方向。他哦了一声，问：朱老师男朋友？我又胡乱啊啊了两声。

得到答案，那人放心地跑下去了。

这人认识朱莉美，我怕节外生枝，就走了。刚出楼，就看见何建军匆匆忙忙来了，我忙闪到儿童活动乐园的滑梯后面，掏出手机，拍了几张照片，何建军进了单元门。我想跟进去，但单元门关上了，我没门禁卡，进不去，等了五分钟，也没人进单元，估计何建军已经上楼进朱莉美家了，跟进去也拍不到啥，就回家了。

回家后，我苦思冥想，决定恐吓朱莉美。

上次和苏小妮见面，因为被我恭维得开心，她主动加了我的微信。

我决定学习微信骗子的伎俩，充分利用苏小妮的微信。

首先，我用自己的另一个手机号注册了一个微信，拷贝下苏小妮的头像，把新微信昵称改成苏小妮，又上网下载软件，炮制出了完全可以以假乱真的聊天记录。

我把这聊天记录截屏，用彩信的方式发给朱莉美。然后又给她发了个短信：朱莉美，真想不到，你居然会偷闺蜜的老公，我不仅是苏小妮的朋友，还掌握了你跟何建军勾搭成奸的证据，如果你不去刑警队给我作证，我就把你给何建军打电话的录音还有何建军刚才去你家的照片全都发给苏小妮！

发完短信，我倒了杯酒，胸有成竹地等朱莉美和何建军这对狗男女屁滚尿流地向我投降。

过了二十分钟，我手机响了，是朱莉美。我从容不迫地在脸上码了个胜利的表情，款款拿起手机，慢条斯理接听：喂，朱老师，您……

我充满讽刺的寒暄还没收梢，就被朱莉美劈头盖脸的骂给打断了：苏猛！你这个变态的王八蛋，活该你老婆被杀！这是报应！我告诉你，我不仅不会去给你作证，还祈祷那个凶手回来连你一起杀了，不！不是杀，是把你千刀万剐。

骂人不是我的长项，而且我这人特不扛骂，一挨骂我脑子就短路，至少要半个小时以后才会猛然醒悟怎么没这么骂回去？然后捶胸顿足，为没当场快意恩仇而懊恼不已！朱莉美的骂，像狂风暴雨，劈头盖脸地袭来，把我骂成了落汤在暴雨中的呆鸡，我结结巴巴地说：朱莉美，你……你不给我作证就不给我作证，你干嘛这么歹毒？

朱莉美说：我不是你老婆，我这样活我愿意，你操哪门子太监心？！

我稍微缓过来一点，说：朱莉美，你爱让谁操让谁操，干我屁事！我他妈就吓唬吓唬你，让你去给我作证，我怎么就成太监了？你试过啊？！

电话里的朱莉美愣住了，说：你没给苏小妮打电话？

我说：我他妈除了加了她的微信连她电话号码是多少都不知道。

233

朱莉美一下子哭了，说完了完了，刚才苏小妮给何建军打电话，把他骂了一顿，骂他混账王八蛋、无耻流氓加骗子，让他等着，她马上过来扒他的画皮。

我这才明白，何建军来朱莉美家，一定是跟苏小妮撒谎去了别的地方，可苏小妮不知怎么就晓得了他在朱莉美家，像所有怀疑老公偷了闺蜜即将捉奸在床的妇女一样，苏小妮在电话里就撒了泼，气势汹汹要来捉奸。而我刚好给朱莉美发了彩信，拿我和苏小妮有联系吓唬她和何建军，于是，朱莉美笃定是我跟苏小妮告了她和何建军的密，打来电话把我一顿臭骂。顿时，我满脑子都是黄泥掉进裤裆里，不是屎也是屎的懊恼，恨不能从脑门到脚后跟全是嘴巴，把自己摘把清楚了。

可是，因为我骗朱莉美的方式太逼真，想解释清楚，就必须赶到现场，让他们看看我的两部手机和两个微信，我发给她的彩信聊天记录里的苏小妮不是真苏小妮。

我不能被警察定性为杀人嫌疑犯了，再被朱莉美定性为龌龊的告密者，我给朱莉美说，事情不是她以为的那样，请她给我半个小时的时间，我去当面讲清楚。

朱莉美几乎要哭了，说解释个屁，再有半个小时，苏小妮也就到了。我说何建军呢？朱莉美说还在呢，苏小妮说了，跑也没用，已经给他手机定位了。

我恍然大悟，明白了怎么回事，苏小妮在何建军手机里做了手脚，偷偷做了手机定位，而朱莉美喊他过来，他肯定撒了谎才出的门，结果，被苏小妮从手机定位上发现了破绽。

俗话说，自古奸情出人命，这事马虎不得。

我突然害怕，我只是想让朱莉美和何建军给我作个证而已，可不想把他们害死，万一苏小妮找过去，受不了打击，走极端和他们拼了，拼出人命来，我罪过岂不是更大了？在这世界上，再也没有比人命更沉重的东西了，背驮磨盘的沉重一生，我可不想过。

我边打电话边往外跑。我告诉朱莉美，既然有手机定位，何建军现在跑也没用了，但是，还是要把他打发出去，让他出去买酒，就说他出门办事的路上遇到了我，而我正在追朱莉美，知道苏小妮和朱莉美是闺蜜后，约他一起去朱莉美家喝一杯，等到了才发现朱莉美家没酒，他为了给我和朱莉美制造单独在一起的空间，主动出去买酒了，如果苏小妮来了，我还没到，就说我和他一起出去买酒了，如果我先到，苏小妮后到，就按我前面的剧本来。

朱莉美哇地就哭出了声，说：苏猛，你一定是上帝派来的。

我想起了我在门外的时候，朱莉美在房间里给何建军打电话，一副爱情女英雄的嘴脸，可真遇到情况，两人都怂了。这说明什么？根本不是真爱！完全是狗男女的风花雪月，花前月下怎么浪都行，却一点风险都不能承担。

何建军不想承担出轨丈夫的坏名声。朱莉美承担不了偷闺蜜老公的坏名声，女人在乎这个，不是女人更看重名节，而是一旦这事传出去，女朋友们都会对她敬而远之，因为她有偷吃窝边草的嗜好。被女朋友偷了老公，就像被证明自己不如隔壁王大妈有魅力，这是女人最不能接受的失败，为此拿刀砍人都会得到谅解，因为她遭受了爱情和友情的双重绞杀，相当于重度人生破产。

后来，朱莉美告诉我，当何建军知道我就是那个杀妻嫌疑犯，正为了让他们给我作证而绞尽脑汁地跟踪他和朱莉美，还混到了让苏小妮请我吃饭的分上，就恨不得亲手宰了我，再剁烂去喂狗，可当他听朱莉美满脸都是仇恨的泪却感激涕零地跟他复述了我的筹划后，手里的菜刀咣当就掉在了地上。

原本，他是打算和我拼命的。

听完我给朱莉美出的主意，他觉得婚姻还有救，甚至说等事了之后，要好好请我吃一顿。

没等朱莉美挂上电话，他就拿起手包滚到街上假装买酒去了。

47

从家飙到朱莉美家，我只用了十五分钟，闯了四个红灯，足够我的驾照吊销两次了。虽然心急如焚，但我还在盘算，不能便宜了何建军这小子，闯红灯这事，他得给我处理好了，要不然，我按时和苏小妮聊聊天就够他心惊胆战一阵的。

我气喘吁吁闯进朱莉美家，朱莉美迎头盖脸就塞给我一个巨大的拥抱。仓皇中我以为苏小妮已经到了，需要我配合作戏，忙说宝贝我转了一圈有没找到卖酒的商店，让建军找去了。

朱莉美擦着眼泪说谢谢你，谢谢你及时赶到。

我才知道苏小妮还没到，忙推着朱莉美去补补妆，要不然，她顶着一张哭花的脸，苏小妮肯定得看出破绽。

朱莉美跟我解释说，穆晓晨被谋杀的那天晚上，何建军跟苏小妮撒谎回家看父母了，如果他出来给我作证，谎言就会不攻自破。我忿忿，说那就眼睁睁看着我一个好人被冤枉成杀人犯？朱莉美说我们又不认识你！

意思是因为不认识我，对我没感情，就没有责任和义务。就像看文艺作品，戏里的主角们一旦死了，我们会很难过，虽然我们知道是杜撰的，可我们对主角们倾注了感情，所以就会被他们的一举一动牵动着心，可如果主角们因为什么原因弄死了一个从来没在情节中出现的陌生人，我们却全然无感，因为我们对这陌生人没感情啊，就像当年刘备逃难到猎户刘安家，刘安出去打猎招待刘备，却什么也没打着，就回家把老婆杀了煮给刘备吃。刘备问什么肉，刘安说是狼肉。刘备饱餐一顿，估计是吃多了撑得慌，出去溜达，溜达到厨房，才发现刘安是把老婆杀给他吃了，后来，刘备投奔曹操，跟曹操说这事，曹操还派人给刘安送了一百两金子，这典故我想起来一次就愤怒一次，我们会觉得刘安老婆好可怜，含辛茹苦持家过日子，兢兢业业地陪睡给养孩子，在刘安看来也只是块可以端到桌上给人吃的肉而已，事后，想起这个典故我会不寒而栗，为刘安老婆不值，但沉浸在故事里的时候，我们根本就没觉得刘安刘备曹操一干人等可恶，就因为在前面的故事中，刘安老婆没参与过，我们对她完全没有感情的寄托，她的生生死死，完全牵动不了我们的情绪。

半年前，我在朱莉美和何建军的眼里，还不如三国演义里刘安的老婆。

刘安的老婆至少还相当于一块可以讨好别人的狼肉，一定要把我说成狼肉的话，那我也是一块瘟狼肉，一旦黏上，可能会带来灾难性后果，所以，他们躲着我。

我说就算你们不给我作证，露马脚也是早晚的事！难道他父母不会在苏小妮面前说漏吗？朱莉美说不会，苏小妮和公婆关系不好，从不去看他们，也不打电话，每次回去看父母，都是何建军自己，因为回去得勤，苏小妮很生气，觉得何建军对父母比对她好，其实何建军所谓的回父母家，十次有九次是来了朱莉美这里。穆晓晨被谋杀那天晚上，因为要和她约会，何建军又跟苏小妮撒谎说父母让他回家吃饭，苏小妮很不爽，找各种理由让他脱不了身。朱莉美在料理店等了一个半小时，等恼了，打电话把他凶了一顿，又偎在我胸前自拍了照片从微信上发过去刺激他，何建军千辛万苦脱了身。苏小妮自己在家无聊，何建军前脚出门她后脚就发微信约朱莉美去做头发。自恃艺高胆大的朱莉美，就跟苏小妮说在和女朋友看话剧呢。那天下班前确实有女朋友约她去看话剧来着，她惦记着何建军，拒了。

毕竟做贼心虚，加上何建军也说过，女人直觉很吓人，苏小妮有点怀疑他们关系。所以，为了防止苏小妮日后跟她旁敲侧击着求证，跟何建军约会完了，朱莉美就去跟女友要来了当晚的话剧票根，又和女友编好了万一有人来就说两人一起去的谎言。

等何建军和苏小妮的时候，朱莉美絮絮叨叨地讲了当初不给我作证的原因，我听得咋舌，说你们这情偷得，都可以去拍惊险片了。

正说着，门铃响了，也不知道是苏小妮还是何建军。朱莉美怯怯地看看我，不敢去开门，摸着自己的脸小声说万一她扑上来就抓我的脸呢？

我说：怎么可能？有我呢。

我是男人，应该有点担当，就起身去开门，是苏小妮，并没有朱莉美想象中的气势汹汹，还和颜悦色的，抱着一捧鲜花，说顺路，上来看看。

这让我怀疑苏小妮凶神恶煞给何建军打电话，是不是朱莉美精心编制的谎言，目的是给我下套。我后背开始冒冷汗，回头看看朱莉美，说：莉美，你过来。

看见我，苏小妮显然很意外，说：你怎么也在？

这时，朱莉美带着一脸不自在的假笑凑过来，说：小妮，什么风把你吹过来了？

苏小妮从我们两人面前挤进了客厅，四处打量着，好像要找个地方放鲜花，我忙接过来，说，让她坐，说完，用男主人的口吻招呼朱莉美找个花瓶过来。朱莉美这个胆小如鼠的家伙，居然惊慌失措到一口气摔了俩花瓶,我忙把她推沙发上坐下,说真是祖宗,还是我来吧。

苏小妮坐在沙发上看着我们,好像在看一场精致的表演。我冲她笑笑,说:我才知道你俩是闺蜜,对了,建军买酒去了,一会儿回来。

苏小妮依然满眼戒备,说:你俩怎么凑一起了?

我把编给朱莉美的瞎话又说了一遍。苏小妮说真巧的时候,表情已经放松了好多,然后嗔怪朱莉美,说:真是的,有男朋友了也不吱一声,我还到处托人给你物色男人呢。

我忙说:别,免了,莉美有我一个就够了。

我一贫,气氛就缓和了好多。

朱莉美也放松了好多,拿起她带来的花,嗅了嗅,说:这世界可真够小的,勾勾连连都认识。

我们坐在那儿,开始杂七杂八地瞎扯,苏小妮突然变得妙语连珠,问我俩怎么认识的,谈多久了,想什么时候结婚等等的。我顺嘴说看话剧认识的,我们座位挨着,她笑起来太不节约了,影响我观剧,就跟她吵了一顿,也算不打不相识吧。

我说这些的时候,朱莉美用敬仰的眼神看着我,像粉丝看着偶像,这是一种很让男性受用的女性目光,也很有爱情的味道。

我的谎言完全征服了苏小妮。她已不再关心我俩的爱情大计,一边看手机上的时间一边嘟哝何建军怎么出去这么久?

我突然觉得苏小妮可怜,明明是来捉奸,还抱了一束花,这说明,她更愿意把这场兴师动众的捉奸搞成一次意外偶遇,给这对狗男女敲敲警钟,不要太过分。

其实,在捉奸这件事上,男人和女人是不一样的,爱对男人来说，就是霸占，爱一个女人就要独占一个女人，一旦知道女人劈腿，男人会怒火中烧，捉奸是怀着毁灭整个世界的怒火去的，可女人不，捉奸对大多数女人来说，是个态度，让你知道我知道了，我很失望我很生气我很伤心，你最好心照不宣给我滚回家过日子，别逼我撕破脸。

老公和闺蜜偷情虽然足够义愤填膺，但苏小妮并没做好破釜沉舟的准备。

时间一分一秒地过去，何建军还没回来，我担心这货怂了，半道溜了，要这样的话，我们绸缪并演出了半晚上的谎言就会不攻自破，但这对我并没什么危险，只是他俩这谎，貌似就没法圆了，我自言自语地说：建军怎么还没回来？

朱莉美大约有和我一样的担心，也流露出了坐立不安。其实，就现在的气氛，何建军拎着两瓶葡萄酒回来，啥事也不会有，只会气氛欢乐。可如果他趁机溜了，苏小妮可能就要和跟我和朱莉美说道说道了。

苏小妮拿出手机看看，说：没事呢，在酒行。

朱莉美凑过去看了一眼，果然，看见何建军和苏小妮的微信头像在一份地图上，就心有余悸地看了我一眼，打趣说：呦，看得够严的。

苏小妮一副我家钥匙在我手里的地主婆嘴脸说：男人嘛，动物性太强，不看严点，不知什么时候作出点祸来就够你收拾一辈子的。

朱莉美悄悄冲我吐了一下舌头，被苏小妮看在眼里，不以为然地说：小苏，当着你面，有些话我也得跟莉美说，等结了婚你就知道了，别以为混账的都是别人家的老公，这世上唯一的好男人让你给嫁了，在别的女人眼里，小苏也是别人家混账老公，只要是男人，就没一个好东西。

我忙做一本正经状：您放心，我绝对服从莉美管理。

朱莉美撒娇似的哼了一声：敢不服从试试。

苏小妮又拿起手机看了看，有点不悦了，说：何建军真能磨蹭，买瓶酒跟让他现酿似的！说着，苏小妮拨他手机，何建军没接。我隐约觉得不对，要下楼找找看。苏小妮要和我一起，说她有手机定位，找起来更方便。我找不到合适的理由回绝，只好答应了。

有苏小妮的手机导航，我们很快就找到了酒行。

何建军并没在酒行。

48

酒行老板六十多岁，有点耳背，他说话的时候脸对着人，说完就歪头把耳朵冲人，好像落枕了。他说是有个男的来买酒，买完就走了，至于往哪个方向去，他没留意。

苏小妮急了，带着哭腔说，一共就五百米不到的路，半个小时爬也爬回去了，肯定出事了。我让她别急，一个大男人，能出什么事？

酒行老板说店里装着监控，马上调给我们看。

监控只能拍到门口。何建军八点五分进来，很仓皇，好像被人追着一样，我猜大概是知道苏小妮一会儿来了，心里惶恐。

何建军进来之前，还有两个年轻男子在店里晃来晃去地看酒，何建军买酒的时候，他们瞥了一眼何建军手里的包，相互丢了个眼色就出去了。

何建军一手拎着酒，一手拿手机看着，低头出门。

在大门口，忽然，何建军就像被人猛拽了一把似的，不见了。

苏小妮尖叫着，说：这怎么回事？

我让酒行老板把视频倒回来，又看了两遍，可以确定的是，何建军确实被人拽走了！

苏小妮又拨他手机号，然后，我们听见何建军的手机铃声，从酒行外面传来。

49

何建军的手机躺酒行门外,在往右两步远的黑影里,一闪一闪地亮着,屏幕碎得像蜘蛛网。

苏小妮挂断电话,捡起何建军的手机站起来,四处张望着尖叫:何建军!

周遭一片寂静,偶尔的夜车呼啸而过。

苏小妮东张西望地喊着何建军,让这个夜晚有了电影镜头一样的荒诞感。

苏小妮喊着何建军名字的样子,凄惶极了,可怜极了。朱莉美望着她的背影,突然落下了懊悔的眼泪,小声和我说,找到何建军就和他分手,把他还给苏小妮。

我们在酒行后面的废弃汽车修理厂找到了何建军,他坐在半截废弃的红砖墙下,佝偻着身子,两手拢在胸前,好像抱着什么东西,一动不敢动,好像一动就会死去。

是朱莉美先发现他的,她擎着手指,尖叫:何建军!

我们顺着她的手指,看见了坐在墙根下的何建军,远远的,我们惊喜地喊他的名字,问他怎么坐在这里?

他两眼空洞无光,直直地看着我们来的方向,随着我们的喊声,他的嘴微微地一张一张地,却发不出声音。

涕泪交加模糊了苏小妮的视线,她踉跄着向何建军扑去。

何建军的嘴巴张得更大了,看着我们来的方向,像溺水的孩子,终于看见有人来救他,眼睛里涣散出求生的光芒。

苏小妮在奔向何建军的路上摔了一跤,她爬起来的时候,尖叫了一声,说扑了两手泥。我奇怪,大大的月亮挂在天上,哪儿来的泥?

我喊住苏小妮,凑上去,才发现,不是泥,是血,是何建军的血流到了地上,我回头冲朱莉美喊快打120!

朱莉美凑近了一看,一下子哭出了声。

其实,何建军不是坐在墙根上,而是被人用碎了的葡萄酒瓶子扎了墙根上,破碎的葡萄酒瓶子像狼牙一样啃进了何建军的胸口,他一动也不敢动地窝在那儿,用求救的眼神看着我们,面色苍白,气若游丝地说:谢天谢地,你们终于来了。

苏小妮坐在他身边,看着他,像母亲看着受难的孩子一样看着他哭。我的心脏被她弄得湿漉漉的,想起了穆晓晨,想起我把自己洗干干净净地想跟她和好,她却脸朝下趴在地毯上,脸白得像一张纸。

是的,现在的何建军也面白如纸。我知道不好,但不敢让他知道,我希望奇迹出现,希望盲目而强烈的求生欲望能让他支撑到急救车赶来。

我一点也不想问他为什么会变成这样,也不让苏小妮和朱莉美问,以便让他节省点力气。我暗暗发誓,只要何建军能活下来,我就不缠着他和朱莉美了,当一辈子犯罪嫌疑人就当一辈子吧,但别再往我身上搭人命了,我不想活得十恶不赦。

我不停地祈祷着。

何建军歪头看看我,目光落在苏小妮身上。

他目光掠过朱莉美的时候,面无表情,好像不认识她,或者根本就没看见她,只有停留在苏小妮脸上时,稍稍有了点表情,是愧疚,他想冲她笑,冲她点头,但好像很吃力,头几乎不是点下去的,是垂下去的，再抬起来时，仿佛费尽了全身的力气，他不敢再点了，僵僵地看着苏小妮，让笑意凝固在脸上，愧疚像无法控制的水银，没完没了地从他眼里倾泻出来。

苏小妮被他这个表情弄得很崩溃，向前去握他的手。我还没来得及喊别，何建军的手就从胸口挪开了，握住了苏小妮沾满了血和污泥的手，她抽泣着说：建军对不起，我不该总是和你吵嘴，不该总是和你父母比较，等你好了，咱每个周末都去你妈家。

何建军嘴一歪，眼泪就滚了下来，他气若游丝地说：你要早这么说该多好，你要早这么说什么都不会发生。

他说的什么都不会发生，或许是不会和朱莉美好？

穿着雪白连衣裙的朱莉美像棵骄傲的小白杨，倔强地仰着头，倔强地流着泪，一声不吭。

从被发现到去世，何建军看都没看朱莉美一眼。或许，他是怨着她的吧？如果没有她，他活得也许憋屈也许压抑，但不会太狼狈。我想起了一个著名男作家曾跟他的漂亮情人说，男人很可怜的，一辈子拼死拼活就是为了喂饱裤裆里的那个要靠吃偷食才能吃饱的大儿子。何建军就在给大儿子偷食的路上送了命。

如果他没有外遇，就不会在韩国料理店遇上我，今天的事情就不会发生。而我杀妻嫌疑犯的命运，依然不会改变。

我想，大约，他是不爱朱莉美的。

在这世界上，所有不想走进婚姻的男欢女爱，都是胯下大儿子的偷食，一旦被隆重对待，就会洋相百出。

我很想跟何建军说声对不起，却又不能，怕日后苏小妮问这句对不起从何而来。

何建军总算等来了急救车，但他的血液已经流完了，心脏停止了跳动。他一闭上眼，苏小妮就不哭了，握着他的一只手，又等来了警察。

　　还是市刑警队的，其中有个警察认识我，见我在现场，很诧异，说：你怎么也在？我看了苏小妮一眼，小声说：凑巧了。

　　苏小妮看了我一眼，张了张嘴，就哭了，说：苏猛！你这个人不吉利，你老婆让人杀了，现在轮到我家何建军了，是不是谁靠近你谁倒霉？

　　我一时哑然，觉得自己罪孽深重。

50

何建军的死，被警察定性为抢劫杀人，因为何建军的手包不见了。

苏小妮说何建军手包里应该有6万块钱，是他当晚收的房租。

作案的应该是比何建军先到酒行的两个年轻人。据老板说，这俩年轻人进来晃悠半天了，光看不买，他心里也有点发毛，正想关店回家呢，何建军进来了。

警察分析，这俩人应该原本是要抢劫酒行的，正找机会下手，何建军进来了，买酒付款的时候暴露了包里的大量现金，于是，两个抢劫犯临时改了主意，在酒行门外抢劫何建军，何建军不甘被抢，追到废弃汽车修理厂，试图抢回手包，在打斗中，被残忍杀害。

警察说遇到这种情况，一定要保命舍财，如果何建军没有试图追上去抢回包，悲剧就不会发生，贪婪不舍，永远是葬送性命的第一利器。

朱莉美很自责，和我哭，说她不该勾引何建军。

对何建军的死，我也很自责，可我不想做她的精神牧师，因为我也是罪人之一，没有资格宽恕她，她的陈芝麻烂谷子只会让我心烦意乱，所以，每当她正襟危坐，拿出一包面巾纸，我就知道，忏悔又要开始了，我说要忏悔你跟苏小妮忏悔去，跟我忏悔不着。

朱莉美就尖叫，说我不是人，如果不是我，何建军根本就不会死。打个比方说，她跟何建军是辆车，好好泊在那儿呢，被我追上去撞了，是我的全责。

如果是一般事故，我一男人不会和她一女流计较，我全责就我全责了，可现在不是一般事故，是人命关天，如果我一声不吭就这么认了，日后会变成压在我良心上的大石头，穆晓晨，何建军，两条人命了，我杀人恶魔啊。

我说：朱莉美，既然你这么说，咱俩就好好掰扯掰扯，何建军的死，我是有逃不脱的责任，可你想想，怎么会是我的全责？还你俩就像辆好好泊在那儿的车，被我这愣头青没来由地给撞毁了，看把你们无辜的！你们是好好停在那儿的吗？何建军是有妇之夫！你们是偷情！如果你们俩算是一辆车，那也是趁主人不在家偷偷泊在别人家车位上的车！如果你不停在那儿，我能撞上你们吗？就因为你们停在那儿，偏偏被我撞上了，给我造成多大损失，你们知道吗？

朱莉美从一开始的愤怒到后来的瞠目结舌，眼神里明显露怯，明显被我说服了，我对自己的口才很开心，继续发扬光大：你想想，如果不是你跟何建军偷情，你俩就不会在韩国料理店约会，如果你没去韩国料理店，就不会扑上来勾引我，如果你没扑上来勾引我，说不准我坐一会儿就走了，如果我回家早，凶手就没机会谋杀我老婆，我也不会变成犯罪嫌疑人，更不用法海捉蛇妖一样满世界找你和何建军给我做不在凶杀现场的证人，如果我没找你们，你也就不会把何建军找来，他也就不会死！想想吧，是不是这个逻辑？！

朱莉美被我说得快哭了，结结巴巴说：你的意思是你老婆和何建军都是我害死的？

你说呢？我恨恨反问。

朱莉美捂着脸哭，说千错万错都是她的错，她不该在何建军和苏小妮闹矛盾的时候主动提出跟何建军谈谈。

现在，轮到我瞠目结舌：你谈着谈着就把他谈床上去了？

249

朱莉美还是捂着脸点头,说其实她也觉得是苏小妮不对,何建军一当儿子的,对自己父母好点怎么就不行了?她想安慰安慰何建军。

我内心的好奇被钓起来了,让朱莉美从头说。

朱莉美就抽抽搭搭说,有一次,苏小妮跟何建军吵翻了,何建军一怒之下住回了父母家,要跟她离婚,苏小妮闹归闹,可并没想离婚,怕何建军动真格的了,自己更被动,就让朱莉美假装和事佬去劝劝何建军,朱莉美就去了。因为怕惹恼何建军,在替苏小妮说好话的同时也批评了她的不应该,说何建军给她点颜色看是应该的,但也要见好就收,不能没完没了不是?何建军低着头不说话,朱莉美就很哥们地拍了拍他的肩,让他大度点,何建军就把她的手捏住了,说如果苏小妮是她就好了。被人夸总是有成就感的,朱莉美脸就红了,让他别这么说。何建军却乘胜追击吻了她,然后又睡了她。

真是令人瞠目结舌,如果夫妻战争也是两国交战不斩来使,可来使也不能顺手牵羊啊?

朱莉美说是他偷我好不好?

我说不管谁偷谁,总之,你俩是周瑜打黄盖,一个愿打一个愿挨,相当于合谋作案,你不仅辜负了苏小妮的嘱托和信任,也辱没了来使这个职业的名节。

朱莉美说她跟何建军虽然相互偷了,因为苏小妮敏感,总是疑神疑鬼的,他俩偷情偷得如履薄冰,分分合合了好几次。

我问苏小妮是怎么对他俩起疑心的。

朱莉美说因为何建军长得帅,苏小妮对他不放心,总看他的手机,有一天,她突然发现何建军的微信,和朱莉美的聊天记录是空白,她知道何建军有时候和朱莉美在微信上说事,怎么会没聊天记录呢?她怀疑是他俩言语暧昧,何建军怕被她发现,才把他俩的聊天记录给清空了,就跟何建军吵了一架,最后不了了之。也是从那以后,除了工作上的微信,何建军跟任何人的聊天记录,都随聊随删,免得被苏小妮看出破绽。

我松了一口气。

朱莉美对我这个动作很不解,说:我又不是和你出轨,你紧张什么?

我说:你不觉得何建军到死都不想让苏小妮知道他和你有事吗?

朱莉美说:那是因为他没想到自己会死,给自己留后路呢。

朱莉美说得也对,一个人,死都要死了,顾虑不了那么多,只有想长久活下去,也相信自己会长久活下去的人,才会把面具扶稳了,从别人那儿骗取信任和肯定,方便自己日后春风得意马蹄疾。

何建军被杀太突然也太惨烈,作为闺蜜,朱莉美怕苏小妮受不了这一打击,也是因为愧疚,一下班就拉着我往苏小妮家跑,跑去帮她买菜做饭收拾家,和我继续扮演情侣,兢兢业业的,唯恐苏小妮看出破绽。我不情愿,一男人整天跟俩女人一桌吃饭,感觉怪怪的,很不自在,尤其是自从何建军去世后,苏小妮的脸,就一直沉着,好像每天拎着菜去她家敲门的我和朱莉美是不受待见的乡下穷亲戚,要靠给她家打打零工才能活下去,这种感觉让我很屈辱,所以,我想方设法回避去苏小妮家,找尽各种借口,让朱莉美自己去,她胆小,说自己一个人面对苏小妮的时候紧张,一紧张她就会说错话露马脚,我不为所动,她就跑来我家,动之以情晓之以理,见还是没用,就苦口婆心，说何建军是和我们在一起出的事，如果这时候她避而不见，显得没人情味，她愿意这样去苏小妮家作践作践自己，为的是内心的负罪感能轻点。

我假装玩手机，没听见她说什么。她一把夺过我手机，大声说，苏猛！你要不陪我去，我就豁上去了，告诉苏小妮实话。

我无所谓，我又没偷苏小妮的男人，你告诉她她也不能怎么着我。我在手机上玩跳一跳，完全不为所动。

朱莉美说：那我就告诉她，是你威胁我，我才打电话叫何建军过去的，何建军的死，完全是你的责任！

我擦，我一下子想起了苏小妮冷漠的眼神，冷得好像她看你一眼，就能冰冻你一层。

朱莉美说她会破釜沉舟的，把一切真相盘托而出，到时候，肯定是一场混战。

我怕，我的人生已经够倒霉的了，不想再卷入一场混战，连忙向她投降，我保证，只要她想，只要不把我送到苏小妮床上，让我什么时候陪她去苏小妮家我就什么时候陪她去。

就这样，我们每天都在苏小妮家约会碰头。

苏小妮面若冰霜不妨碍朱莉美表演和我的恩爱，因为只有我俩真的像情侣，苏小妮才不会怀疑她跟何建军有事，好像只要她能证明自己跟何建军没事，苏小妮就不会把何建军的死归罪到我们头上似的。

这真是一个错综复杂的关系，绕得我脑子乱。

脑子乱糟糟的时候，我尽量不说话，朱莉美不仅殷勤地照顾苏小妮和她的孩子，还殷勤地照顾我，吃饭时，总把虾剥好了放在我碗里，吃螃蟹时也这样，不厌其烦，边为我忙活边跟苏小妮说：我们家苏猛懒，我要不剥，他就不吃，嫌麻烦。

很久以后，我才明白，其实这是她当幼儿老师的职业本能。

51

朱莉美对我的好，无论说还是做，都表现得自然而真诚，好像我俩已经在一张床上滚了十年。

总之，我们天天去苏小妮家吃饭，我每天去菜市场买好菜，再去幼儿园门口接朱莉美，很多家长都认识我了，偶尔有人窃窃私语说果然烈女也怕缠男，意思是我这个不要脸的，果然把朱莉美纠缠到手了。

他们说我的时候，表情里都有厌恶和惋惜，惋惜是给朱莉美的，厌恶是给我的，憎恶朱莉美一棵好白菜被我这头猪拱了。

而我，从不避讳他们，甚至故意迎着他们的目光，露出阳光灿烂的胜利之微笑。

有时候我们想偷一天懒，不去了，何建军五岁的儿子就给朱莉美打电话，说朱阿姨，我饿。

每天上班被一群小朋友缠磨，下班还要耐着性子伺候苏小妮母子，时间一长，朱莉美有点受不住了，很崩溃，问我怎么办？这日子总不能没完没了了吧？

我知道，她在苏小妮家，内心是很煎熬的，因为心虚，唯恐冷不丁的就被苏小妮掀开老底。但是，自从何建军死后，苏小妮就一副陷入了痴妄状态的样子，生活好像完全不能自理，如果我们也不管她，我都怀疑她和儿子会不会饿死在家里，所以，作为一个良心未泯的男人，还因为有一点点喜欢上朱莉美了，我很愿意扮演二十四孝男友，鼓励朱莉美，既然已经做了好人了，就要做到底。

52

我是从什么时候喜欢上朱莉美的?

有两个可能。一是何建军死的时候,她站在离何建军有两三米的地方,像棵孤独的小白杨仰着头倔强地看着天空,她绝望的倔强让人心软;再就是在苏小妮家吃饭的无数个夜晚,她像照顾生活不能自理的脑瘫患儿一样照顾我,让我看到了她美丽身体里散发着温柔的母性光芒,笼罩了我。

每天扮朱莉美男朋友的我,是快乐的,几乎忘记了接近朱莉美的使命,是让她去市刑警队证明穆晓晨被谋杀那天晚上我不在现场。

陈枢说我变了。他很开心看到我的变化,要见见朱莉美。

我竟然紧张,问他见朱莉美干什么。

陈枢说,人这种动物吧,看上去都一样,其实真不一样,有的人是丧系的,有的人是恶系的,还有的人是善良系的,像朱莉美,属于治愈系的,自从被刑警队下放到反扒组,他变成了丧系人类,希望朱莉美这个治愈系人类能够治愈他生命深处的伤口。

我说不行。

陈枢就说我爱上朱莉美了,男人只有爱上一个女人了,才会对其他男人有本能的排斥反应。我没反驳,但我不知道朱莉美爱不爱我。因为爱上朱莉美,我对何建军的感情变得很复杂,既感激他又嫉妒他。

朱莉美狂野性感外表下的母性温柔,也一定温暖普照过他的生命,所以才分分合合很多次,最终还是离不开她。幸亏他已经死了。

夜里,我经常想朱莉美,想朱莉美难免就要想到何建军,每当想起他我就会肃然起敬到腾地坐起来,在黑暗中说兄弟,你真够哥们,为了成全我们,能勇敢地去死的,也就你了。

从某种程度上,我觉得何建军比陆武和陈枢都伟大,因为只有他才会为了成全我和某个女人而去死。

把何建军的死想象得神圣化以后,我就不嫉妒他了,甚至在苏小妮面前,我脸上的沉痛都是发自内心的。

53

朱莉美的同事和园长都知道她闺蜜的丈夫半夜遭人拦路抢劫被杀害了，作为闺蜜，朱莉美每天买菜去苏小妮家做饭陪苏小妮和孩子到入睡才离开，在整个幼儿园传为了美谈。园长鼓励朱莉美把好人好事继续做下去，等年底的时候，给她报感动中国，如果评上了，也是幼儿园的荣誉。也就是说，朱莉美虽是出于不可告人的个人目的去苏小妮家，但在幼儿园园长看来，这有可能为幼儿园带来荣誉，所以，恩准她不用加班，哪怕幼儿园有天大的事，她都可以到点就走。

朱莉美和我说这些的时候，笑得前仰后合，说何建军真是生得光荣死得伟大。

朱莉美这么说的时候，让我觉得陌生。

一个人，你爱上以后，也会经常觉得她陌生，甚至面目可憎，比如现在的朱莉美，站在人类的道义上，我觉得她这么说何建军很不厚道。

这么想了，我就这么说了，朱莉美歪头看着我，说：不像你啊苏猛。

我说：怎么样才像我？

朱莉美说她一直觉得我很刻薄，还很自私，为了自己不顾别人死活。

可能因为爱上她了吧，她这么评价我，让我很难过，我伤感地看着她，说：对不起，我真不知道我竟会给你留下这样的印象。

朱莉美噘嘴说：当你知道了我跟何建军的关系还逼着我俩给你作证，就是不顾别人死活嘛。

我说：人人都觉得穆晓晨是我杀的，搁你身上，你不急吗？人一急，就会智商短缺，不按常理出牌。

朱莉美点点头，表示她已经可以理解我了，主动说：你不是要我给你作证吗？怎么不提了？

我说：算了。

她很吃惊，问：为什么？这段时间你天天陪我去苏小妮家赔小心，不就是为了让我给你作证嘛？

我摇摇头，说：不是的，如果你去给我作证，还得牵扯上何建军，他都已经死了。

我告诉她，我陪她去苏小妮家，也是为了寻求良心上的安慰。

朱莉美说：好在我还活着，我替你作证不就行了。

我说：还会牵扯出何建军。

朱莉美小声嘟哝：反正他已经死了，你总不能一辈子背个杀妻嫌疑吧？

我呆呆地看着朱莉美，渐渐热泪盈眶，我知道，朱莉美已经爱上我了，因为她已经开始为我着想。我的样子可能吓着她了，说：你干嘛啊，我就是去给你作作证，张张嘴的事，也不用费多大劲，你热泪盈眶干什么？

我不能说朱莉美我知道你爱上我了，女人都虚荣，口是心非，明明是心里肯定了的事嘴上也不愿意承认，她们认为矜持是女人的美德，可我认为是虚伪，所以我也不能说实话，要用口是心非配合她的口是心非。我说：朱莉美我知道你的好意，可是我不能让你这么做，因为你一旦去刑警队给我作证，势必要牵扯到何建军，何建军已经死了，警察要核实他在案发晚上的去向，肯定会问到苏小妮，你俩的事就暴露了。

朱莉美说：烦死了烦死了，那你的事怎么办？

我说：就这样了，为了给你俩的奸情保密，我打算一辈子背负杀妻嫌疑。

朱莉美尖叫：去你妈的苏猛，你凭什么让我欠你一辈子的情？你知不知道欠情不让还就是想一辈子骑在别人头上耍流氓！

我想说朱莉美我想骑在你身上耍流氓，但我不敢，怕她啐我，毕竟我还没睡她，睡了以后，就不怕了，她啐我我全当湿吻了。我继续热泪盈眶地演戏：朱莉美，你以为我配合你演戏的目的就是让你给我作证？

那你是为了什么？

你把我想得太低级了。我说：我也是人，人类应该有的感情我都有，难道我就不能有人道主义精神？毕竟何建军的死跟我有一定关系。

我操你妈，苏猛你这个王八蛋，你终于承认何建军的死是你造成的了？朱莉美给我气哭了，扑上来打我，我知道，朱莉美不是不知道何建军的死，包括他自己在内，甚至包括苏小妮，都有脱不了的干系，如果不是苏小妮气势汹汹地要来捉奸，何建军就不用以买酒为借口躲出去，他不躲出去，杀人之祸就不会来。

我攥住朱莉美的手，把她拉进怀里，紧紧抱住，我说：朱莉美，我不是想占你的便宜才抱着你，我就是不想看着你发疯，你这么漂亮，发起疯来不好看。

果然，夸女人漂亮是制服一个女人的杀手锏。一开始，朱莉美像一条挣扎的虫子，仿佛拼死也要挣脱了我的怀抱，但是我不愿放弃这个可以堂而皇之拥抱她的机会，所以我像个极有耐心的老父亲一样，把头抵在她的鬓角，轻声说放松，放松，一切会好的。慢慢的，她就放弃了挣扎，慢慢的，我觉得我呼出的气体是热的，喷到她的耳朵上，把她的耳朵和脸颊都喷红了，我试探着吻她，她灵机一动，闪开头，看着我说：苏猛，我告诉你啊，何建军尸骨未寒呢。

我想了想，何建军死了都一个多月了，这要放在过去，人死了满一个月，坟头上的土都干了，老婆都可以改嫁了，何况朱莉美只是他的情人，我凭什么不可以搞她？

我用嘴巴叼开了她连衣裙前面的扣子，看见她雪白的乳房，像两只肥城水蜜桃兜在胸罩里，我野蛮地拱进胸罩，吃她的桃子。她噼里啪啦地打我，越打越没有力气，后来我就得逞了，在我家沙发上。

她原本是良心发现要去给我作证的，我却把她办了。

我把攒了大半年的粮食，一口气塞给了她。她好像很累了，软塌塌地瘫在沙发上，脑袋搁在沙发扶手上。我突然想起来那个沙发扶手穆晓晨活着的时候也喜欢枕，就忙把她拉过来，让她枕在我腿上，她以为我又要耍流氓，连滚带爬地从沙发上爬起来，穿上衣服，警惕地看着我说：我们什么也不是啊。

我知道她说的什么也不是就是我们不是情侣也不是通奸，我们刚才做爱，就像两个人聊着聊着天口渴了，喝了一杯水。

那杯水，除了解渴，没有任何象征意义。

这让我很沮丧，怀疑自己表现得不够好。

54

我还是兢兢业业地每天去幼儿园接朱莉美去苏小妮家。从苏小妮家出来，我会找各种各样的借口让她去我家，意志不坚定的时候，她去过几次，后来就不去了，和我说以后不要去幼儿园门口接她了，我问为什么。

她想了一会儿才说，她不想活得充满罪恶感，我一出现，她就觉得自己是个罪人，既然不需要她给我作证了，我们就没必要见面了。

我大吃一惊，说：那怎么行？苏小妮会怎么看？

朱莉美说：她又不是我妈，爱怎么看就怎么看，再说了，谁说谈恋爱就一定得成？分手才是大多数的结局。

我承认她说的是真理，可不想这么快失去她，但我又不善于死皮赖脸地纠缠，就说如果有需要的时候，给我打电话。

她看着我，眼神复杂，但没说话。

我问是不是我太差劲了？

她摇摇头，说和我在一起的时候，她有心理阴影，会想起何建军，还会想起他的死，他一死，她就跟我这样了，不好。

我问怎么个不好法？

她说显得自己特寡情薄义，她不想。

我去拉她的手，想进一步说服她，她飞快抽出来，让我别这样，她又没说爱我，我也没说爱她，本来就是狗男女的事，别演得情深义重的，她不适应。

我想辩白，说我是真心喜欢她的，又怕她不信，就闭了嘴，悲伤地看着她钻进车子，绝尘而去。

55

不去接朱莉美下班的那几天，我很难受，日月暗淡无光，好像整个世界即将坍塌。我不知道这是不是失恋的感觉，打电话给陆武，约他出来喝酒，陆武说他现在要专心造人，滴酒不沾，把我拒了。我叹了口气，觉得他变成了一个不折不扣的俗人。

我给陈枢打了个电话，他就来了，扛着一箱啤酒。每次来我这里，他都搬一箱啤酒，喝大了，就在我家沙发上歪一夜，也不回家。

我跟陈枢已经混到相互从不说谎的地步。我说陈枢你分析分析，我是不是爱上朱莉美了？陈枢就问我想没想过我和朱莉美老了的样子？我想了想，说没有。陈枢就说屁！什么爱？情欲！当你爱上一个人，会情不自禁想和她在一起变老了的样子，会担心很老很老了的时候你不能勃起了，不能做爱了，还活在这个世界上有什么意思。

我并不认为陈枢的分析是对的，但我逼着自己相信，这就是真理，因为朱莉美离开我了，只有这么想，我才能好受点。

酒喝完半箱，陈枢把我骂了一顿，说我活得瞻前顾后，失去了一个洗脱自己的杀妻嫌疑的机会。

我说：何建军都死了，我再拿这事把他刨出来，觉得不厚道。

陈枢说：他都死成一把灰，很快就变成一把土了，你的厚道对他有个屁用！

我说：我怕苏小妮会对他们的儿子说，你爹偷人偷得把自己偷死了，会让他儿子瞧不起。

陈枢说：你想得可真他妈够仔细。

我说不是我仔细，我是从陆武身上看到了一个父亲对于儿子的意义，以前的陆武花天酒地、没心没肺，都让我怀疑他是从石头缝里蹦出来的，可现在，他老子病了，生命垂危，陆武突然有了危机感，如同四面楚歌、魂魄即将被人抽走，我相信，如果吃斋念佛他老子就可以获得新的生命力，陆武会毫不犹豫地这么做，因为他终于意识到了，父亲对于儿子，就是一面灵魂的大旗，何建军在生命的最后时刻，应该也想到了这一点，所以，临死之前，他不肯看朱莉美一眼，只想让苏小妮相信他的心都在她这里，这样，她才有足够的信念帮他在儿子面前扶住父亲这杆大旗。

陈枢用看犯罪嫌疑人的眼神看了我一会儿，说：你知道吗？有一阵我他妈特别好奇自己，我，堂堂一警察，还是立过无数次功的警察，怎么就能和一犯罪嫌疑人做了朋友，今天我明白了，你，苏猛，虽然有杀妻嫌疑，但你良心未泯，而且厚道，顾全大局，有舍己利人精神。

自从不常见着陆武，我已经很久没遭到这么强烈而真挚的表扬了。我热泪盈眶，干了一瓶啤酒，感谢他拨云见日，挖掘出了我深藏不露的高贵生命本质。然后，我就想表现得更大公无私一些，问他知不知道何建军的案子进展怎么样了。陈枢白了我一眼，好像我这个问法侮辱了他、侮辱他是反扒组的，不仅没资格插手大案要案，连了解案情的资格都没有。

我忙冲他赔笑脸，说我不是那意思。他才懒洋洋说犯罪嫌疑人锁定了，在逃中，至于什么时候抓着，就看这俩小子什么时候倒霉了。

56

我闲得像在故宫屋顶上遛兽的仙人,但我又没仙人的本事,也没有兽可以给我遛,我总不能上街弄一群流浪狗流浪猫遛吧?我在微信上和陆武这么说,陆武说完全可以,用不了多久,咱市媒体上就会报出一青年才俊,因爱妻被谋杀,因不满警察的草包操行,在一怒之下的自行破案路上,成为了热爱生命的爱心人士。

不知为什么,现在听他说穆晓晨是我爱妻,总觉得充满了讽刺意味。我强烈表达了我的抗议。

陆武不知从哪儿知道了我和朱莉美的事,就冷笑,说有了新欢就不承认旧爱,不是你的操行啊。

我很汗颜,但又不能不承认我真的很喜欢朱莉美,我和朱莉美的来龙去脉一直没机会和他讲,就说:你知道那点破事完全是皮毛,我给你讲讲真相吧。

陆武说没时间听,该给他爸翻身了。

我失落极了,就像酝酿了一肚子大戏,却没人听。说句没天良的话,我真希望陆武的爸爸早点死,这不是我狠心,而是他活着,已经完全没有质量。他的胃全部切掉了,大部分的肠子也已坏死,吃下去的东西非但不能消化吸收,反倒全都变成了毒素,加速他身体的衰败,所以,医生不让给他吃东西,靠输营养液活着。但是,吃,是人的第一生存大欲啊,因为长期捞不着吃东西,陆武父亲看不得别人吃饭,吃任何东西,谁在他面前动一下嘴巴,在他看来就是在偷吃好吃的,他会伸出枯瘦的手,嘶哑着嗓子问:你在吃什么?

搞得全家人进出他病房，都像严肃的青蛙，紧紧闭着嘴巴。

这样呢，陆武父亲又嫌闷，要看电视，看了一小时，陆武就让人把电视搬走了，因为电视上难免有吃的镜头，他父亲一看见别人吃东西就流泪，哀求陆武说给我点吃吧，吃饱了就死也行。

但陆武不想让他死，陆武妈也不想让他死，他自己也并不是真心想死，就只能饥饿地活着。陆武曾经流着泪和我说，现在他都不敢看他爸的样子，一看就心碎，觉得活着对他爸来说，已经成了酷刑，尽管如此，他父亲还是顽强地要求活着，想亲手抱一抱孙子再死，仿佛，这才是一个人寿终正寝的荣誉。

这么没质量的生存，和受刑有什么区别？这是我不希望他继续活下去的原因之一，我不希望他继续活下去的原因之二，是陆武曾年少孟浪，自觉欠下了父亲陈年老账，总想在他死之前偿还完毕，才算不枉了父子一场，可父亲吃不动喝不动玩不动，只剩下了艰难的喘息，纵使他有心，那些挤压在心头的债务，也是无从偿还的。

无从偿还的债务很容易变成折磨，只要陆武看一眼他枯瘦的、被食物馋得眼泪汪汪的父亲，就会自责得恨不能捅自己一刀子。所以，他继续活着，对陆武来说已经是一场无处躲藏、也徒劳无益的惩罚，这是我不希望他活着的第二个原因。第三个原因是陆武只想在床头尽孝，已完全顾不上公司，我担心等陆武父亲走了以后，陆家洛基因生物工程公司很可能就成洛可可的了，而我的好兄弟陆武的结局可能还不如《大宅门》里的二爷，因为时代不同了，洛可可也不是厚道大气的二奶奶，说不准就会使用手段把陆武光屁股踢出公司踢出婚姻，要这样的话，习惯了花天酒地的陆武根本就活不下去，如果我再次落难，也不会有人往我银行账号里打款了。

但陆武的父亲就是不死，我也不能跑去把他掐死。

因为陆武在婚礼上撒谎洛可可已怀孕了，现在全家都在配合洛可可演戏。洛可可按时去陆武父亲房间问候一声，顺便发出孕吐的声音，冲出去。可这并不能让陆武的父亲满足，他总是忧心忡忡地看着陆武，说可可怎么还那么瘦，生出来的孩子不会有问题吧？

陆武让他逼得没辙，只好买了各种孕妇用的护腹带，缠在洛可可腰上，再塞点东西，让她看上去像个孕妇。

随着离十月越来越近，陆武也开始忧心忡忡，父亲虽然看上去随时要和这世界告别，却很有恒心，他和陆武说，无论如何他也得撑住了，抱一抱孙子再走。

孝子陆武恨不能说爸呀，您别撑了，走吧。

有天晚上，他抽空跑出来，和我商量，说：怎么办？再有俩月就生了，洛可可根本就没怀孕。

我说：拿了这么多月大顶都没怀上，是不是有问题啊？

陆武打了我一拳说：我他妈让多少姑娘怀过孕没告诉你是不是？

我知道陆武让好几个姑娘怀过孕，当然，这不是陆武始乱终弃。他和任何一位姑娘上床前都说好了，他不会和她结婚，如果姑娘同意，这床就上，不同意就算了。天底下的姑娘在情色方面都是自信派，都觉得就凭自己的姿色魅力，把陆武迷住不是问题。所以，她们都会视陆武的话为可推翻的儿戏，会风情万种地和他上床。当然，陆武都用安全套，其一是对姑娘负责，其二是对自己负责。这一点，我不如陆武做的好，我和朱莉美做爱就没用安全套，因为事情发生得太突然，我完全没准备，也想过去找安全套，可我又怕等我找到安全套朱莉美的激情消退我就啥也干不成了。

陆武不止一次地教育我，不要以为睡良家妇女安全，其实良家妇女生殖健康才堪忧呢。因为大家都有一个误区，觉得良家妇女就和她们的老公睡，不乱来，生殖健康方面应该是有保障的，可是，万一这良家妇女是个荡妇呢？好，就算她不是荡妇，别忘了，她还有一个和我们同为男人的禽兽老公，没有哪个男人敢保证只睡自己的老婆不睡别的女人，良家妇女也不敢保证她们的老公不出去乱搞。

万一良家妇女是个乱搞的，万一她们的丈夫是个乱搞的，让她染上病是分分钟的事，但卖春小姐就不存在这问题，因为性交是她们的工作，安全套就像她们必备的工作服，既能保护她们自己不大肚子也能保护你不得性病。

所以，陆武精于此道，还能让姑娘怀孕，只有一个可能，姑娘们看靠人格魅力征服不了陆武，就想母凭子贵，用肚子拿下陆武。但陆武从来不吃这套，不管哪个姑娘怀孕了，也不管姑娘是哭还是笑，陆武都一个态度，打胎，钱我出、我陪着、我给你营养费，想生下来，随便，不结婚不给抚养费不许孩子姓陆我也不认为这个孩子是我的种。曾有个不甘心的姑娘威胁陆武说要把孩子生下来，等他长大告诉他他爹的丑恶嘴脸，替妈妈报仇。陆武说咱俩能有什么仇？就是睡了几夜，你戳破了安全套偷了我的精，我念在咱俩几夜恩情上，没报警跟你要捐精费，你还把我当仇人了？成，你生吧，等孩子长大了，找我复仇的时候我告诉他，你妈是个贼。姑娘听完，二话不说，灰溜溜去医院把胎打了。

陆武给我讲这故事的时候，绘声绘色，我都替那些姑娘们难过，说陆武你以后别这样了。

他问为什么。

我说我是个迷信的人，小时候我娘说，一个人一辈子应该有多少个子嗣是有数的，我担心你风流倜傥路上把你的子嗣挥霍殆尽。陆武嘲笑我终于露出了乡下人的嘴脸。

现在，陆武就遭到了报应，不管他怎么努力，洛可可的肚子就是不见动静，倒是大顶拿得越来越好了，最要命的是他父亲使出吃奶的力气活着，就是为了抱一抱即将出世的孙子。

陆武一遍遍问我怎么办。我不好说你果然遭报应了吧，这显得我很狭隘很小肚鸡肠也很不够哥们，我只能给他出馊主意，到时候花钱租个孩子给他看一眼。

陆武说：这也行？

我说：不行也得行。为了让他放心，我信誓旦旦地告诉他，只要有钱，就没办不成的事。

陆武看了我一会儿，眉头皱着，一看就不是在想什么好事，我问他怎么了。陆武说我在想命运这东西。

关于我的？

陆武点点头：我早就说过，像你活这么假正经的人，特容易把奸情当爱情，其实，当年我把穆晓晨介绍给你，也没指望你真能把她娶回去，就觉得这姑娘漂亮，我不方便泡了，介绍给你，没成想你还就给娶回去了，现在又是朱莉美，你绕世界找她，就是为了让她给你作证，结果，你又没管住鸡巴，还又把奸情当爱情，连证都不用人家作了，结果人家还把你甩了，你说你这是什么命？

我说：贱命。

我本来是开玩笑，没想到陆武认真地点点头：每次都是接手别人甩掉的旧鞋。

我的自尊顿时受到了一万点的伤害，我怒目圆睁，去拉开大门，告诉陆武，从今往后，我家不欢迎他。

陆武也不生气，起身走了，走到门口，说：等过阵要租孩子的时候，找你帮忙啊。

没人比陆武更了解我，我和他，从来都是说翻脸就翻脸，翻完就忘，从来都不需要道歉也不需要兴师动众地和好，下次见了，就跟我们的脸没翻过一样。

57

我想朱莉美,想她小麦一样金黄色的头发,想她结实的圆屁股被我捧在两手间颤动的样子。啊!想朱莉美的时候就想写诗,我终于明白了为什么好多诗人都是流氓。

写诗,从本质上说,就是精神的性欲膨胀。

所谓念念不忘,必有回响,我打了那么多电话不接也不回的朱莉美来找我了。

她沉着金灿灿的小脸,闯进我家里,把手包往我沙发上一扔,一声不吭地坐在那儿生气。我以为她的不高兴是因为性压抑。书上说过,性压抑会让女人愤怒,所以我扑上去,抱她亲吻她,说我想她想得快要死掉了。

朱莉美却突然哭了,从包里摸出一张纸,摔在我面前:我被人告了!

我说:什么?

朱莉美让我自己看。

我拿起这张纸,是法院传票。苏小妮把朱莉美告了。理由是作为恋人的我们,邀请何建军去朱莉美家做客,何建军出去买酒,受益人是朱莉美这个主人,可何建军因此意外身亡,朱莉美就应该对何建军的死负有民事责任,理应赔偿。

苏小妮提出的赔偿金额是五百万。

我问什么时候的事。朱莉美说下班前,邮局去幼儿园送的快递,当着全园人的面大声说是法院来的传票,现在全园都知道了,何建军是因为我们俩而死,那些以前还敬佩她对苏小妮够姐妹够义气的人全都换了说法,说什么义气啊,不过是赎罪!园长还把她叫到办公室批了一顿。

事发突然,我的脑子一下子就乱了锅。我说:何建军死了,我们很难过,也仁至义尽了,尤其是你,还下班就去她家做饭。

朱莉美小声说:早不去了。

我意外:什么时候不去的啊?

我和你说咱俩分手那时候就不去了。

我拍着沙发扶手,说罢罢罢!一连罢了五六声,才继续痛心疾首她没多坚持一段时间。苏小妮起诉她,肯定也是因为这,她认为何建军是因为我们而死,才一个多月,我们就不闻不问了,她心寒。

朱莉美说别管她为什么起诉我,接下来怎么办?

五百万!我拿起起诉书副本又看了一遍,忍不住惊叫:她这分明是在卖尸体!何建军最多150斤,她要五百万就是一斤卖33333块!龙肉都没这么贵!

朱莉美大声说讨厌,让我说正经的。

苏小妮要500万已经完全让我冷静下来。我把抹到腹沟的裤子提上来,一本正经坐端正了,帮朱莉美想办法。我说苏小妮可能是生气这段时间见不着你影了,要不你去找她解释解释,就说咱俩分手了,你心情不好,不想把坏情绪传递给她雪上加霜,就没过去,女人心软,说不准她就原谅你了。

朱莉美说她接到传票的第一时间就给苏小妮打电话了,她不接,还把她拉黑了。

我说:她不接电话就没办法了?你还有腿呢,去她家啊?

我替朱莉美急,恨不能这就找把荆条给她背上去苏小妮家负荆请罪。

朱莉美不去,说苏小妮都跟她撕破脸了,她还那么低三下四,这么多年的朋友白做了。

我撕她脸,说:朱莉美,你偷人家老公的时候怎么不记得你们是多年朋友?!

可能是因为被我搞过吧,朱莉美不愿意在我面前提她被其他男人搞的事,她以前就说过,让我别提何建军,这会让她觉得自己道德有问题。情急之下,我又提了,朱莉美赤红着脸,憋了半天才说:我那是帮她!何建军早就想和她离婚!放不下儿子才下不了这狠心,就是因为睡了我,何建军心里有愧,回家对她好多了。

我哭笑不得,我说:照你这逻辑,良家妇女们都应该给小三二奶们送锦旗。

朱莉美认为她既不是小三也不是二奶,因为她没花过何建军一分钱,有时候还给何建军买礼物,何建军不敢要,因为他自己从来不逛商场,怕拿回家引起苏小妮怀疑。

说到这里,我很生气,因为这说明朱莉美很爱何建军。

我也知道,自己生气,是因为嫉妒,而嫉妒是爱的副产品。我希望朱莉美幡然醒悟,意识到自己太单纯,被何建军玩弄了。

她开始喋喋不休地哭,说她遭报应了,睡了闺蜜的老公,挽救了她的婚姻,却被闺蜜起诉赔五百万。

我知道朱莉美没钱,房子是租的,好吃爱玩爱臭美,靠几张信用卡拆东墙补西墙过日子,就说:让她告去,反正你没钱赔。

朱莉美说园长可不是这么说的,园长说没钱也得赔,等法院判下来，苏小妮就会申请执行，如果她没财产可执行，就得从工资里扣，只给她留基本生活费。

说着说着，朱莉美就哭了，哭了一会儿又继续说：这样的话，苏猛你说我上这班还有什么意思，500万啊，我干到退休也挣不了500万，兢兢业业一辈子，我成给她打工了，凭什么？还不如把我卖到山区给农民当老婆算了。

她说得我心里一动，说：朱莉美，真的啊？

朱莉美说：什么？

你说要把自己卖了啊？

朱莉美瞪大了眼，好像不相信自己值500万似的：我能卖500万？

我说：岂止500万，还可以更高。

朱莉美几乎要破涕为笑：真的啊？你赶紧把他给我找来，我这就跟他走。

我说：那得等些时日，你想想吧，在这世界上，有钱人多了去了，人越有钱就越怕死，因为有钱人的生活丰富多彩到咱想都想象不到，他们都不想死，可死这事自己说了不算，老天会今天让他坏个零件明天又让他坏个零件，陆陆续续地把他收走，他要不愿意走，就会花大钱换零件，比如说有个身价百亿的富翁，得了重病，换个零件就可以多活，不要说十年，就一年，要花99个亿，他也会换，因为人只有在生死关头，才会意识到，在活着面前，钱狗屁不是，你说，你要碰上这么一主，你不就发了。

朱莉美神往地说：我不要99个亿，只要一个亿，我就可以卖给他一个肾。

我哼哼冷笑，我说：如果我是那富翁，就把你全人买了。

朱莉美以为我说的是富翁要买了去睡她，就打了我一下，说：讨厌，一天到晚就知道想下流的。

我说：真的，如果我是富翁，就把你买了去，好吃好喝地养在橡皮笼子里，今天肝坏了摘你的肝，明天肾坏了摘你的肾，后天心脏坏了，摘你的心脏……

我还没说完，朱莉美就兴奋地不行了，说：这不摘来摘去就把他换成我了？

一脸巴不得现在就被人买去零换成富翁，好霸占人家生活的样子。

对朱莉美这样的女人，我毫无办法，唯一的念头，就是想干她，这样的女人，头脑简单得像单细胞动物。

我把朱莉美拉过来，压在身底下，我说：来，在你被组装在一个鸡皮老男人的身体里之前，让我先睡一次。

朱莉美说我讨厌，但没拒绝。我想，虽然嘴上没正形，她心里，可能也很绝望吧，据说人在绝望的时候，性欲是很旺盛的，因为性欲是浇灭绝望这盆火的水。

后来，我们躺在地上，我看天花板，想朱莉美到底该怎么办。

朱莉美说，她了解苏小妮这个人，属于你越软她越觉得真理掌握在她手里的人，所以，歉是不用去道的。

我说：要你不卖给我得了，我给你五百万，我也不摘你身上的零件，从今往后你归我一个人睡了。

朱莉美很吃惊：你这么有钱？

我说我没钱，然后指了指房子：值五百万。

朱莉美说：买猪还得有个圈呢，你把房子卖了，让我睡哪儿？

我拍拍自己的胸膛，表示我的怀抱就是她的家。但朱莉美不领情，她现在满脑子都是上哪儿去弄五百万填上苏小妮这窟窿。她说她想了，她确实对不起苏小妮，偷了她男人，还把他偷死了，给她五百万，这辈子就不欠她的了，但她不会要我的钱，无亲无故的，我凭什么给她五百万？

我说：凭咱俩的交情啊。

我还想说刚刚咱俩不还做爱了嘛。朱莉美就说：咱俩有性交没交情，你犯不着因为跟我性交了几次，就得为我负责，就得帮我，那样会让我瞧不起自己。

我愈发觉得朱莉美可爱，问她：那为什么要跟我做爱呢？因为欣赏我？

朱莉美说：你也忒自恋了，我就是觉得我需要做爱放松一下了。

我大叫：朱莉美，你把我当什么了？

朱莉美拍拍我的脸：放心，没把你当鸭，因为我没付钱。

朱莉美坐起来，对着窗户，往后张着胳膊，做了个拉伸的动作，仿佛，一场性爱，给她注入了无限的战斗力，扭头对我说：放心吧，我已经做好了准备，迎接战斗。

我说像这种民事官司，可以请法院做庭前调解，或许她不用给苏小妮五百万。朱莉美觉得我说得也对，以她现在的收入，一辈子也挣不了五百万，所以，苏小妮要五百万，除了给她徒增精神压力之外，没有任何实际意义。

说着，朱莉美用手机上的计算器算：我现在一月工资不到七千，就算七千，一年下来八万四，今年我三十岁，就算我好好活，争取不生病，不早死，活到八十岁，我还有五十年寿命，五十乘以八万四，是四百二十万。

朱莉美回头看着我，说：苏猛，你看，这就是我这辈子的毛收入，还没算我活着的成本。

她对自己一辈子的毛收入只有这么少而感到很失望。说她以前从来没算过，还以为可以更多。说这话时，她眼里有厌世情绪，我拍拍她手安慰她：已经很好了，我现在连半毛钱的收入都没有，全靠朋友接济，过的完全是有害于社会的寄生虫的日子，可我还在顽强地活着，为什么？为了看风景啊，你看看，只要我们活着，这偌大的世界上的风光，虽然不属于咱，可咱可以看啊，看到咱眼里它就是咱自己的了，死了，可就真的什么也没有了。

她说：我不会死的。

但是，她得找去苏小妮谈判，让苏小妮把索赔金额降下来，要不然，她给不了那么多钱，苏小妮还枉担个因为男人死了，跟闺蜜讹五百万的坏名声。

我要陪她去，她没让，说：我俩一起去，苏小妮会起戒心的，会觉得我俩一起来对付她。

朱莉美师范毕业，学过简单的教育心理学，她说戒心是一种本能的拒绝，为了不让苏小妮拒绝她，还是她自己去比较好。

然后，她就去了。

然后，铩羽而归。

58

铩羽而归的朱莉美坐在我家沙发上,面无表情地吃开心果。

自从穆晓晨被杀了,我唯一吃的零食就是开心果,因为觉得日子足够黑暗,我需要吃一些开心的东西。为这,陈枢批评我,说开心果并不能让人的心情变愉悦,它只会让你发胖。他建议我吃香蕉,下次来的时候,给我带了一兜香蕉,说香蕉富含让人心情愉快的钾元素。我说不,说得特别坚决。他问我是不是香蕉过敏。我说不是,因为我出生在鲁西南的农村。他搞不明白我出生在农村和不吃香蕉有什么关系。我只好告诉他,在我的老家鲁西南,地瓜是我们冬天的主粮,早晨吃了中午吃中午吃了晚上吃,后来,吃得我的胃不堪其扰,只要嘴巴把地瓜送到胃里它就会自动收缩,把地瓜吐出去。

我说吃香蕉的感觉和吃地瓜太像了,让他走的时候把香蕉带走,他说好的,结果喝上酒就忘了,那些香蕉在我家茶几上慢慢变黑,在我觉得把它们扔了对不起蕉农的时候,拎出去扔了。

从朱莉美面无表情吃开心果的样子,我就知道,苏小妮拒绝了她。

她不停地吃,快把我的一桶开心果吃完了。我怕她撑坏,把桶抱过来,盖上盖子,说我的开心果也是花钱买的,又不是敌人,不需要她帮忙消灭。

她就哇地哭了,说:她什么都知道了!

我大吃一惊,给她倒了杯水,让她慢慢说。

朱莉美接过杯子,哭着说:苏小妮说在何建军死的第二天,就什么都知道了,可她憋着,就是想看看我要表演到什么时候。

我问她怎么知道的。

朱莉美又哽咽了一会儿,跟我说了整个事情的经过。

今天早前,她买了一束鲜花去了苏小妮家,这是她和苏小妮之间的礼仪,不管谁去谁家,都带一束鲜花。朱莉美说这次去,之所以还带着鲜花,就是想用这种方式唤起苏小妮对她们友情的追忆和怀念,同意降低赔偿额度。

还好,苏小妮没把她拒之门外。

进门,朱莉美就找了个花瓶,把花插进去,告诉苏小妮,说她转了好几家花店才买到她喜欢扶郎花。

苏小妮面无表情地说她已经不喜欢扶郎花了,败得太快,不吉利,就把朱莉美插进花瓶的花拔出来,用她拆下来的花纸给包好了,放在茶几上,看着朱莉美,说:说吧。

朱莉美就哭了,说:小妮你别这样,我们都是十几年朋友了。

苏小妮嗯了一声,说:是啊,你看在咱俩十几年朋友的分上偷了我男人。

朱莉美当时就给惊得连哭都忘了,大大地张着嘴巴看着苏小妮,结结巴巴地说:小妮你说什么呢,我都听不明白……

苏小妮就抱着胳膊冷笑,说:装!朱莉美你继续装,你知道吗?我看着你这副有情有义的嘴脸就恶心!何建军死的第二天我就知道了!你!我十几年的好闺蜜偷了我男人!你都把他命偷没了!还有脸跑我面前装!

被揭老底,让朱莉美完全失去了反抗的力量,她惊慌失措,不知如何是好,嘴里嘟嘟哝哝地重复着小妮你这说什么呢,你说什么呢?

也是在这时候，朱莉美才知道，人老了爱一遍遍絮叨，不是因为老了，而是无力抵抗现实生活的残酷，连抗争的力量都没了，只好小声嘟哝给自己听。

嘟哝，是不敢也无力直视生活之残酷真相的表现。就譬如现在的她。

苏小妮杏核一样的眼，现在眯成了一条缝，像聚焦了内心所有的力量，化做小李飞刀，甩向朱莉美漂亮的脸蛋。

苏小妮说何建军死后的第二天，刑警队的人就来了，带着何建军的手机，他们指着何建军手机上一个个的来电去电，询问每一个来电话去电话的人是谁。

她看见在自己打给何建军电话之前的四十分钟，朱莉美给他打了一个长达九分钟的电话。何建军就是接完这个电话才出门的，当然，他找了个借口，说租他们家房子的租客来电话让去拿租金。她还纳闷，说不是约好了明天中午我们一起去嘛？何建军支支吾吾，也没说出个所以然，只说人家让现在去肯定有让现在去的道理，就出门了，他也确实去拿了房租，但拿完房租就直奔朱莉美家。

苏小妮说：你给何建军打电话干什么？还打了九分钟，都四分之一集电视剧了，你们这段对白可真够长的。

朱莉美只剩了哭。觉得自己的小尾巴被苏小妮攥在了手心里，她几乎是哀求她，请苏小妮原谅，她会尽自己的能力赔偿她。苏小妮跟她怒吼，你能赔我儿子父亲吗？一个陪伴他成长，有血缘关系的父亲！

朱莉美不能，想想从何建军死后的第二天，苏小妮就知道怎么回事了，却隐而不发，冷眼旁观她和我在她面前表演，她就羞愧得无地自容。语无伦次地说小妮其实我也没想取而代之，我就是觉得何建军挺可怜的。

苏小妮拿起一个抱枕劈头盖脸砸到她头上。她大声质问朱莉美凭什么觉得何建军可怜，难道跟她睡了就不可怜了就春风得意就快活了？

朱莉美说到这里，我插了一句，我说朱莉美你千错万错就是不该说这句话，你说这句话就等于是告诉苏小妮，你比她有性魅力，更能让何建军着迷，这对于女人来说，你比说她长得丑还要让她愤怒难堪，因为不管你们女权主义者承不承认，性魅力是你们女人在这个世界上占领一席之地的重要法器。

朱莉美点头，承认我说得对，苏小妮果然更加愤怒，说她就是要让朱莉美到死都还不上她的债，到阴曹地府都欠着她！所以，她是不会降低赔偿额度的，最后，她拿起朱莉美抱来的扶郎花，像赶一只偷食别人家粮食的鸡一样，赶朱莉美出门。

朱莉美头上和身上挂满了苏小妮甩上来的扶郎花，几乎是屁滚尿流地来到街上，开车来我家。

我安慰她，苏小妮想要五百万，法院也未必会判给她五百万，再说了，说不准法院会驳回她的诉讼请求呢。

朱莉美说：事是这么个事，可她既然起诉了，就说明在她心目当中我朱莉美就是欠了她五百万。

朱莉美觉得苏小妮心目中的那五百万远要比法院可能判得更少的赔偿款更有精神上的象征意义。

说完，她歪在我身上，像一个完全丧失了主张的傻姑娘，特让人心疼，我摸了摸她的脸，说有我呢，会好的。

她坐起来，看了我一会儿，好像有话要说，却没想好的样子，抽了张面纸，把她吃在沙发上的开心果碎屑逐一捡起来。我问她接下来打算怎么办。

朱莉美仔仔细细地把碎屑包在面纸里，突然抬头看着我，问：你觉得我的自尊值多少钱？

我想说她是个250，在我们山东，250就是个半傻子的意思，又觉得她刚刚哭完，我就说她智商欠火候显得很不厚道，就说你自尊值250万。

她挺满意，又说：你说我豁出脸皮去挨一顿骂值多少钱？

我继续重复：250万。

朱莉美就咧开性感的嘴巴笑了，小心翼翼地把面纸碎屑扔进垃圾桶里，两手对在一起拍了几拍，好像莫须有的灰尘被拍掉了，说：既然这样，现在我已经不欠她的了。

把我说愣了，我觉得她的逻辑很荒诞。她却一本正经地问我明天上午干什么，我说没事。她说那我来接你。

我说干什么？

她诡秘地一笑，说到时候你就知道了。

因为这句话，我怀着忐忑激动的心情，一夜没睡着，猜她是不是想继续和我睡。

59

上午9点30，朱莉美打来电话，说她在小区门口等我，限我在五分钟内下去。我屁滚尿流滚下楼，一脑袋扎进她车里，说为了这一刻，我早晨六点就起床刷牙洗脸吃早饭，唯恐错过了吉日良时。

朱莉美拿鼻子哼哼了两声，踩油门拉着我疾驰而去，到了市局门口，我才明白，朱莉美这是要破釜沉舟了，来给我作证还我清白，我一把揽过她的脸，狠狠地亲了两口。朱莉美推开我，说讨厌，把她脸上的BB霜给亲下来了！说着，抽了一张湿巾擦了擦我的嘴唇，说反正苏小妮已经知道了，这个证她还是给我作了吧，要不然总背着一杀妻嫌疑的罪名，日积月累我会变态的。

好像她正拯救我于水深火热之中。

我俩屁颠屁颠进了市刑警队，说明来意。朱莉美做完笔录签了字，我们俩一起往外走，一出刑警队办公室，朱莉美就一把拉起我的手，满面春风地问我现在感觉如何。我忙甩开她的手沉着脸说不如何。

朱莉美就恼了，站住不走了，大声说：苏猛！

我说：我没聋呢！

朱莉美却快哭了，说：你们男人都是骗子。

我说：我骗你什么了？

她说：你以前对我好，就是为了骗我来给你作证。

我在心里恨得，已经把自己抽了一个又一个大嘴巴，我恨我自己，见她拉我来了刑警队，为什么不提前叮嘱这个二货一声呢？在刑警队，我俩是不能举止亲昵的，因为这会让她的证言效力大打折扣。

朱莉美的大嗓门已经惊动了刑警队的人，有人探出头来看。我知道，就凭朱莉美的二货性格，继续在这里待下去没我的好果子吃，就压低了嗓门小声哀求她：祖宗，我们出去说行不行？

我一边说一边使劲地冲她使眼色，都快把眼球神经给扯断了。朱莉美从没见过我这德行，扑哧就笑了，说：苏猛，看你傻样，有话你直说行了，使什么眼色啊，我们又不是地下党接头。

我就觉得心里有个自己，咕咚一声晕倒在地。

我看着她，再看看刚才给朱莉美做笔录的两个警察站在门口，就知道完了，这次证是白作了，我懊恼地转身就走。

因为今天要见很多人，朱莉美还盛装打扮了一番，穿着细高跟鞋和雪白的蓬蓬裙，那裙子就像新娘子走在街上遭了恶作剧，被人剪了裙子。

她穿着被恶作剧的裙子扭着细高跟鞋追在我身后大喊苏猛的样子，让我把自己杀了的心都有了！

我为什么要睡她？如果我不睡她，今天这证就不会作出如此滑稽的喜剧效果！

出了市局，我气冲冲沿着马路往家走，朱莉美开着车子追上来，降下车窗冲我喊神经病。街上人来人往，都在看我，好像我是个不知好歹半路逃婚的新郎。

我背着手，走得不管不顾，对朱莉美半眼不看。朱莉美觉得她豁出曝光自己做小三的坏名声勇敢站出来给我作证，我理应对她感恩戴德，没想到会对她这德行，她觉得上当受骗，小三的坏名声也曝光得不值，就不依不饶地追着让我给个说法，要不然我就是居心叵测，狼心狗肺！

我走过了两个街角，朱莉美也追过了两个街角。我们身后已三三两两跟了几个看热闹的人，我觉得继续这么走下去，跟着看热闹的人会越聚越多，最后会汇成一个队伍，成为市井一景不可怕，影响了交通就不好了。我停下来，回头看看身后的队伍，已有十个人左右，见我停下回头看他们，他们也对自己的无聊行为感到羞愧，纷纷装做看天看地看手机，好像压根就没追着我们看热闹这回事。

我拉开朱莉美的车门，坐上去。

闹了一路，她好像已经忘记了追着我的目的，问我去哪，眼神里甚至还有对我能上她车的感激之情，都把我弄懵了，我很想问问她，你追着我不是为了要个说法吗？怎么又不要了？

她突然的好脾气和隐忍，就像刚刚不是去市刑警队给我作不在凶杀现场的证，而是去医院生下了一小孩，是我的种，所以，作为一个乏有生存技能的贫困母亲，她必须忍气吞声，因为刚出生的婴儿，必须仰仗我帮忙抚养。

我面无表情地说回家。

她看着我，突然说：我把你送下就走。

好像我担心她会赖在我家不走让我搞她，有时候我真搞不明白女人的脑回路，好像男人和她们在一起，只有性交这个目的。

我懒得说话，她把车开得行云流水，车到小区门口，她目光落在前挡风玻璃上，好像自言自语似的说我请了一上午假，下午一点半上班。

但我不想请她上去坐，因为我很生气，因为她的傻逼，我失去了最后一次洗白自己的机会。

我推开车门下车往小区里走。

朱莉美降下车窗玻璃，探出头来喊：喂！我到底怎么得罪你了？

我装没听见，进了小区门，她几乎是跳下车，追过来，趁小区门关闭前的瞬间，挤进来，亦步亦趋地追在我身后：你们男人都这样？

我不想在大庭广众之下和她吵，就不说话，进了楼，上电梯，进家，她追进来，关上门，倚在门上再一次质问我：你们男人都这样？

我说：差不多，有的可能更差。

朱莉美就给气哭了，说：你已经差到可以用烂来形容了！

我说：如果你追上来就是为了骂我一顿的，请便，我现在一句话也不想说。说完，我从冰箱里拿出一罐可乐，希望这冰凉的液体能浇灭我心头的怒火，我拉开，她以为给她的，伸手来接，我却很不绅士地自己喝了一口，完全没有给她的意思。

朱莉美不甘示弱，自己从冰箱拿了一罐可乐，一边拉开一边说：我早就说了，碳酸饮料喝多了对身体不好。她示威似的喝了好几口，瞪眼看我。我懒得和她对视，就去坐到沙发上玩手机。

朱莉美追过来，说：你是不是觉得我现在没利用价值了？

说着，她放下饮料罐，来解我的腰带，我大叫一声：朱莉美！你这个蠢货！然后推开了她。

朱莉美几乎是一屁股坐在了地板上，看着我，嘴一瘪，就哭了，像个不知道自己犯了什么错被家长打了一顿的孩子一样哭了。我在心里叹了口气，想，还是和她明说了吧，否则，这个蠢货想破脑袋都不知道自己错在哪里。

我有气无力地说：今天你主动要去给我作证，我很感动。

她不哭了，眼泪汪汪地看着我。

我说：因为我知道，你一旦去给我作证，就等于把曾经做过小三的丑事公布于众，这需要勇气，如果刘胡兰活到现在，她都没这胆，以前她不怕铡刀，那是因为国民党反动派虽然可以铡死她的肉体，但铡不死她金光闪闪的灵魂，她以身殉国，不留青山在也能留个好名声，可你不一样，你给我作证就相当于坦白做过小偷，不，比小偷还可耻的小偷，你偷的是人，就是不知廉耻、淫荡，而且是不顾江湖道义偷了闺蜜的男人，你说是不是？

她含着眼泪点头，好像很欣慰我到底还是明白了她一片良苦用心。

但是！我加重了语气：我还要说，你是个不折不扣的傻逼，你知不知道证人证言在什么时候最有效力？

她尖叫：你不许说我傻逼！

我说好，我不说你傻逼，证人证言在证人和被证人是仇人的情况下最有效力，其次是相互陌生的情况下，但如果我们认识，甚至是朋友，证言效力就大打折扣，如果是夫妻、直系亲属关系，证言的效力就基本等同于无，你说！你为什么要在刑警队办公室门口拉我的手？！你这岂不等于告诉警察，咱俩是狗男女关系，有了这层关系，你的证言还顶个屁用啊！我凭什么不生气？！

朱莉美这才意识到问题的严重性，抓起手包就往外跑。我大喝一声：你干什么？

她眼泪汪汪地说：我去跟他们解释解释，我在韩国料理店见着你那次，还是何建军的情人，脚踩两条船不是我的风格，所以我才到现在都没嫁出去。

我知道她的意思是说，因为情感专一，跟何建军好的时候，她没法和别的男人谈恋爱，以至于把自己给耽误了。我不得不发自内心地感叹，我从没见过比朱莉美更可爱更单纯的女孩子，让我都没法和她生气。

我把她拉回来，拉到床上，掀起她的裙子，说：来，让我把攒了一肚子的愤怒泄出来。

我们做了爱，她娇滴滴地躺在床上说开不了车了踩不了油门了。我给她叫了辆专车，她又尖叫，说：你没钱，叫辆快车行了。我说：不行，快车配不上你的高贵。

她爬过来，搂着我的脖子说：真的吗？你真的觉得我高贵吗？

我点点头，说：一个女人的高贵与否不在于她有没有钱是不是出身世家，更不在于她被多少男人睡过，而是她有比纯净水都干净的心灵。

她把脸埋在我脖子上，滔滔地哭了，眼泪鼻涕弄得我满脖子都是，她说因为偷了苏小妮的老公，她一直觉得自己很下贱，贱得都配不上一场普普通通的爱情。

现在，她说何建军时不再说何建军的名字，而是说苏小妮的男人，这是个好兆头，说明她已经不再把自己归属为何建军的情人，听上去很让我舒服。

我让她穿好衣服去上班，因为专车马上就到了。她边穿衣服边忧心忡忡地说如果她的证言真的没法洗清我的杀妻嫌疑怎么办？

我说：以前怎么办以后也怎么办，反正没有证据也不能说是我杀的。

她怯怯地说：对不起啊。

我手机响了，是专车司机的，我接起来，大声说：好的，我女朋友马上下去，我女朋友漂亮，路上规矩着点，别瞎撩。专车司机果然态度好，没得挑，说先生放心，我一定把您女朋友毫发无损地送到。

朱莉美已经穿戴整齐，站在卧室门口，定定看着我，好像在思考重大人生命题。我催她走，她说：苏猛，我要说，如果我答应你做你的女朋友，你会不会怀疑我是为了骗你卖房子帮我堵苏小妮那边的窟窿。

我拍拍胸脯，说：哥们的胸膛，像王母娘娘的瑶池一样清澈。让她不必担心，法院不会判她赔苏小妮五百万。朱莉美一听急了，说：可这件事我确实有责任。

再一次，我感觉到胸膛里有个自己一头栽倒在地，我说：是的，你有责任，但是这个责任没五百万那么贵，你明白了吗！！

见我火了，朱莉美忙说这样啊，表示她明白了，逃窜的兔子一样跑出去上班了。

一切果如我所料，当晚，陈枢过来劈头盖脸把我骂了一顿，说我是脑缺一号，和我的证人秀恩爱秀到刑警队办公室去了。在外人面前我不愿意把朱莉美描述成二百五，主要是朱莉美已经答应做我女朋友了，如果我把她说成二百五，他们会笑话我，觉得我和二百五谈恋爱结婚是对后代的智商不负责。

60

我正睡觉,听见有人沉闷地擂我家大门,是的,是擂,擂和敲门的区别就像泼妇骂街和文艺妇女叫床的区别。

是陆武。

把他让进来,我打着哈欠说这么早的时候眼睛瞄见了墙上的挂钟,已经上午十点多了,忙从抽屉里拖出两包速溶咖啡,问陆武要不要。

陆武没说话,坐在沙发上,一只手紧紧地攥着拳头,好像正在蓄积砸碎这个世界的力量。

我知道他不喝速溶咖啡,但我家没别的饮料,就给他冲了一杯。陆武一挥手,就连咖啡带杯子给扫了出去,一杯咖啡全泼在对面墙上。我说:陆武你干嘛呢你?我特么穷得就剩家里这四面墙了,你不喝就不喝,你给我泼墙上干嘛?

陆武眼珠子是红的,小白兔一样。我以为他爸终于还是没挺过去,死了,说真的,我觉得他爸还是死了好,我觉得人类长寿不见得是好事,譬如我们村有个老太太,有一百多岁,具体一百多少岁,连她自己也记不清了,几个孩子轮流赡养,有好几次,眼看着就不行了,儿女们简直要喜极而泣,奔走相告,但每一次她都生命力顽强地挺了过来,我娘说,老太太每次挺过来,她儿子就蹲在街上唉声叹气,当一个人长寿成了别人的负担,是没有意义的,但是,这话我不能跟陆武说,否则显得我太薄情寡义,毕竟他爸健康的时候,对我也不算赖。

所以，我必须强装满脸沉痛，问陆武是不是伯父……

陆武没回答我，把攥紧的拳头向我平伸过来，又缓缓地张开了手指，是一板药，一板长效避孕药，我一时没反应过来，问他拿这个干什么？

陆武一字一顿告诉我，在洛可可办公室抽屉里发现的。

我瞠目结舌，想起了陆武告诉我，为了怀孕洛可可每天晚上拿半个小时的大顶，我结结巴巴地问：她吃避孕药？

陆武点头。

我说：她不是梦寐以求要怀孕，以宽慰你爸的盼孙之心吗？

陆武的泪一下子砸下来，是的，我觉得陆武的泪是结结实实砸下来的，沉重的真相，像带着锋利锯齿的金属狼牙棒，砸在了他的心上，他揩了一把泪，艰难地说：做戏！洛可可的一切都是在做戏！目的就是骗取他的乃至于他们全家的信任，把陆家所有公司资产，转移到她名下。

我明白了，洛可可之所以那么痛快地答应了陆武的求婚，成全他对父亲的孝心，积极争取怀孕，不外是为了松弛陆武戒备的神经，达到自己的目的。

陆武说陆家洛基因生物工程公司已借元明纸业的壳上市，现在元明纸业的实际控股人是洛可可，而他和他的父亲，只持有30%不到的股份。

也就是说，洛可可一分钱没掏，仅凭着一个做市长的父亲能操作来壳公司，她空手套白狼套走了陆家父子的公司！

我问陆武打算怎么办？洛可可如此处心积虑，可见对他怨念很重，后面的招，或许更狠。

原本愤怒不已的陆武，一脸茫然。

是的，从一开始，我就知道陆武不是个生意人，他有足够的义气和豪爽，却不善人际间的谋略。他呆呆看着我，喃喃说：是啊，怎么办？

我说：陆武，你听我的，现在回洛可可办公室，趁她没发现你已经发现了她在偷吃避孕药，赶紧放回去，就当什么事情也没发生，然后从长计议。

陆武点点头，临出门前，突然说：要不你陪我回去吧。

我知道陆武的这种胆怯，三十多年来，仗着父亲的多金做铠甲，他活得随心所欲，战无不胜，根本就不知道怎么和别人勾心斗角，更不知道该怎么防御别人的进攻。

我说：不行，洛可可能走到今天，肯定在公司管理层安插了不少她的人，一旦我在公司出现，肯定会有人告诉她。

陆武就像个被推向战场的娃娃兵一样，满脸都是四顾茫然，不知该何处杀敌的仓皇。

我问他是怎么会想起来去翻洛可可的办公室抽屉。

陆武说不是去翻她抽屉，是早晨到办公室后发现昨晚手机忘记充电了，他和洛可可用一样的手机，就想她办公室里应该有，结果，就发现了这板药。

我松了口气，说不是故意去翻的就好，催他赶紧回去，怕还原现场拖得时间越长越容易出纰漏。

陆武一步三回头地走了。

不知为什么，他离去的样子，让我有瞬间的心碎。

61

到底，陆武不是个善演戏的人，从我这里回去后，就借口父亲可能时日无多，日夜待在父亲的房间里，偶尔和我聊聊微信，大多是商讨怎么才能把公司股权夺回来。洛可可也知道伪造的东西，早晚是要露出破绽的，所以，她不去冒险做假，而是谋取他信任，信任到对一些文件看都不看就随手签字，又以陆武妻子的身份，合理合法地把股份转移到了自己名下。

我虽然自恃有智商，但对洛可可做得滴水不漏的文件，束手无策，只能跟陈枢这个和坏人有战斗经验的警察讨教。

陈枢说陆家洛基因生物工程公司的资金是陆武父亲心甘情愿给儿子输的血，陆家和洛家是世交，陆武和洛可可是合法夫妻，如果他们相安无事，按说股份在谁名下都一样，反正是夫妻共同财产。

可我知道陆武的性格，嫉恶如仇，在识破洛可可后，是不可能和她相安无事过一辈子的。

果然，没多久，洛可可就气势汹汹地来找我，问陆武有没有和我在一起。

我一边玩游戏一边说：你也看见了，自从穆晓晨被人谋杀，经常和我在一起的，一个是游戏再一个是酒。

洛可可很生气，跟我控诉陆武不像话，父亲生命垂危，他整天在外面花天酒地，每天晚上醉醺醺回家，连床也不上，直接倒在沙发上，像什么话？！

我说：正常啊，以前陆武不就这个样子？也没见你管他。

洛可可说：以前他还不是我丈夫！现在是了，就必须顾及我的颜面，我可不想被警察通知去派出所交罚款领人！

洛可可在乎的不是陆武爱不爱她，而是他有没有在外面拈花惹草让她声名扫地，不管她多么不爱陆武，不管她多么不需要婚姻，陆武都是她法律意义上的丈夫，他放着免费的、高贵的市长千金不睡，却频频去夜总会买春，让她没面子。

我出去送洛可可，看她进电梯，突然恍惚，她是怎么知道我家地址的？刚想问，电梯门已合上了。见另一部电梯正在三十楼，我忙去按，电梯一到，门开了，我往里进，里面的人往外出，不小心撞了个满怀，我着急追上去问洛可可，并没看撞的是谁，只嘴里嘟哝着对不起就往里闯，却听人说：错了，错了，还不到一楼。

声音耳熟，我扭头一看，是车位邻居医生先生和他的老婆，下错了电梯，又着急忙慌地转身进来。我心急如焚，却又不能强制关门。

医生也发现了我，冲我点头笑笑，说出去啊？我没心思和他攀谈，就胡乱说是啊，出去趟。

医生老婆显然知道我是谁，小声问案子破了没。我说没有。她先向我表达了一番妇人之仁的同情，又说穆晓晨人好，特别善良，很了解穆晓晨的样子，我很奇怪，就问：你认识她？

医生在背后悄悄拽了她一下，她就尴尬地失声了，而原本张开的嘴还没闭上，就尴尬地啊啊了两声，说算是吧，有一面之缘。

我觉得不对，怕人的，必然没好事，就略施小计，说：晓晨活着的时候，跟我提过你们。

医生夫妇面面相觑。

女人话多，肚子里攒不住事，就讪笑着问，是不是说她找穆晓晨帮忙把她家孩子办进金苏小学的事？

金苏小学是我们这里最好的小学，全市达官显贵们求爷爷告奶奶挤破了头也要把孩子送进去。同床共枕了五年多，我还真不知道穆晓晨有这能量，早知道我也出去吹吹牛逼炫耀一下，因为坊间传说，非金苏路小学片区要进金苏小学读书，得教育局长和管文教卫的市长这级别的领导签字。

我想从医生老婆嘴里多套出点话来，就得不动声色顺杆爬，说：是啊是啊，还跟我说呢，这事有点难办。

医生老婆一副完全不带脑子的嘴脸说：凭她和洛市长的关系，有什么难办的？

轰隆隆的，我就觉得脑子里有座山一样的墙坍塌了。

我想起了穆晓晨在嫁给我之前曾经有段不为人知的奢华生活，应该和某个权贵人物有关，难道这个人就是洛市长？

是的，洛市长就是洛可可的爸爸，我还记得和洛可可说穆晓晨时，她脸上的惊诧和不屑。真相应该就是这样了：穆晓晨曾经是洛市长的情人，后来奸情暴露，洛可可妈出马，逼穆晓晨离开她的丈夫，并承诺结婚嫁人。

肯定是这样。

我明白了洛可可为什么瞧不起我，因为我老婆曾经给她爸当过姘头，是被她妈逼着嫁人的，想到这里，我就可怜自己，可怜我的爱情，那么真诚浓郁，在穆晓晨那儿不过是保护她不被一个官太太报复的护身符。

我给她当了五年护身符，可她还是被杀掉了。

我怔怔地站在电梯里，一言不发，目光僵直，泪水潸然而落，好像魔怔了。医生两口子什么时候离开的都不知道，只记得医生老婆说她婆婆住在29楼，也是医生，精神科的，虽已退休，但如果我心理上有什么困扰，还可以上去找她聊聊。

我在电梯里默默流泪的样子，让医生的老婆很感动，她不知道我的眼泪是在可怜自己，以为我是想起了穆晓晨。所以，她安慰我，建议我找她婆婆疏导丧妻的悲痛以及抑郁情绪。

女人是感情动物，如果你是个男人，你做多少丰功伟绩都不如你深情地爱着一个女人能令她们感动。

所以，我决定利用她的感动。

虽然她没说，但我已知道了她的工作单位，因为她和我介绍她婆婆的江湖地位时曾说我妈是我们院我们精神科最牛的专家级主任医师，那么，她应该也在市医院精神科，应该是护士而不是医生，否则，就凭她被我感动到那分上，当场就给我做心理疏导了。

我出了电梯，来到小区里，夜黑茫茫的，隔不远就亮着一盏路灯，昏黄昏黄，亮得很勉强很慵懒的样子。

我不想找洛可可了，也觉得找她问是怎么找到我家的，有点蠢，不如直接问陆武。

陆武不接我电话，我猜他在夜总会，声色犬马里，根本就听不见手机响，我已经习惯了，等看见的时候，他会给我打过来。

陆武跟我说过，其实他厌倦了夜总会，还去，就是想羞辱羞辱洛可可，在夜总会，他毫不避讳自己是洛市长的女婿，为点鸡毛蒜皮就跟人干架，砸坏东西不赔，点了小姐的钟却不给小费，甚至跟夜总会老板叫嚣，能来砸他场子都是瞧得起他，是给他个机会让他大言不惭地说这里是市长女婿的据点，看以后谁还敢找他麻烦！至于被他点钟的小姐，想要钱？开什么国际玩笑？操市长千金的鸡巴操她们，那是抬举！

我劝陆武别这样，想给洛可可难看可以另想办法，现在的方式是杀敌一千自损八百，得不偿失。

陆武却认为，这种方式杀伤力最大杀伤范围也最广，当是最佳。

我却为他捏把汗，每天晚上都要跟他通个电话，知道他已安全到家才能放心睡觉。

62

第二天中午,我去市医院,找医生老婆请吃饭,果然找到了,她是市医院精神科的护士,见着我很热情,说不用挂号了,她带我去看专家。

她身材一般,个子不高,但走路很快,我几乎要一溜小跑才能追上她。我不知道她名字,只能一边追一边哎哎地喊她,说我不看医生。

她显得很失望,说:我们医院的精神科是很有名的。

我说:我知道,我就是想请你吃顿饭。

她用医生看病人的眼神看着我,好像在揣度我是不是有精神病,据说家中突发重大劣性事件的人,是各大医院精神科主要的病号来源。

我诚恳地看着她,说:真的,我就是想和你聊聊晓晨。

她眼里的狐疑还没有去掉,我说:真的,我和每一个认识晓晨的人都聊过。

我表演得声情并茂,为了让我的悲痛看上去更能打动人,早晨出门前,我用食指蘸了蘸辣椒油,现在我用它抹了一下眼睛,瞬间就热泪盈眶:通过和你们聊她的点点滴滴,就仿佛她还活着,只是去了一个我暂时去不了的地方。

她被我汹涌而出的眼泪征服了,答应和我一起吃饭。我让她就近选个地方,我去等她。她选了医院对面的川菜馆。

我一吃川菜就涕泪横流,很狼狈,所以,我很少吃川菜,尤其和女性约会的时候，但今天不一样，其一我对医生老婆没兴趣，其二我需要川菜帮助我涕泪横流。

女人么，只要被感动了，就容易说实话。

果然，在我涕泪横流的夹击下，她毫无保留，说如果她是穆晓晨，知道自己被爱得这么深情，死了也能瞑目了。

嗯，我对这条不感兴趣。

她说如果人真的是有灵魂的，穆晓晨一定知道她死后我是多么悲痛吧？如果她知道了，会不会后悔当初和洛市长那一腿？

我怦然心动。

她继续说，其实认识穆晓晨的是她丈夫不是她。

我隐忍不发，耐心等待，漫不经心说我听穆晓晨提起过她丈夫，当然，我撒谎了，穆晓晨从未在我眼前提起过他们。我这么说，是为了麻痹她，为了让她认为穆晓晨和她的妇科医生丈夫之间的交集，其实我是知道的，她没必要隐瞒我。

她马上一脸骄傲，说别看他是个男的，年轻，可他是全市妇科手术一把刀，当年穆晓晨因为宫外孕大出血深更半夜被送到医院抢救，洛市长亲自点名由他主刀。

我的脸又灰又凉，就好像有块冰，贴着我的脸，没完没了地往下滑。

她担心地看着我：你脸色不大好，是不是听了这些不舒服？

我说：没事没事，以前就知道，但知道得没这么详细。

她表示理解，说随便哪个男人，要知道自己老婆有过这种事都好受不了，说：要不就不讲了吧？

我说：别，我想听，我知道晓晨心里也苦，也没办法，胳膊拧不过大腿，长得漂亮的女孩子，一旦被领导盯上，没几个跑得了的。

医生老婆说也不能说是洛市长逼她的，我听我们家那个说洛市长对她挺好的，后来他老婆不知怎么知道了，跑到医院闹，有人看见他给老婆跪下了，我估计也是因为这事，他才和你老婆分手的。

我点点头，谢了她，问托穆晓晨帮忙办孩子上学的事，是什么时候。

她想了想，说有天晚上医生喝醉了，在地下车库遇到我和穆晓晨，回家后就跟发现新大陆似的让她猜他看见谁了，她哪儿猜得出来？他就说遇到穆晓晨了，没想到她居然嫁给了他的车位邻居，真是无巧不成书。她一听，高兴坏了，因为转过年来他们的孩子就该上学了，她想把他送到金苏路小学去，正愁找不到门路呢，就让医生去跟穆晓晨说一声，不管怎么说，当年也算她的救命恩人，这个忙她应该能帮。医生不肯，说她现在都嫁人了，肯定和洛市长断了。可她觉得，就算断了还有一日夫妻百日恩的情分呢，何况穆晓晨因为洛市长输卵管都废了一根，差点把命搭上，这个情，洛市长怎么还都不过分，只要穆晓晨肯给他打电话，这事十拿九稳就能办。

说到这里，她意识到跟我说这些有点不合适，就小声问：你不生气吧？

我晃了晃表皮已经冰麻冰麻的脑袋，说：人都没了，还生什么气？

她说：你不生气就好。

我说：你接着说吧，所有和晓晨有关的过程，我都想听，我爱她，她做过什么我都能理解也能原谅。

她将信将疑地看着我，好像不相信在这世界上竟然有宽宏大量到不计较老婆给自己戴绿帽子的傻逼男人。

我就随便编了一个著名的外国作家的名字，反正她也不像个读过很多书的样子，说著名美国作家莉莉安曾说过，没有原谅的爱，不是真正的爱。

她眨着一双无知到无辜的眼睛看着我，一副完全不能明白这句话含义的样子。

我努力克制着内心的烦躁跟她解释：我们一直认为忠贞专一的爱，才是最好的爱，但是，如果你真正爱一个人，如果他背叛了你，可你还是原谅了他的背叛，这样的爱，才是真正的有深度的爱，因为你知道人是向往神性的动物。

她还是一副云里雾里的样子。

我对愚蠢和浅薄有种本能的反感，反感到一定程度就会烦躁，但她一副你不给我讲明白我就没法和你对话的蠢样子也是让我极其没有办法，只好继续解析：首先，我们永远不要忘记，人，也是动物，也具有动物的劣根性，比如说狮子大猩猩都是多妻动物，其他不是多妻动物的动物，出于基因延续的本能，发情期的雄性动物看见雌性动物就会冲上去播种，我们人呢，虽然号称是文明动物，可再文明也还是动物，脱不了动物本性的，所谓出轨和背叛，大多数并不是感情的转移，而是动物性本能发作，所以，如果你足够爱一个人，就会原谅他霎那的动物本能发作，因为你爱他，失去远要比原谅更痛苦。

她懵懂地点点头，表示听懂了，但我知道，她所谓告诉我听懂了，不过是终于意识到了自己的智商短缺，怕暴露得太多被我瞧不起，就似是而非地说听懂了，在这世上，这样的人就是不懂装懂的装逼庸俗大众。

不是我嗤笑她，如果她智商不缺斤短两，就不会傻逼兮兮地坐在这里跟一个丧偶男人讲他死去的妻子曾经给他戴的是一顶什么样的绿帽子。

尽管她告诉了我很多我想知道却不曾知道的穆晓晨的过去，但我一点也不感激她，甚至憎恶。

她讲述的过去，像一面长满了滑腻苔藓的镜子，让我看到了曾经的自己，有多么的可怜不堪。

作为男人，我宁肯被火烧刀砍也不愿承受这样的可怜不堪：你不过是你爱的那个女人不得已的选择，没有爱。

她在我对面喋喋不休地讲着，我在心里暗暗发誓，这辈子都不原谅穆晓晨，尽管她已经死去。

后来，我问：然后呢？

她说：什么然后？

我说：你不说让你丈夫去找晓晨办孩子上学的事么？

她惊异地看着我，说：我刚才已经说了啊。

我说：对不起，我刚才内心弥漫着无药可救的悲伤，没听清楚，拜托你能再给我讲一遍吗？

其实刚才我满脑子都是愤怒的胡思乱想，根本就没听清她都讲了些什么。说着，我顺手用食指抹了一下眼睛，眼泪刷刷地又滚下来了。

她无限同情地看着我，抽了张面纸塞到我手里。可我擦泪的时候，不小心把食指戳到了眼球上，眼泪几乎像泉涌一样地往外喷。她给吓坏了，说：你没事吧？要不你就哭出声吧，总这样憋着身体会坏掉的。

我索性表演得更逼真一点，几乎是哽咽着说：没事，你继续说。

她继续说，说他们家医生这个人，自尊心特强，从不肯开口求人，她了解他，就天天催，有天晚上，医生出去喝酒了，她自己懒得做饭，就去我们家楼上的婆婆家吃的，吃完饭，又想起孩子上学的事，知道医生还没说，索性就不指望他了，自己找穆晓晨说，她婆家离我们家就四层楼，就没乘电梯，溜达下来了，敲开我家门，自我介绍了一番，才把想托她给孩子办上学的事说了，知道她是医生的老婆后，穆晓晨对她很热情，还招呼她进去坐，要给她泡茶，她怕喝了晚上睡不着，没让，穆晓晨就给她剥了只丑橘，对孩子上学的事，穆晓晨满口答应，这时婆婆打来电话，说医生喝醉了，稀里糊涂把婆婆家当自己家了，让她赶紧上楼扶他回家洗澡，她就连忙跑回去了，没想到过了几天，就听人说穆晓晨让人给谋杀了，她还好一顿唏嘘呢。

我终于明白了，我家茶几上的丑橘，原来是穆晓晨剥给她的。

我问她是不是那天晚上医生喝醉了吐在我车上了？她难为情地说你知道啊？我没说话，她又絮叨，说医生虽然醉得稀里糊涂，但知道吐我车上了，跟她说了，穆晓晨都答应帮她这么大忙了，她一定得做个有道德有修养的人，就拎着一桶水去把我的车给擦洗干净了。

穆晓晨被杀那晚的两个疑点，被逐一解开，它们并没有我想象得那么玄妙，我多少有点失落，点了点头，问她是几点离开我家的。

她说不记得了。

我说：你必须记得！

她被我凶悍的样子吓坏了，说：你干嘛啊？

我说：因为就在你去找她的那天晚上她被谋杀了！

她惊恐地看着我，好像终于明白了我竟是在怀疑她，就猛地站起来，拎起手包就走，边走边说：神经病！我可没杀她！

作为一枚动物，遇上愚蠢且自以为是的人类，真是没有办法解释，所谓无从置喙，大概就是这感觉吧。

直觉是种很奇怪的东西，尽管我找医生的老婆打听旧事，尽管她告诉我在穆晓晨被杀的那天晚上去过我家，恰巧因为她去和走都是走的楼梯，所以在电梯监控里没留下她去我家的影像，可我从没怀疑穆晓晨的死和她有关系。

我追出去，向她道歉，说我从没怀疑过穆晓晨的死和她有关。然后，站在明晃晃的街上，我故伎重演，用抹过辣椒油的食指搓眼，瞬间的涕泪俱下里，我告诉她，我就是想知道穆晓晨在被杀之前在干什么，有没有想我？是不是已经原谅了我？因为在她被杀之前我们刚刚吵过一架，我负气出走，把她自己丢在家里，这也是导致她被杀的主要原因，所以，我内疚得寝食不安，这半年多以来，都快瘦成晾衣竿了。

她再一次被我高超的演技欺骗，上下打量我，说：你早说啊。顿了一会儿，又说：我知道你们吵过架，我去的时候，你家乱七八糟的，她告诉我了。

我说：然后呢？

她说：我就说了我们家孩子要上金苏路小学的事，她答应了。

我说：再然后呢？

我婆婆就来电话了，我就上楼了。

我说：你走的时候她在干什么？

她说：没干什么，就是走到门口送我。

我说：她说什么了？

她想了想：她没说什么，我说了……

她说到这里的时候，声音小下去，眼神里有怯，好像突然想起了什么，不敢说了。

我几乎是哀求她：你告诉我吧，不管你说了什么我都不怪你。

她小声说：我建议她开着大门，因为你们家有股特别浓的六神花露水味，辣得人睁不开眼，我说你开着门走走味吧，不然我担心你今晚会失眠。

我没说话。

她说：你知道的，六神花露水有提神醒脑的作用。

我说：我知道。我喃喃说：吵架的时候，我摔了一瓶六神花露水。

她说：你还有什么要问的？

我说：她答应你开着门了？

她点头，说穆晓晨谢了她，把大门开得大大的，搭扣也打开了，这样，大门就不会自己掩上。

我的大脑像迎着光的洞口，簇拥着不可视物的光芒万丈。

她说：没什么事我走了啊。

我摆了摆手，然后，蹲在马路边，想穆晓晨。

原本她可以不死的，我也是凶手之一，如果我没有摔那瓶花露水，医生老婆就不会建议她开着门，如果她没开着门，说不准凶手就不会那么轻易地进来对她痛下杀手。

你要问我知道内情后有没有恨穆晓晨？

我没有，只觉得我和她都可怜。

不能掌控自己命运，是千万种可怜中的最可怜，穆晓晨失去了掌控爱情和择偶的权利，我失去了被爱的权利。

63

陆武出事了，在几天后的一个深夜里。

陆武醉醺醺地从夜总会回家，突发奇想，要飙车，洛可可不让，因为他已醉得不扶着墙都无法站立。

可陆武像疯了，非要出去，还把拦着他的洛可可给推倒了。

然后，陆武开着他的皮卡一路狂奔在午夜的街上。洛可可不放心，一路开车尾随，后来，陆武从快速路拐下来，因为车速太快，一头撞上了迎面开来的集装箱车。

车子翻了几个滚，撞在了路边护栏上，陆武身上多处骨折，重度昏迷。

这是洛可可后来告诉我的。

我呆若木鸡到坐在医院走廊了，突然觉得自己是个不祥之人，妻子被人谋杀，最好的哥们重伤昏迷。我问医生他什么时候能醒过来，医生说这不好说，要看他个人的生命力和求生欲望了。

我泪水横流，告诉医生，陆武生命力很强，他能一口气徒步爬上泰山，还能连续好几天好几夜不睡觉也精力旺盛。大概遭遇过太多心急如焚且怀揣侥幸希望的家属，医生见惯不惊，只是笑笑，说生命力再强也架不住物理性创伤严重。说完，医生就要走，我跳起来，跳到他面前，挡住他的去路，说物理创伤也不怕，如果陆武身上零件有撞坏了的，可以从我身上取，我心甘情愿，没半点意见。

但医生一点也不感动，他冷若冰霜，好像我并不是心急如焚的患者家属，而是胡搅蛮缠的医闹，他把我扒拉到一边，说对不起，我还有台手术。

我知道，别人的生命也是生命，陆武生命垂危，不是我拦着医生不让他去救别人的理由。我只能放行，眼巴巴地看着他远去，就像一个即将溺毙的人看着最后一根救命的稻草漂远。

自始至终，洛可可站在重症监护室门口，平静地看着我和医生交涉，等医生走远了，才从偌大的落地窗看了一眼躺在里面的陆武，面无表情地说：这就叫自作孽不可活。

洛可可知道我和陆武，是左膀和右臂的关系，所以她经常说我们狼狈为奸，在我面前，也从不避讳她对陆武的态度。

这如果是以往，随便她对陆武怎么恶毒，我都会保持理智的皮笑肉不笑，可今天不行，陆武已经这样了，我不许她这么咒她。我说：洛可可，不管你对陆武有多失望，在法律上，他都还是你丈夫，我不许你这么说他。

洛可可呵呵地冷笑了两声，说：好像我这么说说，他就能死了似的，我要真有那么大魔力我干点什么不好？

说完，她转身就走，我追过去，问她去哪儿。

洛可可说回公司，一堆事等着她处理呢。

我问：陆武怎么办？

洛可可说：那要看上帝的意思了。

我不寒而栗，追上去喊住她，她不耐烦地回头看着我，说：有什么话你能不能一下说完？我事情很多的，他都这样了，我守在这里也没用。

我几乎是恳求他：陆武的事，别告诉他父母，尤其是陆武父亲，我怕他受不了。

洛可可说：这可不好说，他爸习惯了陆武每天去问安，突然没影了，他肯定得问，你让我怎么说？撒谎这么低级的行为，我还没学会。

洛可可认真看着我，好像在向我讨教世纪难题。

我知道撒谎是件出力不讨好的事，会让自己随时处在如坐针毡的尴尬中。所以，有人为了利益撒谎，我可以理解，如果不为了获利也撒谎，一是以为别人都比自己傻的傻逼，二是利欲熏心臭不要脸。

自从陆武留恋夜总会四处败坏她和她父亲的名声，洛可可就不再扮演贤孝儿媳妇了，反正陆武每天都是下半夜回来，醉醺醺一身臭气，她也没欲望，总觉得从夜总会回来的陆武浑身上下都让她恶心，所以，她不仅不和陆武睡一张床，还分房了，每晚的拿大顶表演，自然也就没继续的必要了。

就这样，我的兄弟陆武，每天从醉死梦生中脱身回家，经常连衣服鞋子都不脱就孤零零趴在床上睡着了，这么一想，我的心脏就会疼，觉得钱真不是个好东西，如果不是因为家里有钱，陆武或许会像大多青年才俊一样，娶个女人，知冷知热地过小日子。

洛可可这种女孩子，从小在众星捧月的环境中长大，习惯了人人为我，而不是我为人人的人生理念，如果我对她还有要求，那是我的错，而不是她的不作为，如果一定要为陆武的父亲做点什么，也只能由我来做。

所以，我告诉洛可可，陆武的父母那边交给我，希望她能看在和陆武夫妻一场的分上，在陆武父亲问起陆武怎么样了的时候，就说韩国那边的公司，需要他过去一段时间。

洛可可不置可否地走了。

然后，我坐在医院楼前的台阶上，张望灰茫茫的天空，想陆武，想很多关于陆武的一切。我知道陆武好玩，玩起来也很疯，但他和别的富家子弟不是一路疯法，比如说，有的富家子弟热衷于吸毒、午夜飙车，但他认为这些拿命开玩笑的玩法是傻逼行为，压根就瞧不起。

他怎么可能玩自己瞧不起的玩法？虽然他醉了。

我了解的陆武，酒量好，喝醉了会狂吐、脚软，心却明镜一样清亮，有次他请人喝酒，有人趁喝醉了吃邻座女孩的豆腐，被陆武直接拎起来扔在了包间外。有人讲情，让他别和醉汉一般见识。陆武说放屁！他觉得喝醉了出洋相是修养和人品的缺陷，都是挨揍挨得少了！

陆武就这样，他痞，他纨绔，他花，但他有道义，从不在酒桌上占女性的便宜，不管是语言上的还是行为上的。他最骄傲的是他泡妞从来都是在妞清醒理智的情况下心甘情愿被泡的，至于下药撒谎哄骗，在他眼里，都是无耻下三滥，是他最为不屑。

所以，我不相信陆武会酒醉后飙车。

他的出事地点距离我家不到一千米。隐隐的，我觉得他并不是飙车，而是来找我，而且情况紧急，才让他不惜在酒后的午夜，驾车前来。

64

我和陈枢说我怀疑陆武有事要和我说。

陈枢问为什么。

我就把穆晓晨曾是洛可可父亲的情人的事说了。

作为男人，跟另外一个男人说自己老婆曾经给人睡过，这事很没面子，但是，我想知道陆武为什么会犯这么低级的错误，就顾不上那么多了。

陈枢皱着眉头看着我，说你觉得他午夜酒后狂奔，就为这点事？

看看，这就是人，事不关己，永远小事一桩，穆晓晨曾以青春美丽的身体投奔权贵胯下，对我这个丈夫来说，已是奇耻大辱了，在他看来，都是不值得朋友为之酒后午夜飞车。

我悻悻然说或许是别的。

陈枢说：譬如说……

我说譬如说，现实生活中的洛市长，并不像新闻报道中的伟光正，他的女儿借助于他的权势，用了七年的时间，把陆武父亲的公司，一口口吞到了自己的名下。

陈枢身体呈大字坐在沙发上，慢慢啜饮手中啤酒，过了一会儿，把喝空的啤酒瓶往茶几上一放，说你给我几天时间。起身匆匆往外走，我问他哪儿去。他说有事。

65

接下来的日子，我每天早晨去医院，看看昏迷得像一块破肉的陆武，再去他家，陪他父亲说会儿话。

听见我来的声音，陆武父亲都很激动，让我拨打陆武的手机号，说他要骂他一顿，说他没个当爹的样子，孩子都快出生了，他竟然跑韩国去。我故做潇洒地骗他，说伯父，您也知道陆武的脾气，说要干什么，就跟风顶得似的，谁也拦不住，他说了，家业是老父亲打下的江山，公司上市是老婆的功劳，唯独他这个即将要做爸爸的男子汉狗屁事也没干，都羞为人父，所以，他必须去韩国那边把公司搞出点名堂来，要不然他就不姓陆了，让我们谁都别打扰他，打扰也不理，找上门去必被喷一脸唾沫。说完，为了验证我没撒谎，我拨陆武的电话，陆武那边只有漫长的等待音，永远不会有人接起，这时候，我总是泪流满面，幸亏，癌细胞已经扩散到陆武父亲的脑子里，严重侵害了他的视神经，让他只能分得清白天和黑夜，就算有人把脸凑到他对面，他也看不清五官了。

每当这样的时候，陆武的母亲就会捂着嘴巴走掉。

我毫不怀疑，如果她继续待在房间里就会失控嚎啕大哭。

所以，她走是对的。

我和朱莉美说，每次在陆武父亲面前肆无忌惮流泪的时候，我就觉得自己是个混蛋，我流泪流得那么狰狞是对一个盲人老人的欺负。

朱莉美说：有什么办法呢？在这种时候，宁肯让他生气也不能让他绝望。

是的,如果我告诉他洛可可没怀孕,陆武像一块破肉躺在医院里,就是彻底让他绝望,虽然人难免一死,可让一个人怀揣着绝望死去,很不人道,我得让他知道,光明还是有的,我希望他能看到,至于能不能真的看到,就看他的运气了。

朱莉美说总这么下去不行,陆武父亲会起疑心的,她让我像开动柴油机一样开动我的脑子,想一个瞒天过海的办法,既能宽慰陆武的父亲,又不至于穿帮。

我苦思冥想,都失眠了,才想出来。

我从微信里挑选了一些陆武和我的语音对话,比较中性的那种,从说话内容和口气上不能确定时间和地点的、我和他瞎扯的那种对话,用另一个手机微信录好,分门别类,集中在一起。

再去陆武家,我告诉陆武父亲,我能联系上陆武了,这小子不让打电话,说有事微信留言,他看见了会回我。

陆武父亲问他回过话吗?

我说回过,我把昨天精心录好的微信对话逐一放给他听。

陆武父亲听得频频点头,脸上露出了当年训陆武浪荡公子时又气又无奈的表情。我挺心酸的,虽然骗人不厚道,但这时候,我却觉得自己牛逼伟大,像扶老奶奶过马路的小学生,对自己的智商和个人情操,内心充满了自豪感。

突然,陆武父亲伸手,要给陆武留句言。

没辙,我只好让他留了,陆武父亲嘶哑着嗓子骂了句:臭小子,你爹都快死了,你什么时候滚回来?

当然不会有陆武的回音,我继续骗他,说陆武对我也这样,从不马上回我，都是什么时候看见了，还得他心情好，想回的时候才回我一两句。

陆武父亲不放心，怕自己的话，没录到微信上，让我把他的话放一遍给他听听。我给放了，他点了点头，说他还要说一句，我让他说。陆武父亲说：儿子啊，就算你爹不值得看，可可生的时候，你也要回啊，不然将来她会怨你一辈子，让孩子知道了也不好。

第二天，我带着配置好的微信录音，去陆武家，放给他父亲听。

微信的陆武一副玩世不恭腔调，说他在那边嗨着呢，让我们别打扰他。

在这几句话后面，还有我装模作样的留言，我说：陆武，你别不搭理我们，你爸妈都可想你了，你跟他们说句话。为了匹配这句话，我翻遍了和陆武的微信聊天，才找出来一句合适的话：我好好的，有完没完？

陆武说这句话，是三个月前，他在夜总会鬼混，我不放心他，打了几遍电话，他不接，也懒得听我说话，就用微信回了我一句，当时他喝高了，正给小姐们讲段子，小姐们笑得前仰后合，这让他很有成就感，就很烦我的打扰，正是他的这句烦，现在被我拿来蒙骗他可怜的父亲，让他知道，儿子活得好着呢，就是懒得和他说话。

陆武的母亲终于失控，哭着跑了出去，我冲朱莉美使眼色。朱莉美忙追出去。

朱莉美的傻萌虽然是缺点，但也是优点，因为她知道自己的缺点就是没心眼，所以特别听话，我让她干什么她就干什么，执行力特别强，和谣传中精明狡猾的小三狐狸精相差十万八千里。我曾经说过她，就你这智商也敢给人当小三，幸亏何建军不坏，要不然，把你卖到山沟里给一老农民当老婆你还欢天喜地帮他数钱觉得他是为了你好呢。朱莉美说我损，打我，但对我崇拜得五体投地，觉得我这个人虽然诡计多端，但不坏，只有跟着我，她才没有被拐卖的危险。

66

那段时间，因为陆武、因为他奄奄一息却一定要等着抱一下孙子的父亲，我焦头烂额，最后，终于在一家私人小医院找到了一对乡下进城打工的夫妻，用两万块钱租他们孩子俩小时，抱给陆武父亲看，说陆武的儿子出生了，挺胖挺壮实的一小子，陆武父亲用干枯的手抚摸着孩子稚嫩的脸蛋，落下滚滚的热泪。后来，孩子哭了，一直跟在身边的孩子妈急了，要把孩子抱回去。陆武父亲问她是谁，我急中生智，说洛可可怕喂奶破坏体型，特意给孩子找了位奶妈，人很好，身体也健康，肯定亏不着孩子。

陆武父亲点点头，嘶哑着喉咙说好。然后扭转头，冲着孩子的方向对所谓的奶妈说，你有空的时候，就把孩子抱来给我摸摸。

这简直是给我们制造难题！没辙，题既然出了，就得解，我跟孩子妈商量，每天给她一千块钱，接她过来在陆武父亲跟前露一面。

她淳朴的丈夫一听，就皱起了眉头，说不行，让孩子天天来见一个快要死的人，晦气，得加钱。

我心里说都特么说农民淳朴，狗屁！这几年讯息发达了，交通便利了，他们跟城里人学了不少东西，但好东西没学着，城里人的奸诈和鸡贼被他们发扬光大到了令人作呕的地步，我强忍着怒气，问他要多少钱才可以。

他看天看地地想了一会儿，狠了狠心说一千二吧。

我在心里差点喷了，看他那架势，我还以为要两万呢。我不能流露出如释重负的表情来，要不然，他会马上后悔，觉得自己要少了吃亏了，我故做沉重，说好吧，我跟我朋友妈妈商量一下。

进屋转了一圈，喝了杯茶，什么也没说，就出来了，说好容易才把朋友妈妈说服了，就这样，以后每天上午十点，我去医院接你们过来露一面，等你们出了院，我就去你们住的地方接你们。

夫妻俩说成，怎么都成，欢天喜地的样子。

我送他们回去，一路上，男人对着儿子看了又看，忍不住亲儿子的脸蛋，美滋滋跟他老婆说，我就说你生咱宝的时候医院外头的喜鹊一个劲地叫呢。

但我一点也不觉得好笑，也不觉得他们就是见钱眼开的市侩小人，只是觉得，这才是大千世界，你的忧愁，说不准就是别人的欢喜。幸福和痛苦就像一对恩爱夫妻，它们从不走单，不停地诞下生活的万千种样子。

只是，这对夫妇的欢喜并没持续多久，第三天，陆武的父亲死于呼吸衰竭。

为陆武父亲送完葬的第二天，洛可可突然来找我。

她漂亮的脸蛋上阴云密布，皱眉看着我，好半天，几次，都欲言又止，把我搞得像个被诘问得哑口无言的傻逼，我说你找我有事？

她突然站起来，说没事！

就走了。

我给陈枢打电话，说了这件事，问怎么了。

陈枢说你还不知道啊？

好像外面天都塌了我还在睡大觉的口气，我问发生了什么惊天动地的大事。

陈枢说他一会儿告诉我。

67

陈枢来的时候，我已经喝了一罐冰镇可乐平复情绪。

陈枢说大前天他抓到一个盗窃惯犯，在他的住处搜出了大量的现金和奢侈品，据交代，前不久他盗窃了洛市长家，陆武家还有洛可可的办公室，不仅盗窃了大量的珠宝和奢侈品，光洛市长家床底下的现金，就偷满了一辆面包车，最奇怪的是洛市长和洛可可都没报案。

我幸灾乐祸，说财产来路不干净，他们只能吃了这个哑巴亏。

但很快，我就从幸灾乐祸中平静了下来，感觉小偷怎么好像有预谋地提前踩好点一样？专门偷洛市长和洛可可。是的，小偷偷的是陆武的家，但陆武一直躺在医院昏迷不醒，那个家，说白了是洛可可一个人的寝宫，如果说洛市长家被窃大量财产是因为来路不明不敢报警的话，洛可可为什么也不报警？

我问陈枢。

陈枢从包里拿出一只摔坏的苹果6手机，默默放在眼前的茶几上：在洛家父女被盗的财产中，这是最不值钱的一款。

我迟迟疑疑地看着这款似曾相识的手机，翻过来，手机的背面是我和穆晓晨的大头照，还是我死皮赖脸地给贴上的，我说晓晨你太漂亮了，我必须给你打上LOGO，让那些蠢蠢欲动的臭男人们知道，你是名花有主的。

因为知道了穆晓晨的过往，知道了她不爱我，我也不愿意承认自己爱她了，尽管事实是我依然爱她，爱这东西，就是一条撵不走的老狗,一旦付出过,它就在你的人生里流连不已,尽管,你知道这条老狗有各种各样的缺点,但,爱就是无法停止。就如现在,我看着穆晓晨的遗物,情不自禁潸然泪下,但一点也不影响我对朱莉美的爱,这就像一个人少年离家,故乡会终生魂牵梦绕,但这并不影响他对现居地的爱。

陈枢指着手机说:小偷交代了,是撑着袋子从保险柜里往里划拉珠宝时没在意划进去的,要不然他才不会偷一部破手机呢。

我就更纳闷了,穆晓晨的手机怎么会在洛可可那儿?

陈枢摊了摊手,拿起手机,说虽然屏幕坏了,但使用功能不受影响,他已给它充了电,然后,很随意似的,点开了手机里的一份录音文件。

是穆晓晨和洛市长的聊天,他们聊了一些当年往事,穆晓晨声泪俱下,痛陈因为怀孕被切掉了一条输卵管,让她至今不能怀孕做妈妈,幸亏我厚道,从没在这件事上起过疑心,更没难为她,说到这里,她要感谢洛市长的老婆,如果当年不是她为逼她离开洛市长都动用了黑社会,甚至扬言要毁她容,她就不会在惶惶不可终日中选择了相亲,如果不相亲,就不会遇上我,可是,和洛市长的那段曾经,总让她觉得对不起我对她的一腔深情,所以,她必须为我做点什么,弥补对我的愧疚。在录音中,不时有洛市长的忏悔和信誓旦旦,让穆晓晨提条件,只要能弥补对她造成的伤害,让他怎么做都行。穆晓晨沉默了一会儿,说她知道洛可可正通过借壳上市的手段把陆家洛基因生物工程公司一步步变成她个人名下的资产,她只有一个要求,在公司借壳上市分配股份的时候,给我30%的股权,她知道洛可可听洛市长的,只要他放话,她不会也不敢不照着做。洛市长沉吟,说他从不插手洛可可生意上的事,恐怕很难办。穆晓晨痛斥他虚伪,如果没有他背后撑腰,就凭洛可可的一己之力,经济领域的借壳上市这个高难度动作,根本就不可能完成!然后是长长的沉默,末了,洛市长说容他考虑一下怎么办。穆晓晨说好,然后不卑不亢说她已经把两人的对话录了音,如果洛市长满足不了她的要求,她就把这段录音在网上公开。

我听得瞠目结舌,眼泪慢慢流下来,是的,穆晓晨在跟前情人为我讨要我并不稀罕的利益,由此可以确定,她是爱我的。

陈枢说,你现在明白穆晓晨为什么在出事的三天前换手机的原因了吧?

穆晓晨突如其来的爱,弄得我大脑一片空白,我白痴似的冲陈枢摇摇头。

陈枢点着旧手机提醒我:现在,她的旧手机在洛可可手里。

我明白了,我说你的意思是她旧手机里因为有录音资料,被洛可可抢走了?

陈枢点头:因为她和洛市长的特殊关系,关于手机怎么到了洛可可手里这件事她不能告诉你,所以,只能自认倒霉,换新手机了事,但是,洛可可却未必肯了事。

为什么?

因为穆晓晨掌握了她和她父亲太多的把柄,是颗随时会爆炸的手雷。

我明白了,陈枢推理穆晓晨的死和洛可可有关,但唯一一个直接的有效证据,就是穆晓晨的手机,却已被他从赃物中偷出来了,无法把洛可可和穆晓晨的死关联在一起。

我生气，骂陈枢蠢，如果不是他把手机偷出来，就可以光明正大地把穆晓晨的死和洛可可关联在一起了

陈枢说我才是真的蠢，抓到盗窃犯罪嫌疑人都三天了，也上报检察院批捕了，也告诉媒体了，按说这案子不仅案值大，还偷出了腐败嫌疑，媒体应该报吧？可全市十几家媒体，你听哪家媒体报过？

我后背上掠过一层冷汗，是啊，如果陈枢不把这个手机偷出来，说不准也会被悄无声息地销毁在众赃物中，这就是官场，浩如烟海，讳莫如深，我也明白了洛可可为什么会气势汹汹找到我家，却又一言不发地离去，原来，她是怀疑我和她父女两个的连续被窃有关，却又深知其中厉害，不敢劈面斥责，只能假以无声的颜色。

想到这里，我不动声色地看着陈枢：陈枢，这个小偷你是怎么抓着的？

陈枢说：小偷嘛，一天不偷就技痒，在公交车上行窃，被我抓了手腕，去搜他住处，搜出了这些赃物，就交代了。

我说：我记得你跟我说过，小偷也是划分领地的，入室盗窃的人从来不上公交掏包，掏包的也从不入室盗窃，在小偷的世界里，这是两个不同的行业。

陈枢看着我，张嘴呵呵地干笑了两声：你想说什么？

我知道，你在反扒组干了半年多，和道上的小偷已经混熟了，虽然你们是天敌关系，但他们很尊敬你，大老远见着你都得站住了向你微笑行注目礼。

陈枢没好气地说：你把我说得跟杜月笙似的。

我说：我就直说吧，我怀疑盗窃洛市长家和洛可可家，是你找了道上的兄弟一手策划的。

陈枢说了声：我操！我一警察我一手策划盗窃案，还专挑个大的偷？我盗窃团伙头目啊？苏猛！你他妈是不是想把我送进去。

我知道是这样了，但我也知道陈枢打死都不会承认。我愣愣看着他，就像傻萌的朱莉美看着我一样，两眼含着不知如何表达是好的泪花：陈枢，虽然我知道你永远不会承认，但是我永远知道这件事是你冒着坐牢的风险为我做的，我她妈要是个女的，我一定对你以身相许，我爱你，虽然手机已经失去了把洛可可和穆晓晨的死关联起来的作用，但，我想，手机里的音频还是有用的。

陈枢说：你想干什么？

我说：只要树倒了，猢狲也就散了吧？

他默默地点点头。

我说：你放心，我会说手机是我无意间在家里的某个角落里发现的，洛可可纵然知道我是撒谎，也不敢跳出来戳破，否则她就是自投罗网。

陈枢拍了拍我的肩，说：兄弟，马到成功。

但我也很困惑，既然手机里的音频是对洛家父女不利的铁证，在拿到手机后，她为什么不在第一时间毁掉它？

陈枢觉得也是，和我分析了半晚上也不得要领。

第二天，我收到一份入室盗窃小偷的口供录音，用一个没有任何落款的信封装着，里面有一张电脑打印的纸条，上面写着：祝你好运。

68

我把穆晓晨手机里的音频和小偷口供录音复制了几份,带上其中一份,去医院看了看依然躺在重症监护室里昏睡的陆武,我趴在玻璃上,用力地看他,想看清他脸上的伤口好了没有,泪水模糊了我的眼睛,什么也看不清,我说:兄弟,等着我。

我带着音频去了北京最高检察院,在检察院对外接待日那天,我把两份音频资料交给了检察官,心平气和地说,如果半个月后洛市长还出现在我们当地新闻里,我会把这两份音频资料公布到网上。

然后我就去旅游了。

第七天的时候,陈枢从微信里给我发了一条新闻链接,蝇头小贼盗出大老虎,某某市市长洛××落网。

当时我正在丽江一家酒吧听歌,看这条新闻,用了喝两瓶啤酒的时间,我慢慢的,一边喝,一边看,看了三遍,然后,从高脚凳上跳下来,为在场的所有人买了单,大家都很开心,过来给我敬酒,我觉得自己是个英雄。

从酒吧出来,我看见朱莉美给我打了好几遍电话,酒吧太吵,我没听见。朱莉美又给我微信留言,说她去我家了,我家大门上被泼了油漆,好吓人,她帮我打电话报警了,让我跟我的警察朋友陈枢打听一下进展,看看到底是谁泼的。

我给她打回电话,说不用打听,我知道。

朱莉美说:你有千里眼啊?

我说是。然后让她必须记住,我没有一个警察朋友叫陈枢。朱莉美问为什么？我说感激有很多种方式，最不常见的一种是忘记，有时候有的人忘记你，是一种善意，你一定要知道。

朱莉美说她不明白，但是她记住了，我没有一个警察朋友叫陈枢。

关于人民警察陈枢帮过我的事，我永远不想告诉任何人，这是一个美丽而又危险的秘密，只有我和他两个人知道就可以了。

我乘第二天的航班飞回家，看着我家门上用朱红油漆写的一个大大的死字，触目惊心。我的隔壁邻居正忙着搬家，说住在凶宅隔壁夜里都不敢闭眼睡觉，长期这么下去，身体就毁了，所以，必须搬走。我祝愿他们家从此和睦，再也没有骂声。我很真诚地跟女邻居说，穆晓晨活着的时候，一直想跟她谈谈，孩子不能粗暴教育。然后，我很真诚地问她有没有梦见过穆晓晨？她死的时候，心愿未了，说不准会托梦告诉她的。我向上帝发誓，说这句话时，我绝无恶意，真的希望她明白，在这世界上，最有力量的教育，不是嘶吼，是爱。

她脸色煞白，说：你真该去七医看看了。

七医是我们这里的精神病医院。

我说：我去看过了，他们说我没病。

她厌恶地剜了我一眼，就匆匆进了电梯，电梯门合上，旧日的时光，就像这两扇电梯门正缓缓合拢。

陆武还躺在重症监护室，依然昏迷，像一块熟睡的肉，靠各种管子维系生命。

半个月后，洛可可被捕，不是受她父亲的牵连，是她不堪重压，发了疯。

洛可可父亲在位时，虽从未在明面上帮过她什么，可只要她把洛市长千金的大旗扯出来，就有一批人认账，各方面被照应得顺风顺水，可现在，洛市长栽了，人人恨不能和他撇清关系，对洛可可，也自然不像以前了，不落井下石，就已算是厚道的。没外力可借，在公司调控上，洛可可就吃力得很，出门办事，一张张原本向日葵一样热情相迎的脸，都变成了三九严寒天的冷屁股，洛可可哪儿受得了这个？就恨天恨地恨陆武，认为当下一切，都是拜陆武所赐。

洛市长是我举报的嘛，陆武是我哥们嘛。郁闷极了，洛可可就去医院痛斥陆武、骂他。可不管她怎么骂，沉睡中的陆武，都保持着安详的微笑，这在气急败坏的洛可可看来，是嘲讽款的蔑视，就发了疯，拽着陆武身上的各种管子就往下揪，惊动了护士，报了警。

她被捕的罪名是谋杀未遂。

因为护士及时赶到，陆武并无大碍。

总躺着不动，陆武胖了，也白了，嘴角总带着一抹神秘莫测的微笑，像蒙娜丽莎，没事的时候，我就坐在旁边陪他，玩手机游戏，一边玩一边大呼小叫，希望他能像以往似的，无法忍受我的笨，一把夺过手机，替我把游戏通了关。

可是，一次也没有，哪怕我输得一塌糊涂，捶胸顿足，他依然把蒙娜丽莎的微笑保持得有模有样，我问他到底笑什么，他不答，像心满意足的巨婴，在故意气我。我气得眼泪横流。

他无动于衷。

69

洛可可的庭审，我参加了，以受害人代表身份。

洛可可妈也去了，戴着巨大的墨镜，坐在角落里，不知是化妆品的缘故还是气血运行不畅，脸色很白，总之，她肃穆得像穿着现代衣饰的木乃伊，不苟言笑，目光冰冷，只有在洛可可戴着手铐被法警带到庭上时，嘴角轻轻抖了一下，很快，就恢复了镇定，然后大声说：可可，你怎么能这么糊涂？你爸爸虽然进去了，那是受坏人诬陷，你把气撒陆武身上干什么？

我回头看她。

我们的目光在肃穆的法庭空气中相遇，她定定片刻，面无表情，说：可可，在陆武这件事上，是你的错，你该认就认，别东扯葫芦西扯瓢。

做过官太太的人，果然不同凡响。

就在这时候，我接到一个短信，说你不觉得洛夫人这几句话里囊括万千吗？

短信没有署名，号码陌生，我站起来，环顾四周，并没有见到我想见的那张脸，我复坐下来，回味洛夫人的话，是有弦外之音，好像在提醒洛可可，在医院的那场毫不掩饰的谋杀，并非蓄意，而是精神极度压抑下的过激反应，还有，不要谈陆武之外的任何事。

这个任何事，或许就包括穆晓晨的死！

庭审快要结束的时候，我站起来，说：作为受害人的代理，我想当庭播放一份录音。

法官问这录音和本案有关系吗?

我想了想,其实应该没有,但是我必须说有,因为只有我说有,法官才会允许我当庭播放,击溃洛可可。

我把复制好的音频交给法警,然后说:洛可可,有件事我必须向你道歉,作为曾经的公司员工,离职后我曾潜回公司,从你办公室窃取了一部摔坏的手机,其实也算不上窃取,手机是我已故前妻丢失的,我只是在她身故后尽到了一个丈夫应尽的责任,帮她找回了手机。

洛可可莫知所以地看着我。

法警开始播放录音资料。

我看见洛可可的脸,像她的母亲一样,变得惨白,肩开始微微发抖,她指着我尖叫:你撒谎!

我不动声色,请她给出我撒谎的证据。

她说这部手机不可能在她办公室。

我说应该在哪里?

洛可可张口结舌地看着我,指着我发疯一样地大喊:是你!一定是你!指使小偷偷了我和我爸爸家!

我说是吗?也就是说你承认这部手机在你那里了?我的前妻穆晓晨曾经是你父亲的情人,我知道,作为男人在大庭广众之下说这个很不光彩,但那是她在嫁给我之前的感情经历,我无权干涉,我只想知道,这部手机,是怎么到你手里去的?

洛可可的律师提出了反对,说我的问题和本案无关。

我坚持说有关,我怀疑这部手机是导致陆武变成植物人的罪魁祸首,如果陆武没变成植物人,洛可可就不会有机会谋杀他。

法官权衡左右，让洛可可就这部手机，做出解释，就已是支持我的怀疑了，对自己出其不意的这一拳，我很满意。

洛夫人突然咆哮，说法官拿我好处了，要不然，凭什么让我左右了庭审？其一，我不是律师，其二我不是受害人，其三，洛可可根本就没说这部手机在自己手里！让她解释，就是诱供！

她大叫着要投诉法官，哭人心叵测，墙倒众人推，如今洛市长落难了，随便个张三李四王二麻子都来落井下石，踩上一脚……

庭审被搅得没法继续，法官让法警请她出去。她又哭又闹，不肯走，被两个年轻法警架起来，几乎是拖了出去。

看着昔日都不敢有人对之大声说话的母亲被法警像拖市井无赖一样给往外拖，洛可可彻底崩溃，她大哭，尖叫，让法警放开她妈，她说，她什么都说，只要她知道的。

洛夫人急了，打着滚地挣扎，要回来，说洛可可疯了……但是，养尊处优的洛夫人终还是敌不过年富力强的法警，被带出去了，法庭归于平静。

洛可可无助地看着她的律师。她的律师低着头看案卷材料，并没有接收到她求助的目光。

洛可可顿了顿嗓子，说有一天她去市府找父亲，被秘书拦下，说洛市长有事，让她等会儿。见秘书的眼神躲躲闪闪很不自在，觉得不对，就问她父亲到底在见谁。

被逼问急了，秘书只好实话实说，是穆晓晨。

和洛市长关系比较近的人，都知道他和穆晓晨的关系。

洛可可认为穆晓晨都结婚这么多年了还对父亲纠缠不休，很生气，起身往里冲，在门口听到穆晓晨以她和她父亲那点烂事为要挟，帮我要陆家洛基因生物工程公司的股份，她气得不行，冲进去和穆晓晨吵了起来，抢走了穆晓晨的手机，并威胁穆晓晨，必须远离她的父亲，更不要打公司股份的主意。

穆晓晨就像吃了豹子胆，说她对洛市长早已没半点兴趣，但是，作为她对我的亏欠，公司股份她必须给我，否则她就把事闹大，别以为抢了录音就万事大吉了，洛市长的把柄她手里多的是，随便拿出一件就足以让他乌纱帽落地。

听洛可可交代到这里，我特别生气，再一次觉得自己命不好，遇上的女人一个赛一个蠢，穆晓晨干嘛要给洛可可亮底牌啊？两军对垒，你要亮了底牌，就离死差不多了，何况我这个人胸无大志，根本就不在乎什么狗屁股份！

洛可可说，穆晓晨的话，让她爸很害怕也很生气，也生洛可可的气，嫌她太贪，不懂得舍财保平安，答应穆晓晨给我30%股份，不是认输，是息事宁人。

洛可可却认为，贪婪是人的本性，谁知道得到30%的股份后穆晓晨还会提什么要求？为这，她专门去电台找穆晓晨谈过，也威胁过穆晓晨，如果她坚持以威胁她爸的方式帮我要股份，她就来个鱼死网破，把手机里的音频给我，曝光她不堪的过去。

穆晓晨告诉洛可可，为了给我要到这30%的股份，她已做好离婚的打算。洛可可不信，认为穆晓晨能豁出来为我要股份，就足以说明对我的在乎，要不然这种牺牲自己、利好丈夫的蠢事，只有活在一百年前女德价值观里的蠢货才会干。

所以，洛可可一直保留着手机，就像战士保留最后一颗手雷，以备和敌人同归于尽。

直到穆晓晨被杀的案发当晚，我摔门而去后，穆晓晨给她打了个电话，说她已和我提出离婚，我一怒之下把家砸了，如果洛可可不信，可以来看看，所以，那 30% 的股份她给我要定了！

洛可可很生气，甚至动了杀心，想，她刚跟我闹完离婚，如果现在死了，正好可以嫁祸给我，就来了，因心里有鬼，没坐电梯，从楼外走的安全通道，等到了，发现我家门开着，她很奇怪穆晓晨要什么把戏，进去一看，发现穆晓晨正趴在茶几上，脸色苍白，面无表情地看着她，把洛可可给弄懵了，想她刚才还在电话里跟自己要狠斗凶的，这会儿怎么又装起可怜来了？就气，劈头盖脸痛斥穆晓晨想钱想疯了。

穆晓晨定定地看着她，眼神迷茫，好像不明白她为什么发这么大火，洛可可心里就更毛了，以为穆晓晨是在给她下套，就戒备得很，问她想干什么。

穆晓晨还是下巴搁在茶几上，整个身子匍匐在茶几和沙发之间的地毯上，看上去很糟，连呼吸都很费劲，大口大口地喘息着，说她不舒服。

她脸色确实苍白得吓人，洛可可信了，动了恻隐之心，连自己是来干什么的都忘了，问要不要帮她打 120。穆晓晨摇了摇头，递给她一只手，洛可可也迟迟疑疑地伸出手，穆晓晨一把抓住了，拉着拽向她胸口位置，虚弱地说你摸摸，这是什么？

洛可可被她搞得云里雾里，摸了，是个冰冷的金属物品，因为穆晓晨的身子是俯着的，她看不见金属物品是什么，就又仔细地摸了摸，刚想问是什么，就感有黏稠的液体滴到了自己手上，她吓了一跳，忙抽出手，一看，就吓傻了，竟然是血！

她吓坏了，尖叫着：穆晓晨！你搞什么鬼？

穆晓晨挣扎着坐起来，有气无力地说：洛可可，这是我对你和你妈最后的报复……你杀死了我，你跳到黄河也洗不清了……

说完，穆晓晨就一头扎倒在地毯上，死了。

长这么大，洛可可从没见过死人，被眼前一幕吓疯了，几乎是慌不择路地逃了出去，回到家，才意识到穆晓晨拉着她去摸刀柄是为了在凶器上留下她的指纹！她想回去把指纹擦干净，开车在我家小区外兜兜转转了好几圈，终还是没敢上楼，惶惶不可终日了一夜，万没想到第二天警察拘捕了我，依据竟然是凶器上有我的指纹！

她彻底找不到北了，为解心头疑窦，她曾以我单位领导的身份，跟前来找她做外围调查的刑警打听过案情，得知凶器上只有我一个人的指纹，才把心放回肚子里。

我给她鼓了掌，说洛可可你编故事的能力太强了，都能去当作家了。我不信她说的，因为信的话，穆晓晨就自杀，为了报复洛可可和她妈妈而自杀。

怎么可能？

就算穆晓晨想栽赃洛可可母女，也不至于用这么笨拙的方式！首先，她无法判断洛可可接到电话是否会如约而至，更不能确定扎自己一刀后，能不能坚持到洛可可到来后才死，更没把握洛可可是不是会中计在凶器上留下指纹！

这是后来我对前来重新核实案子的民警说的，我坚信穆晓晨不是自杀，是被洛可可杀死的。警察问我为什么这么笃定。

我说我学过心理学。

那个做笔录的警察就停了下来，看着我，嘴角歪着一丝若有若无的微笑，好像正在忍着满肚子山呼海啸的嘲笑，我特想揍他一拳。

负责问询的警察比较有修养，他心平气和地问：你学过心理学和怀疑洛可可杀死你妻子有直接关系吗？

我说有。照洛可可的口供，我妻子穆晓晨给她打那个电话，就是抱了必死的决心，试想一下，穆晓晨为什么一定要和我离婚？就是为了让洛可可死心，让洛可可明白拿着录音也没用，要挟不着她，因为她都要和我离婚了，一个离婚的女人是不在意别人向前夫兜自己过去的老底的，从另一个角度讲，和我离婚后，就算我听了录音，就算我恼羞成怒，她已是我前妻了，她可以完全没有心理负担，只有还想好好活下去的人，才会想方设法扔掉精神负担，轻装上路，对不对？

问询的警察没接我茬，只问我还有没有什么要说的。我摇摇头，觉得事情发展得越来越荒诞了，一场原本是兴师动众的丈夫杀妻案，查来查去，竟然查成了自杀！

但朱莉美相信，她认为，女人一旦仇恨起某个人来，理智和智商都是不在线的，穆晓晨豁上性命报复洛可可父母，完全有可能，因为大家都知道，子女都是父母的心头肉，一旦孩子毁了，整个家就毁了。

我说穆晓晨很善良，她不是这样的人。

朱莉美说女人在感情方面的爱恨情仇跟她平时善不善良完全不是一回事，然后，问我觉得她善良不善良？我说又傻又笨又善良。朱莉美不生气，认可了我对她的评价，说，我这么又笨又傻又善良的一女人，因为何建军，我经常祈祷苏小妮得绝症，出车祸，总之，一切横死的可能，我都曾为她祈祷过。

我擦！果然最毒妇人心！我像只受惊的兔子，从她身边跳开半米远，很为自己的将来担心。她扑过来，抱起我的胳膊，大剌剌地说不知道吧？当你爱一个人，联系他联系不到，也会胡思乱想，想他是不是煤气中毒？车祸了？总之，一切可能的可怕意外，你都唯恐发生在他身上，可如果你恨某个人，就会希望这些横祸全都发生在他身上。

她说的有道理，我想起了每当打不通穆晓晨电话，我想到的总是她被人抢劫了、昏倒了或其他不好的意外发生了，从不想好的，因为我爱她，爱的根本，就是害怕失去。但我没说，怕朱莉美听了会受伤。

我把话题扯到穆晓晨的死上，说这是一场合力完成的接力谋杀，洛可可只是进行了其中的一个环节。

朱莉美瞪着无知的眼睛问：你的意思她还有同谋？

我说是的，其实穆晓晨还是不了解我，她可以跟我坦诚她的过去，也不亏欠我的，我爱她娶她，要的是她从今往后的人生，在那之前，我不认识她，她有爱和睡任何一个男人的权利，所以，她的错就在于以为金钱可以修复耻辱、弥补亏欠，我不该跟她吵架摔东西，更不该负气出走；穆晓晨不该盲目乐观，胸有成竹地给洛可可打了那个示威电话，以为她和我离婚了，洛可可就无咒可念，会给我股份；医生的老婆不该在那天晚上来找她帮忙办孩子上学的事，更不该在走的时候提醒她开门走六神花露水味。如果这几个环节中缺少任何一个环节，穆晓晨都不会死，最可悲的是她死后，被隔壁熊孩子发现了，他的父亲朱浩磊又生怕儿子说不清楚来销毁了所有犯罪痕迹，让这一切看上去扑朔迷离……所以，这是一场合力完成的谋杀案。

朱莉美说：然后呢？

我双目茫然，陷入了沉思，我想到了朱浩磊，他为什么要编造儿子曾试图挽救穆晓晨这个情节？

如果洛可可撒谎了，那么，隔壁熊孩子应该是在洛可可走后进入我家的，那会穆晓晨是已死了的，发现人死了，他完全可以撒腿就跑，没必要向朱浩磊求助，朱浩磊来毁灭现场痕迹，更是画蛇添足！

隔壁熊孩子和洛可可，两人中必定有一人在撒谎！

想这些时，我正陪朱莉美逛街，她在试衣间不厌其烦地试裙子，像只变色的蝴蝶，问我这件怎么样那件怎么样，我心思不在这儿，两眼呆滞，心不在焉地说很好很好，她欢天喜地，让服务生开了小票，去付款，我却一把抢过小票，拉起她撒腿就往刑警队跑，穿着细高跟鞋的朱莉美跑得东倒西歪，都给我气哭了，说苏猛你干什么？我又没让你给我买？

我说我改天回来给你买。

她死命拽住我，说不用你给我买，我现在就要。

我说朱莉美，我现在不想和你说裙子的事。

她愣，问为什么。

我说有重大发现，说完，拉起她又跑，她满眼问号地跟着我，一路趔趄到刑警队。

见我又来了，刑警队的人都烦了，埋头忙手头事，假装没看见我，我跑到给我做笔录的刑侦队员桌边，气喘吁吁地说我有新发现。他头也不抬地说：说说看。

我突然意识到，以他对我漫不经心的态度，说了也没用，就定定看了他一会儿，拉着朱莉美走了。

她问我怎么了。

站在秋天的街上，我的悲伤像这个季节的风，跑来蹿去，不想回答朱莉美，说我们去坐公交吧。

朱莉美说：我们的车在商场门口呢。

我说：改天回来开。

朱莉美说：你这个人真奇怪，放着好好的车不开，整天坐公交。

我冲她咧嘴笑笑，说：智商高的人经常不按常理出牌。

其实，我只是想碰碰运气，看能不能遇见陈枢，自从他发完洛市长落网的新闻链接，就把我微信删了，电话也把我屏蔽了，我知道原因，所以，常常会深更半夜，冷汗淋漓地从梦中惊醒，然后默默，祈福他好。

陈枢的反扒路线是5路电车，我们从起点晃悠到终点，又晃悠回来，不是上下班高峰期，车厢空得像收割完的麦田，阳光明亮亮地扑进来，抚摸着我们的脸庞，朱莉美很享受这样的时光，偎在我胳膊上，张望着窗外，说她一直想谈一场这样的恋爱。

我说：哪样的恋爱？

她说：可以和你一起手拉着手逛街啊。

车到长途站时，陈枢上来了，我们的目光在空气中相互碰撞，霎那间的电光火花，我定定地看着他，笑，今生今世我唯一一次，笑得那么安静，我想喊他的名字，他却迅速地扭头离开了，好像意欲行窃的贼，被识破了意图，只好讪讪另寻目标。

陈枢像个无聊的乘客，从车厢的这头走到那头，朱莉美并不认识他，紧张地拽拽我的衬衣，眼睛瞟着陈枢，小声说：当心小偷。

我冲陈枢的背影大声说：今晚去我家喝酒吧！我等你！

朱莉美看看我,又看看陈枢,小声问:你跟谁说话?

我笑,说:我朋友。

朱莉美东张西望地看着,说:哪个?

我笑,不说话。也没再去看陈枢,我想他听见了,一定也知道我是在和他说话。

我做了很多海鲜,买了两箱啤酒,等了一个晚上,陈枢没来,我用朱莉美的手机给他打电话,他没接。

那天晚上,我喝醉了,一个人。

70

陈枢不理我，我就一次次跑刑警队，接待我的刑警烦得不行，让我以后别去了，案子有了结论自然会通知我。我咆哮，质问他们为什么不对洛可可动用技术手段？为什么不去质询朱小杰？

接待我的刑警说你怎么知道我们没有？然后，任凭我好话赖话说尽，就是不肯多吐半个字，强调说他们是有纪律的。

我揣着一肚子快要把我搞爆炸的愤怒问号去坐5路电车，找陈枢，我必须告诉他，别他妈假装不认识我了，我都快疯了，他必须给我出出主意。可我坐了半个多月的5路电车，整条线上的司机都认识我了，以为我要图谋不轨，就给报了警。于是，生平第二次我在众目睽睽之下被警察叔叔带走。

警察态度很好，问我为什么整天在5路电车上晃来晃去。为了尽快找到陈枢，我不想撒谎，我说我在找一个反扒民警。

他们问哪一个。我说陈枢。

说完他的名字，我的泪就落了下来，我想他，想可以随时随地打电话把他拎出来喝酒的日子，虽然杀妻嫌疑犯的身份让我郁闷，但，有他在，我的心，是安定的，好像有他在，我的冤情笃定就有洗白的可能，可是，为了帮我，他变成了我最想念的陌生人，这种感觉让我心碎。

我说我找了半个月也没找到他，是不是调到其他线上去了？

警察说他啊，出国找他女朋友去了。

我愣，问他什么时候回来。

警察说不知道。

他辞职了吗？

警察摇了摇头，说前几天听他搭档说是出国找女朋友去了，问我找陈枢干什么。我不能说实话，只说找他喝酒。他们对我这说法表示怀疑，说想找他喝酒你可以打电话，用得着特务搜城似的整天泡在公交车上了？我说我把他得罪了，得罪得太狠，他把我拉黑了。警察不信，我就拿出手机，拨陈枢的号码给他们看，一连几遍，果然打不通。警察就用自己手机一拨，就通了，说有个叫苏猛的人说要找你喝酒，陈枢不知说了句什么，警察就挂了手机，笑了笑，说我可以走了。我问陈枢都给他说什么了，他不说，我就拿出跟踪朱莉美的死皮赖脸，他走哪儿我跟到哪儿，没一会儿，就把他跟烦了，大声说陈枢说让你丫死去！

我的泪，一下子就滚了出来，说也好，至少他知道我想他了。

从派出所出来，我游荡在街上，想和陈枢在一起的时光，我们相互讽刺挖苦相互瞧不上，可此刻的我，是如此的想他，想得心里发慌，想找个地方坐下来大哭一场，我不知道是不是永远失去了他。

在这个世界上，最绝望的失去，就是你知道对方活着，却再也无缘交集，我去医院，和陆武这么说。

他一动不动地躺着，那么安详，安详得让我心碎，我坐在床边，说陆武我知道你特讨厌别人絮叨，可我必须絮叨给你听，因为只有你不会奚落我不会嘲笑我，也不会让我闭嘴……

我絮絮叨叨地跟他说这段时间来遇到的事情，自始至终陆武都安详地听着，仿佛庙里的胖大弥勒佛，喜怒不形于色，胸中装得下这世界的万千沟壑。

我说陆武我说这么多,是不是很欺负你?欺负你不能让我闭嘴,欺负你不听也得听,我把你当成了一个不会逃跑的树洞。

我跟他说对不起,眼泪滴在他胖胖的手上,和陆武在一起的时候,我觉得自己特娘们,总是莫名其妙地觉得自己委屈、心碎。

71

我家隔壁的房子卖了，搬来一对年轻夫妻，和他们的双胞胎儿子，每天热热闹闹地进出，很幸福的样子，有天在电梯里遇到，女邻居问我结婚了没有，我说没有。

我怕说结过他们会问你妻子呢？我不想让他们知道隔壁发生过命案，毕竟，房子很贵，买房子就是买了一个盛装幸福生活的容器，我不想让穆晓晨的死成为他们幸福家庭生活上的阴影，这么想的时候，我觉得自己是个好人。

女主人很热情，问我有女朋友了没？没的话，她给介绍。我说不了，谢谢。见我有意回避和女主人的对话，她的丈夫就替她解释，说她是中学老师，单身女同事多，养成了见着单身男性就要给人介绍女朋友的习惯。

我笑，表示理解也感谢她的热情，但我已经有女朋友了，出于礼貌的回应，问她在哪所学校当老师。

竟然是朱小杰就读的高中！

既然警察懒得理我，为什么我不去找朱小杰？！我懊恼得好像突然发现自己脑子破了个洞。

一连几天，我在学校门口等朱小杰，却没等着，没辙，只好去教务处请他们帮我查，教务主任很警惕，问我是朱小杰什么人。

我说邻居，他家搬走以后，有几封信邮递员给放我们家了，我想转给他。

教务主任说朱小杰半个多月没来上学了。我问知不知道他家住在哪里，教务主任说不知道，我又去问隔壁邻居，问知不知道卖给他们房子的房主现在住在哪里。

女主人说签购房合同的时候，听房主说了一嘴，好像在金陵花园。

金陵花园是高档小区，没门禁卡进不去，我在小区门口蹲了几天，也没见着朱小杰母子的影子，后来才想起来，他们极有可能直接从车库门走，就换到车库门口蹲守。果然，第二天，就看见了朱小杰和他的母亲。

像所有女司机一样，朱小杰的母亲开车很专注，没发现我，但朱小杰发现了，他吃了一惊，愣愣地看着我，我追了几步，喊他的名字，车没停，逍逍遥遥地拐过街角不见了。

再然后，不管是车库门口还是小区门口，我再也没见着朱小杰，直到一个月后，他来家找我，敲开门，坐在我家沙发上，两手搓来搓去，说能给我瓶酒吗？

我问他啤酒是红酒？

他仰头看着我，鼻尖上挂着一层细密的汗水，说随便什么酒。我从冰箱拿了瓶啤酒，他喝了一大口，咧嘴，伸着舌头，好像被二氧化碳给顶着了。我说我第一次喝啤酒也这样。他说这不是他第一次喝啤酒了，说完，又喝了一口。

我问他是不是有事。

他点点头，说把罗振生杀了。

我愣，问谁是罗振生？他说他继父，也就是我说的锦绣皮囊先生。

我问为什么。他没答，而是问我前阵子为什么找他。我说你觉得呢？他说为你老婆的事？我点头。

他声音低低地说你还怀疑我？

我说算是吧,我不明白你为什么要撒谎。

他看着我,一脸等我下文的样子,我突然觉得脸上一寒,觉得他一点不像个涉世未深的孩子,倒像江湖传说中的冷面杀手,刚刚杀了继父,却冷静地来我家喝啤酒。

我的内心在拧麻花,纠结要不要和他开门见山。

他似乎看透了我心思,笑笑说:我今天能来,就是没打算隐瞒什么,你想问什么就问吧。

我点点头,说你为什么要撒谎你曾试图救穆晓晨才在凶器上留下了指纹?这个情节是你杜撰的,是不是?你一定是为了掩饰什么才杜撰了这个情节。

他说你猜的?

我说是。

他低着头,沉默了好半天,突然说我逃不掉了,罗振生家的监控有云储存,我破译不了密码,登录不了,删不掉。

他话题转移得太突然,我有点无措,就问他为什么要杀罗振生。

他说罗振生天天去纠缠他妈,要复婚,今天上午去公司把他妈打了,还威胁不复婚就杀了她。

所以,你杀了他?

他点点头,眼泪慢慢流出来,说罗振生是人渣,该死。

我问:你妈知道吗?

他摇头。

不知为什么,我有点同情他,就说事出有因,他不满 18 岁,应该不会重判。

他抽了抽鼻子,说昨天才过完 18 岁生日。

我很难过，说：你怎么办？

他说：不知道。

我要怎么做才能帮到你？

他突然抬头看着我，说：我会去自首的，你老婆的事，我想……我还是告诉你吧。

他说到这里时，莫名的，我竟有点感动，下意识地坐端正了，等他开口。

他看了我一眼又一眼，艰难地咽了口唾沫，说：你老婆，是我杀的。

我脑袋里滚过一串又一串的响雷，尽管我有过这方面的怀疑，可真相这么轻易地被他说出来，我还是难以置信，我喃喃问：你说什么？

他重复：你老婆是我杀的。

我瞪着他，想打他，可擎起的拳头，无论如何也落不下去，因为他哭了，他哭着说其实我没想杀她，可她说她要告诉我妈，我就怕了，心里一慌，就捅了她一刀。

72

朱小杰交代，穆晓晨被杀那天晚上，他在家玩游戏，玩到八点多，饿了，想出去吃披萨，出门时，见我家门开着，还传出了音乐声，就好奇地往里探头，看见了正在地毯上做瑜伽的穆晓晨，她柔软而性感，美极了，把他给看傻了，情不自禁走进去，却不小心踢到了花瓶碎片，穆晓晨吓了一跳，见是他，因对他印象不好，厉声问他要干什么。

毕竟是闯进了别人家，他也有点慌，结结巴巴说不出句囫囵话。

见他语无伦次，穆晓晨就更戒备了，下意识地从茶几上捞起水果刀自卫，比比划划地让他走。本来，朱小杰已往外倒退了，可听穆晓晨说要告诉他妈，就急了，死活不走，让穆晓晨答应，不告诉他妈。他一怂，穆晓晨胆就大了，态度很强硬。情急之下，朱小杰就扑上去抢过刀子，顶在她胸口逼她必须答应不告诉他妈。因为跟我吵架吵的，穆晓晨本就心情不好，朱小杰虽然横，可在她看来不过是个屁孩子，倔劲也上来了，非但不答应，还冷一句热一句地把朱小杰讽刺了一顿。朱小杰被激怒了，手上一用力，刀子就进了她胸口。

穆晓晨难以置信他真的会捅自己。朱小杰也被自己的鲁莽给吓傻了，慌不择路地跑回家，给他的父亲朱浩磊打电话求救。

然后，数学高手朱浩磊启动高超的逻辑思维，编出了一个听上去天衣无缝的谎言，企图瞒天过海，没想到我和陈枢步步紧逼，作为一个失意的父亲，他用死亡，阻止了大家对朱小杰的怀疑。

而朱小杰真正的行凶时间是晚上八点半，洛可可到我家的时间是八点五十五，其实她和随后赶来的朱浩磊在我家小区门口有擦肩而过，只是彼此相互不认识罢了。

朱小杰说朱浩磊编造他曾试图救穆晓晨这个情节，是因为他要回现场销毁证据，如果穆晓晨不是他杀的，他也不曾碰过凶器，朱浩磊就完全没必要返回现场销毁犯罪痕迹，也正是这个谎言，最终出卖了他们。

根据这些口供，我推测朱小杰从我家跑掉后，穆晓晨挣扎着去拿她正在充电的手机拨打120，却因失血过多而体力不支，倒在了沙发和茶几之间，这时，洛可可来了。洛可可并不知情，进门就劈头盖脸地痛斥，让已感知到生命垂危的穆晓晨决意报复，置洛可可于跳进黄河也洗不清的境地，骗她在刀柄上留下了指纹，可她万没想到，随后赶来的朱浩磊又洗掉了洛可可的指纹。

穆晓晨的案子，终于结了，一切因果，都来得毫无逻辑，对朱小杰我谈不上恨，对洛可可也没多少释然于怀，而穆晓晨，注定成为了我生命深处一场不灭的追忆，我那么用力地爱过她。

爱过这俩字，让人感慨，也伤感。

73

一个月后，我去监狱见洛可可。她变了，头发剪短了，人也胖了，没施脂粉的脸粗糙而暗哑，仿佛固执小兽的傲气，还在眉宇间盘踞。

我们隔着一张桌子。她冷冷看着我：找我干什么？

我说：来看看你。

她切了一声，肩抖动了一下，说：想看看我是不是崩溃了？会不会一见着你就泪流满面地忏悔，求你去跟法官说情对我从轻量刑？

我摇了摇头，说她说的那些，对我来说，没有意义。

她说：那什么才是对你有意义的？

我心平气和，诚恳地看着她：我想知道陆武出事那天晚上到底发生了什么？

她眯着眼看我，抿着嘴冷笑：如果我不告诉你呢？

我说：那是你的自由，但我一直有个直觉，那天晚上，陆武并不是酒后飙车，是有非常重要的事情要跟我说。

洛可可一怔，呆了一会儿，突然落泪，说：苏猛，其实我特别羡慕你，你有那么多好朋友为你两肋插刀，可我身边连一个信得过的人都没有。

我告诉洛可可，人与世界的关系是相互的，你给了这个世界什么，这个世界就会还你什么，人和人之间，也这样。

她擦干泪，定定看着我，一字一顿说：你猜对了，那天晚上，陆武确实是去找你的。

洛可可说，那天晚上，她忘了锁保险柜，喝酒回来的陆武看见了，好奇心发作，想看看她到底锁了些什么，就发现了穆晓晨的手机。

我说穆晓晨已经死了，对你和你父亲构不成威胁了，你为什么还要留着手机？

洛可可看着我，慢慢说：我告诉你，你会相信吗？

我点头：发生这么多事，就算有人说母猪会上树我都信。

洛可可说其实她父母早就离婚了，但她妈答应离婚的条件就是离婚不离家，洛市长不能再婚，和穆晓晨分手以后，洛市长很快就交了新女朋友，新女友逼婚逼得紧，洛市长也动了再婚的念头，洛可可妈气得不行，让洛可可保存好手机，如果洛市长敢再婚，就把录音的复制件发给检察院。

震惊之余，我恍然大悟。

洛可可说，开始，陆武只是奇怪她为什么把旧手机也锁在保险柜里，直到看见手机背面的大头贴，就起了疑心，用他的手机充电线充着电打开了手机，发现手机果然是穆晓晨的，觉得蹊跷，随手翻手机里的储存内容，翻到了穆晓晨和洛市长的对话音频。

洛可可没睡，出来倒水喝，听见陆武房间她父亲的声音，觉得奇怪，闻声进来才发现没锁保险箱，陆武正在听她爸和穆晓晨的音频，她跟陆武要手机，陆武不给。

陆武虽然醉了，但思维还清晰，认定穆晓晨的死和这段音频有关，而凶手不是洛市长就是洛可可，逼她去自首，洛可可说他神经病，追着他要手机，他就是不给，坚持要把手机交给我，不顾洛可可的撕扯，冲出来，开车就往我家奔，洛可可就慌了，开着车在后面追。

两辆车，风驰电掣在午夜的东西快速路上，后来，下快速路时，陆武的车撞上了集装箱车，几乎车毁人亡，她也吓坏了，惊惧之余，还是先把手机从陆武手里拿出来才打的120。

洛可可伤感地说，当时，陆武的车撞得像一堆破铁架子，陆武浑身是血，歪在车里，手里还紧紧攥着穆晓晨的手机，她费了九牛二虎之力才一根一根掰直了他手指抠出来。

洛可可说她永远也无法忘记陆武在意识清醒的最后时刻看她的眼神，充满乞求，她知道，那不是乞求她救他，是乞求她把穆晓晨的手机还给我，给我清白。

我泪流满面。

74

  我做了个梦,梦见我站在病房的玻璃窗外,看着白白胖胖的陆武,蜷起手指,轻轻敲了敲玻璃,说:嗨,哥们,起来喝酒吧!陆武应声坐起,骂骂咧咧地扯掉身上的管子,对着监视器黑乎乎的屏幕捋了捋头发,一脸坏笑地走过来,和我勾肩搭背,准备上街找酒,下楼梯时,脚下一绊,我们摔倒了,陆武像截轻飘飘的木头,翻滚着栽下楼梯。
  我大叫着他的名字醒来,屁滚尿流地奔往医院。
  还好,阳光明净,我的兄弟安睡如婴。

图书在版编目（CIP）数据

寻找朱莉美/ 连谏著 .-- 上海：上海文艺出版社, 2019
ISBN 978-7-5321-7052-4
Ⅰ.①寻… Ⅱ.①连… Ⅲ.①长篇小说－中国－当代
Ⅳ.①I247.5
中国版本图书馆CIP数据核字(2019)第042747号

发 行 人：陈　徵
策　　划：谢　锦
责任编辑：江　晔
封面设计：付诗意

书　　名：寻找朱莉美
作　　者：连　谏
出　　版：上海世纪出版集团　上海文艺出版社
地　　址：上海绍兴路7号　200020
发　　行：上海文艺出版社发行中心发行
　　　　　上海市绍兴路50号　200020　www.ewen.co
印　　刷：上海盛通时代印刷有限公司
开　　本：889×1168　1/32
印　　张：10.875
插　　页：2
字　　数：250,000
印　　次：2019年5月第1版　2019年5月第1次印刷
Ｉ Ｓ Ｂ Ｎ：978-7-5321-7052-4/I.5639
定　　价：45.00元
告 读 者：如发现本书有质量问题请与印刷厂质量科联系　T: 021-37910000